LE CHANT DU CYGNE

ESTHER SAGER

LE CHANT DU CYGNE

FRANCE LOISIRS
123, Boulevard de Grenelle, Paris

Titre original :

FROM MOMENT TO MOMENT

Traduction française de Eric Watton

Edition du Club France Loisirs, Paris
avec l'autorisation des Presses de la Cité

ISBN : 2-7242-2539-2

PROLOGUE

Katy Barrows s'assit en haut de la colline, et, les genoux ramenés sous son menton, contempla encore une fois ce merveilleux paysage virginien. Il s'étendait très loin devant elle, plein de couleurs, les prairies succédant aux champs de maïs jaunis par le soleil, les arbres ondulant, colorés de rouge et d'or, car l'automne approchait. De-ci de-là, au milieu des petits groupes de vaches et de chevaux dans l'herbe verte, un silo à blé se dressait au milieu d'un ensemble de fermes, sa surface polie et argentée reflétant le soleil de cette fin d'après-midi paisible. C'était une scène d'une beauté majestueuse, qu'aucune pollution urbaine ne venait gâcher, bien que ce panorama ne fût pas aussi éloigné de tout, comme il semblait à première vue. Washington D.C. et ses banlieues envahissantes étaient à peine distantes d'une demi-heure par l'autoroute, et à l'horizon on pouvait voir les premières maisons de Lafayette.

Cette prospère bourgade virginienne, d'environ quinze mille habitants, sans aucune prétention cosmopolite, pour cette raison précisément avait attiré Katy, spécialement aujourd'hui, à ce moment crucial de sa vie. Lafayette ne s'était pas endormie pour autant et avait conduit son expansion et sa modernisation avec énergie pendant la dernière décennie.

La colline se trouvait sur la propriété de Katy, et c'était

son endroit préféré. Elle y venait chaque après-midi, simplement pour s'asseoir et respirer, devant un paysage qu'elle ne se lassait pas d'admirer. Elle avait emménagé trois jours plus tôt dans sa petite ferme, au pied de cette colline, mais ce paysage idyllique était une découverte récente. Un mois et demi auparavant, elle ne connaissait même pas l'existence de Lafayette : l'agent immobilier auquel elle s'était adressée lui avait montré la seule affaire susceptible de l'intéresser : cette ferme qui s'appelait encore la maison Enright, du nom de son propriétaire précédent. Le site et le plaisir intense qu'elle ressentit en visitant les lieux l'avaient convaincue d'acheter ici, toute autre considération cédant, comme par enchantement, devant le point de vue de la colline. Elle était repartie chez l'agent immobilier à Lafayette, où se trouvait son bureau, et avait signé le jour même l'engagement d'achat.

Un croassement disgracieux vint briser la quiétude du paysage, et Katy leva les yeux vers le ciel : un couple de corbeaux passa au-dessus d'elle et s'enfuit à tire-d'aile vers la lisière du bois, sur sa gauche. Sa propriété faisait huit hectares, et la petite ligne d'arbres plus ou moins touffus, non loin de l'endroit où elle était assise, en dessinait la frontière naturelle. Au-delà s'étendaient les terres des Cameron. Les Cameron ! Bien que nouvelle dans la région, elle connaissait déjà ce nom célèbre à Lafayette. Pendant un instant, elle porta son regard vers les prairies voisines et les champs délimités par des barrières de bois d'un blanc immaculé.

Charles Cameron. C'était le nom dont l'agent immobilier lui avait rebattu les oreilles, lui fournissant avec un enthousiasme délirant toutes les informations possibles au sujet de son prestigieux voisin. C'était en somme le parfait notable de ville moyenne. Les Cameron, comme d'autres, jouaient un rôle prédominant à Lafayette depuis la fondation déjà ancienne de la ville. Ces barrières délimitaient plus spécifiquement l'apanage des Cameron, Railspoint, une grande propriété spécialisée dans l'élevage des chevaux de selle, que dominait un grand manoir aux colonnades blanches, d'où on s'attendait à voir sortir Scarlett O'Hara et Rhett Butler. Cet élevage avait même étendu sa réputation outremer, et, avec plus de trente hectares, c'était la plus vaste terre d'un seul tenant dans le comté. En comparaison, son lopin était presque négligeable, mais elle s'en moquait bien :

elle avait eu ce qu'elle voulait, et c'était pour elle comme un bout de paradis...

Elle observa les prairies de Railspoint quelques instants encore, avant de revenir à l'horizon que le soleil couchant avait embrasé. Elle prit dans sa main l'appareil photo posé dans l'herbe à côté d'elle. C'était un engin très coûteux, dont elle se servait avec beaucoup de maîtrise : elle se pencha en avant, ses coudes prenant appui sur ses genoux, avant de mettre au point sur une longue et basse construction, à l'ombre d'un arbre énorme comme un champignon géant. Elle prit deux clichés, et pensa alors qu'il serait amusant de prendre cette photo à intervalles réguliers, pendant les mois qui allaient suivre. Elle se constituerait ainsi un album de cette vue magnifique à chaque saison. Reposant l'appareil entre ses jambes, elle se demanda combien de saisons il lui serait donné de voir encore...

Katy replaça avec soin l'enveloppe de cuir autour de l'objectif. Il était grand temps de rentrer : à la mi-septembre, l'humidité tombait vite. Soupirant légèrement, elle ferma son anorak pour se protéger du vent, et mit son appareil en bandoulière. Une fois debout, elle resta brièvement immobile sur la pente, sa mince silhouette se découpant sur un fond de crépuscule rose et bleu.

Elle avait de la peine à s'arracher à cette vision idyllique. Katy Barrows avait trente et un ans. C'était une très belle femme aux cheveux noirs, la peau couleur d'ivoire et les yeux verts, doux et expressifs. Elle sourit à ce paysage inoubliable, et pendant un court instant oublia presque complètement qu'elle était en train de mourir...

CHAPITRE PREMIER

— Tu es sûre que ça va ?

— Oui, Robin, ça va très bien...

Katy lança un sourire rassurant à son amie, Robin Oakes. Elles se trouvaient devant la maison de Katy, et Robin était sur le point de partir. C'était la meilleure amie de Katy. Elles s'étaient rencontrées des années auparavant dans un petit café du centre de Washington, et s'étaient confiées l'une à l'autre comme seules peuvent se parler deux jeunes débutant dans leur premier emploi dans la grande ville sans papa ni maman. Depuis lors, elles avaient entretenu une amitié jamais trahie, partageant leurs petits secrets comme bien des sœurs ne le feraient pas. Robin était une grande fille attirante, toute chaleur et intelligence sous d'épais cheveux bruns, et son tempérament ouvert tranchait avec le caractère plus discret de Katy. Elle était venue passer son premier week-end dans la récente demeure de Katy, impatiente de voir cette fameuse ferme et de vérifier que tout allait bien pour son amie, avant un nouveau voyage d'affaires. Conseillère en décoration d'une importante société établie à Arlington, elle devait souvent faire de longs voyages à travers les Etats-Unis. Elle se préparait donc à rentrer à Alexandria, où elle habitait un ravissant appartement, avant de sauter dans un avion pour la côte Ouest.

— Je sais bien que je radote, ma chérie, mais ça m'ennuie de te laisser ici, toute seule...

Katy posa affectueusement sa main sur l'épaule de Robin :

— Je t'assure que je vais très bien, répondit-elle d'une voix de contralto. J'ai ici exactement ce que je voulais. Tu le sais bien : j'en parle depuis des années. Et puis, je t'ai dit que je ne suis pas seule et abandonnée dans la forêt vierge ! Les Lincoln, là-bas, au bout du chemin, sont des gens très gentils et très serviables.

Elle montra les arbres qui bordaient le chemin de terre battue, au bout de l'allée privée de la ferme Enright. A travers le rideau de feuillage, on apercevait une maisonnette aux murs blancs.

— C'est tout près, tu vois. Royce vient tous les week-ends pour s'occuper du jardin. Il était là cet après-midi, du reste : tu as entendu sa tondeuse à gazon... Et sa femme vient aussi faire du ménage deux fois par semaine. Elle peut même me faire un peu de cuisine, si je veux. Je leur ai parlé de ma santé, et je sais que je peux les appeler en cas d'urgence.

Le gravier crissait sous leurs pas. Tout en parlant, elles s'approchaient de la voiture de Robin, rangée juste à côté de la Jaguar bleu clair de Katy. Robin ne semblait pas convaincue, et quand elle s'arrêta devant la portière, elle avait toujours le même air dubitatif :

— Tout cela, c'est bien beau, Katy, et je suis contente qu'ils soient là, si près, mais j'aurais surtout souhaité voir quelqu'un avec toi en permanence, une aide médicale qualifiée. Je n'y peux rien : je suis inquiète à ton sujet. Voilà tout !

Katy l'embrassa :

— Je suis souvent inquiète à ton sujet aussi, Robin : tu te fatigues trop dans ces voyages. Non, sérieusement, je vais très bien, fit-elle en reculant, l'air plus tendu. Pour l'instant, je n'ai que des maux de tête, contre lesquels je peux lutter facilement et des étourdissements de temps à autre. A ce stade, je peux m'en tirer toute seule. J'ai prévu une assistance médicale en permanence quand le moment sera venu, si c'est nécessaire. J'ai déjà signé un contrat avec un service d'infirmières, et je n'ai qu'à donner un coup de téléphone pour avoir quelqu'un immédiatement. Mais il faut que tu comprennes : je veux une vie normale aussi longtemps qu'il sera possible. A ma place, tu en ferais autant... ajouta-t-elle avec douceur.

Robin fit une moue consentante, scrutant le visage de Katy pendant un moment, sans rien dire. A cause de l'opération qu'elle avait dû subir, Katy avait les cheveux très courts à présent, alors qu'elle les portait longs et flottants, au-dessous des épaules, quelques mois auparavant. Elle avait aussi minci et ces deux différences physiques étaient vivement ressenties par Robin, mais seule une personne ayant connu Katy dans le passé pouvait les voir. Personne, ici, à Lafayette, n'aurait pu deviner le drame qu'elle vivait avec un courage qui forçait l'admiration.

Parfois, Robin même avait peine à y croire. Ce n'était pas juste. Comment ne pas être amère à l'idée que quelqu'un d'aussi bon et plein de vitalité soit condamné aussi inéluctablement à disparaître, avant d'avoir eu le temps de vivre ? Que n'aurait-elle pas accompli avec quelques années de plus. Oui, pensa-t-elle, en adressant à Katy un regard de soumission, elle aussi désirerait autant de liberté que possible pour la fin de sa vie. Elle se demanda pourtant si elle ferait face avec la même fermeté d'âme que Katy.

— Je t'admire, dit-elle finalement. Je t'ai toujours admirée, du reste... et j'adore la maison ! ajouta-t-elle avec un brusque enthousiasme qui masqua le serrement involontaire de sa gorge sous le coup de l'émotion.

Elle se tourna vers la maison, mettant sa main en visière pour se protéger du soleil. Katy accueillit ce changement de sujet avec un soulagement non dissimulé :

— Elle ressemble exactement à la ferme de mes rêves !

— Tu m'as déjà dit ça...

— Et pourtant, je me demande si je ne vais pas changer la couleur des volets. Je préférerais du vert à la place de ce noir. Qu'en penses-tu ?

— Ce que j'en pense ? Qu'importe puisque ta décision est déjà prise ! rétorqua Robin en ouvrant la portière de sa voiture. Tu ne t'es jamais perdue en vaines hésitations.

— C'est une qualité, non ? répondit Katy en pouffant légèrement.

— Tu crois ça ? fit Robin en se glissant au volant, avec un coup d'œil sceptique à l'adresse de Katy. Tu sais, je n'aime pas beaucoup cette idée biscornue que tu as eue de venir habiter si loin, dit-elle en mettant le moteur en marche. C'était déjà assez difficile de se voir quand tu habitais

Arlington, entre ton emploi du temps et mes voyages. Mais alors maintenant...

— C'est un saut de puce, entre Arlington et Lafayette.

— Un long saut de puce.

— Tss, tss ! Jamais contente, la petite Robin.

— Ecoute... Je serai à San Francisco pendant deux semaines, reprit Robin avec plus de sérieux. Je t'appellerai de là-bas et je te préviendrai dès mon retour.

Katy hocha la tête et se pencha pour embrasser son amie, avant de reculer pour la laisser manœuvrer. Elle attendit que l'aérodynamique véhicule rouge ait disparu au coin du chemin pour faire quelques pas, en observant la danse des feuillages dans les arbres. Cette ferme était un rêve pour ses vieux jours, et au mois de juin dernier ses vieux jours avaient fait irruption dans la réalité, brisant son élan, sa carrière prometteuse, transformant toute sa vie... Maintenant, elle essayait d'arracher à la mort quelques instants de bonheur, quelques-unes de ces journées dont elle avait rêvé lorsque le futur n'avait pas de limites, et que sa vie était à la fois trop remplie et pleine de succès.

Elle avait toujours espéré se marier un jour, avoir des enfants, mais jamais elle n'avait rencontré l'homme de sa vie. Avait-elle seulement cherché ? C'était à présent hors de question. Le diagnostic fatal ne lui donnait plus qu'un an à vivre, deux au maximum. Et ça remontait déjà au mois de juin. Une aventure sérieuse avec un homme était impossible : elle créerait en même temps une souffrance qu'elle ne voulait imposer ni à elle ni à quiconque. Elle avait attendu trop longtemps. Si elle avait su... Stoïquement, elle repoussa cette mélancolie qui avait fondu sur elle à l'improviste. Elle avait accepté son sort, et, si elle avait des regrets pour tout ce qu'elle avait négligé avant, elle ne leur permettrait pas de hanter continuellement son esprit.

Elle n'avait plus de proche famille : ses parents étaient morts voilà six ans, laissant leur fortune à leur fille unique. Son père, Kenneth Barrows, était un éminent banquier de Hartford, Connecticut. Autant dire qu'elle avait été élevée dans des traditions d'honnêteté, de responsabilité, de courage, et spécialement d'indépendance. C'était le maître mot à la maison. Une qualité qui était placée au-dessus de toutes les autres. Katy était née très longtemps après leur mariage, probablement alors qu'ils n'espéraient plus avoir d'enfant, et ils n'avaient pas toujours su comment communiquer avec ce jeune esprit. Mais ses parents l'avaient aimée à leur manière, un peu réticente, supportant ses caprices d'enfant avec patience, puis ses tâtonnements d'adolescente avec compréhension. Ils avaient accepté toutes les directions qu'elle voulait prendre dans la vie, et pour cela elle les avait encore plus aimés.

Quelques cousins du côté de son père gravitaient probablement dans les milieux d'affaires du Connecticut, mais elle ne les avait pas vus depuis l'enterrement de sa mère, et n'avait jamais été très intime avec eux. La présence de la mort dans la maison des Barrows avait découragé les visites, bien avant l'épilogue tragique en question. Elle se trouvait donc à nouveau avec cette pensée angoissante : elle n'aurait personne de sa famille à son chevet. D'un certain côté, pourtant, elle était heureuse que nul n'ait à souffrir avec elle de son agonie, comme sa mère qui avait assisté son mari avec courage dans sa lente extinction. Lui aussi avait succombé à un cancer. La fatigue et l'angoisse que sa mère avait vécues pendant de longs mois étaient gravées dans l'esprit de Katy. Cette femme d'une indomptable énergie avait été réduite à l'ombre d'elle-même, et quand tout fut fini, Emily n'avait pas longtemps survécu à son mari : une attaque l'avait emportée à peine deux ans plus tard.

La mélancolie repoussée une première fois la submergea tout à fait. Pensivement, elle déambula le long de la murette de pierre recouverte de vigne vierge qui délimitait le jardin potager. Elle ne s'était pas donné bien souvent l'occasion d'une petite introspection comme celle-ci. D'habitude, elle ne pensait pas trop au passé douloureux. Pensait-elle au passé tout court ? Voire... Elle avait toujours tiré le meilleur parti de ce que le destin avait envoyé sur son chemin, et elle savait qu'elle ne se lamenterait pas sur son sort, dans les circonstances actuelles. Aujourd'hui, dans cette ferme, l'heure de la méditation était venue. Il y avait eu tant à faire en peu de mois pour mettre de l'ordre dans ses affaires avant de déménager. Jamais elle n'aurait pensé à tous les petits détails qu'il avait fallu régler avant de se retirer définitivement de la vie active. Son testament faisait de Robin sa légataire universelle, et pour la fin elle n'avait heureusement aucun souci financier. Ses assurances devaient couvrir ses dépenses pendant un certain laps de temps.

Ces dernières années, elle avait accumulé des sommes importantes pour des projets maintenant caducs ; en outre, elle avait encore l'héritage de ses parents, qui lui avait fourni les capitaux nécessaires à l'achat et à l'aménagement de cette ferme, et qui, dans un proche avenir, lui permettrait une hospitalisation, fatalement longue et coûteuse.

Elle frissonna involontairement à cette perspective et mit les mains derrière la nuque pour s'étirer. Elle détestait la pensée de devoir mourir dans la froide stérilité d'une institution prévue à cet effet. Son père était mort ainsi, et elle s'était bien juré de ne pas mourir en victime de la fatalité ! Bien qu'elle eût conscience que sa propre mort pourrait éventuellement lui échapper, elle avait bien fait savoir à tout le monde, et surtout à Robin, qui avait toujours eu tendance à trop en faire, qu'elle désirait rester chez elle jusqu'à la fin. Elle ne manquerait pas de prévenir son nouveau docteur, à Lafayette, chez qui elle allait ce lundi, de ses sentiments très fermes à cet égard. Elle était particulièrement contente de sa grande chambre très aérée grâce à un plafond élevé, dans laquelle elle s'était tout de suite sentie à l'aise. Elle pouvait envisager d'une certaine façon d'y passer ses dernières heures, mais en aucun cas elle ne voulait être bardée d'aiguilles et reliée à des appareils de réanimation, comme son père. Dans un document déposé chez son avocat, elle avait interdit que sa vie soit artificiellement prolongée de la sorte.

— Katy !

Elle finit par sortir de sa rêverie, sans avoir résolu le problème de ce qu'elle allait faire à présent de ses journées. Elle n'en avait pas la moindre idée. Combien de temps, d'abord, pourrait-elle rester active ? Personne n'avait été en mesure de le lui dire, mais, si elle avait renoncé à travailler, elle ne voulait pas pour autant vivre comme un légume ! Il y avait tant de choses qu'elle n'avait pas eu le temps d'entreprendre, lorsqu'elle passait d'un rendez-vous à un autre, et qu'elle mangeait en un quart d'heure entre deux réunions. Aussi avait-elle bien l'intention de respirer et de marcher sur ce petit coin de terre dont elle jouirait pendant quelques mois, avant de cesser d'être une femme en pleine possession de ses moyens, avant de perdre ses capacités mentales et physiques.

Elle suivit des yeux l'arrivée de Royce Lincoln trônant

sur sa petite tondeuse. Il se parqua près du garage, non loin duquel se trouvait l'atelier.

— Fini ? demanda-t-elle en souriant.

Royce était un grand type tout efflanqué, d'une quarantaine d'années, avec de grands yeux très doux, juste au-dessus d'un grand nez, le tout surmonté d'une cocasse touffe de cheveux couleur paille. Il portait un treillis militaire sous un poncho en tissu imperméable bleu luisant. Il retira sa casquette d'amiral à visière à l'approche de Katy :

— Ouaip, toute la pelouse est faite, répondit-il avec un accent traînant. J'ai fait le pourtour des arbres, comme je le faisais pour Walt Enright... Ça fait plus net, hein ?... Ah ! j'ai repéré des branches mortes sur l'un des érables. Je pourrai les enlever : ça vous évitera d'appeler un élageur.

Les Lincoln étaient des gens généreux. C'était l'impression première, non démentie, que Katy avait eue quand elle les avait rencontrés. Royce et Irène collectionnaient les petits travaux d'appoint pour joindre les deux bouts, parce qu'ils avaient à charge trois enfants et une grand-mère veuve et acariâtre. Katy avait négocié avec eux le même service que celui qu'ils rendaient aux Enright, et le seul problème qu'elle eut fut à propos de leur rémunération : le salaire qu'elle leur avait proposé était trop élevé à leurs yeux, et il avait bien fallu qu'elle admette leur point de vue pour ne pas les fâcher.

— Si vous voulez bien, j'en serais ravie.

— Je peux aussi tailler ces haies.

Il montra le chèvrefeuille échevelé qui poussait en toute liberté depuis quelques mois autour de la maison.

— Je vous remercie, Royce, mais ça, j'aimerais m'en charger moi-même, si ça ne vous ennuie pas, répondit Katy en s'appuyant nonchalamment contre la barrière, à côté du garage.

Il lui lança un regard un peu inquiet :

— Vous êtes sûre que vous en êtes capable ?

Katy se força à sourire naturellement. C'était dur de s'habituer à ces remarques embarrassées sur ses aptitudes physiques.

— Oui, pour le moment... répliqua-t-elle. Et je veux essayer de m'occuper au maximum de cet endroit toute seule. Cette ferme a... enfin... une signification particulière pour moi.

Il sourit, puis replaça sa casquette sur ses cheveux fous.

— Bon, je vais chercher ma scie, fit-il en remontant sur sa tondeuse. Ah ! je voulais vous remercier d'avoir aidé ma mère à descendre le chemin jusqu'à la maison, hier. Elle m'a dit que vous lui aviez très gentiment prêté votre bras.

— C'est bien normal, répondit Katy. Je l'ai vue buter sur tous les cailloux du chemin !

— Oui, sa vue n'est plus aussi bonne. Je me fais parfois du souci, quand elle passe par là. Si seulement elle avait voulu m'attendre, je l'aurais prise au passage en ville, mais il n'y a rien à faire : elle avait fini ses courses, il fallait qu'elle rentre. Une de ses amies l'a raccompagnée. Elle a son caractère, vous savez.

— Au moins, elle est encore assez alerte pour descendre en ville et faire des courses...

— Ça vous pouvez le dire ! dit-il en soupirant. Je n'arrête pas de la supplier sur tous les tons de se faire déposer devant la maison. Mais non. Elle ne veut pas ennuyer ses amies, vous comprenez... En tout cas, merci de l'avoir aidée. Je vais m'occuper de ces branches mortes, à présent. A plus tard.

CHAPITRE II

— Pas mal, Charles Cameron ! Pas mal du tout ! murmura-t-il pour lui-même avec un large sourire de satisfaction.

Son comptable lui avait remis le matin les comptes de l'exploitation. Il reposa les feuilles pliées en accordéon sur son bureau poli comme un miroir et s'enfonça plus confortablement dans son fauteuil en cuir à pivot, posant son pied botté sur le bord de sa corbeille à papiers. Il porta un regard euphorique sur les rayonnages d'acajou bourrés de livres reliés et élimés par l'âge de sa bibliothèque de famille. Son bureau de Railspoint était à ses yeux l'endroit le plus agréable du monde. C'était une pièce masculine, décorée dans les bordeaux, avec des rideaux en damas et des fauteuils club.

Charles venait de constater que son élevage marchait à merveille, et que les bénéfices étaient supérieurs à ce qu'il avait imaginé en une période aussi difficile pour un produit de luxe comme le cheval de selle.

A trente-neuf ans, Charles était un homme très séduisant, grand et bâti en force. Ses épais cheveux blonds et cette puissance, cette peau hâlée ne contribuaient pas autant que sa moustache à lui donner un air terriblement jovial et anglo-saxon. L'Ecosse n'était pas loin, dans son regard d'un bleu de ciel boréal brillant d'intelligence et de pénétration.

Il entendit le carillon de la porte sonner et les pas pressés de Lydia sur le marbre. Avant même que la gouvernante n'ouvre, ou que Nathan Peterson ne passe la tête par l'entrebâillement de la porte, Charles savait qui était son visiteur. Nat Peterson arrivait toujours en avance, et c'était une qualité suffisamment rare pour être remarquée.

— Je suis un peu en avance, s'excusa Nat. Je ne te dérange pas, j'espère ?

Charles se leva et, tournant autour de son bureau, vint à la rencontre de son fondé de pouvoir.

— Pas du tout, répliqua Charles d'un air affable. J'étais seulement en train de me flatter l'encolure...

— Pardon ? fit Nat, d'abord un peu surpris par cette métaphore hippique. Ah, oui ! Et pourquoi ?

Nathan était un homme plutôt rondelet, d'une dizaine d'années plus âgé que son ami Charles, et qui commençait à grisonner sérieusement sur les tempes.

— Les bénéfices de l'élevage sont excellents, expliqua Charles. Un petit cognac ?

— S'il te plaît. Cela n'a rien d'étonnant : Railspoint a toujours très bien marché, et ça fait des années que tu m'annonces la même chose avec ton air solennel, fit remarquer Nathan en prenant place dans le fauteuil le plus proche de la fenêtre.

Charles passa derrière son petit bar personnel, bien fourni en bouteilles de toutes les couleurs et de toutes les formes. Ayant tendu à Nathan son verre de cognac, il s'installa dans l'autre fauteuil.

— Oh, c'est toujours une bonne nouvelle, répondit-il enfin. Il y a des ranches qui ont des hauts et des bas, en ce moment.

— Tu t'en es toujours très bien sorti, reprit Nathan. Tu ne bois rien ?

— Pas maintenant. Comment va Louise ?

— Bien.

Ils parlèrent un moment de la femme de Nathan, qui venait de quitter l'hôpital après une petite opération chirurgicale, puis le fondé de pouvoir se pencha pour attraper sa serviette en cuir, et la conversation s'engagea sur les affaires :

— J'ai apporté l'étude pour le nouveau lac que tu veux

faire, dit-il en tirant d'une liasse de papiers quelques feuillets bleus. Tout est maintenant clarifié. J'ai aussi amené le permis de construire pour les nouvelles écuries. C'est bon, mais il y a quelques points que je veux regarder avec toi sur l'étude. Simmons est peut-être le meilleur entrepreneur du coin, mais il lui arrive de prendre des libertés, et je veux être sûr que nous sommes couverts de ce côté-là. Oh ! à propos, tu es toujours intéressé par le terrain des Miller, en ville ?

Charles leva les yeux, soudainement en alerte :

— Bien sûr ! Il est à vendre ?

— Enfin ! fit sèchement Nat. Il en demande cinq cent mille dollars.

— Cinq cent mille, hein ? C'est une très bonne nouvelle, en somme. Tu sais si Miller acceptera de discuter ?

— Je pense que oui, admit Nathan. Quoique... pas tout de suite. Cependant, il n'a jamais fait d'affaires avec toi, ajouta-t-il en souriant. Mais tu auras de la concurrence. Bill Loomis sera sur le coup, peut-être même Frank et Pearson. Ils ne vont pas laisser passer leur chance. Tu ferais bien d'agir vite, si tu tiens à ce lot.

Charles y tenait beaucoup : ça faisait longtemps qu'il convoitait ce terrain pour le mettre en valeur. Il était si bien situé. Bill Loomis, Frank Elliot et Pearson Hines étaient tous des amis, qui, comme Charles, spéculaient dans l'immobilier, tout en maintenant leurs activités habituelles. Bill Loomis avait hérité des minoteries de la ville. Frank et Pearson étaient comme Charles deux éleveurs prospères, avec leurs propres réseaux de distribution.

Le père de Charles s'était intéressé à l'immobilier, mais avait opéré plutôt à l'extérieur du comté. Lorsque Charles avait pris la tête de l'entreprise familiale, Railspoint était un élevage en déclin. Avec un sens aigu des affaires, et un grand amour pour les chevaux, Charles avait acquis une position enviable dans la propriété commerciale et une notoriété mondiale dans le domaine des chevaux arabes. Sa sagacité lui avait permis d'améliorer sa situation en investissant uniquement à Lafayette, mû par un profond attachement à la communauté urbaine.

Depuis dix ans, la croissance de la ville devait beaucoup à la famille Cameron. Bâtis sur des terres appartenant à celle-ci, le centre administratif, la bibliothèque, la nouvelle aile de l'hôpital étaient là pour en témoigner. Il ne fallait cependant pas penser qu'il agissait ainsi en sacrifiant ses intérêts. Il avait toujours su retirer un profit des opérations qu'il finançait.

— Bill fera peut-être une proposition, répliqua Charles. Je ne sais pas ce qu'il a dans la tête en ce moment, mais je suis sûr que Pearson ne bougera pas. Il a une grosse somme d'argent bloquée dans ce centre commercial, près de Chesapeake. Bon. Voyons qui est l'intermédiaire, à présent.

— Drake Evans.

— Prends un rendez-vous le plus tôt possible, ordonna Charles.

Nat hocha la tête et sortit son calepin pour prendre note.

— Tu as des idées d'aménagement pour cet endroit ? La bâtisse a sacrément besoin de réparations.

— Oui, j'ai pensé à des tas de possibilités, mais on verra plus tard. Tu sais, les immeubles, ça peut se démolir.

Nat répondit par un sourire au regard en coin de Charles. Il aimait bien son esprit de décision et sa discrétion.

— Tu as toujours été si peu loquace...

— Oh, je ne crois pas nécessaire, comme d'autres le font, de dévoiler mes cartes avant d'être certain à cent pour cent. Tu sais cela.

— Je sais, admit Nat en posant ses papiers pour humer son cognac. J'ai vu dans le journal que les administrateurs de l'hôpital se réunissent demain. Allez-vous enfin voter les crédits pour une unité de rééducation moderne ? C'est en suspens depuis longtemps et on en a bien besoin à Lafayette.

— J'en suis bien conscient, mon vieux Nat. Je n'ai pas vu l'ordre du jour, mais si nous n'en discutons pas demain, ce sera certainement sur le tapis le mois prochain, et ça se fera, je te l'assure.

— Tu vas accepter la présidence du conseil, si on te l'offre ? demanda-t-il après avoir pris une gorgée de son alcool plein d'arôme.

— Tu es bien pressé ! D'abord, les mandats ne sont pas encore venus à expiration, et puis je n'ai pas été proposé, que je sache.

— Tu le seras, fais-moi confiance. Tout le monde sait que le vieux Briggs est fatigué et qu'il n'a plus aucune influence. Surtout à côté de toi. Tu seras élu au printemps prochain, répliqua Nat d'une voix pleine d'assurance.

— On verra ça. Un autre verre avant de parler de ce contrat ?

Charles éprouvait une certaine satisfaction à s'imaginer président du conseil d'administration de l'hôpital. Après viendrait la chambre de commerce, et la banque de Lafayette, dont il était déjà un administrateur actif et influent.

— Non, merci. Je crois que pour ce...

Nat fut interrompu par le claquement de la grande porte qui se referma violemment. Un peu surpris, il glissa un coup d'œil vers le hall. Charles s'était déjà dressé et traversait la pièce à grandes enjambées.

— Duncan ? appela-t-il, une fois dans le hall.

Son fils de neuf ans venait de rentrer, et d'un air buté se dirigeait vers l'escalier. C'était un garçon très mince, plutôt petit pour son âge. Son visage était celui de Charles, en plus jeune. Sa peau délicate avait le même aspect que celle de son père. Ses yeux bleus étaient chargés d'hostilité ; il ignora l'appel de son père.

— Excuse-moi une minute, Nat, lança Charles par-dessus son épaule, avant de poursuivre son fils.

Il le rattrapa au pied de l'escalier et lui posa la main sur l'épaule :

— Tu ne me dis même pas bonjour ?

— Bonjour, aboya Duncan sans quitter l'escalier des yeux.

— M. Peterson est ici, dans mon bureau, continua Charles d'une voix encourageante. Je suis sûr qu'il aimerait te dire bonjour aussi. Que s'est-il passé à l'école, aujourd'hui ?

Duncan sauta en l'air et brailla furieusement :

— L'école ! C'te blague !

Il se dégagea l'épaule et bondit dans l'escalier. Charles le regarda s'enfuir sans un mot, impuissant et troublé, comme toujours. Duncan était un enfant très sensible, surtout depuis un an. Pendant un instant, il hésita entre les affaires et les problèmes de son fils, puis se décida à monter à l'étage.

La chambre de Duncan se trouvait au bout du couloir. L'enfant ne répondit pas quand son père frappa à la porte, et finalement Charles entra, passant d'abord la tête avec précaution. La chambre était un peu la réplique enfantine du bureau de son père. Duncan était couché sur son lit, la face enfoncée dans l'oreiller. Les livres qu'il portait sous son bras en entrant étaient répandus dans la pièce. Charles vint très doucement s'asseoir sur le bord du lit.

— Tu veux qu'on en parle !

Duncan enfonça plus profondément encore son visage dans l'oreiller. Charles hésita avant de demander :

— C'était l'orthographe ?

Son fils se redressa, encore en larmes :

— Pourquoi doit-on épeler les mots debout devant tout le monde ? demanda-t-il furieux. C'est idiot ! Je déteste ça, et je déteste Mme Beale. Elle est stupide.

On s'était à nouveau moqué de lui. Charles ferma les yeux en soupirant. Pauvre garçon : il se voyait rejeté par le système au moment où il en avait le plus besoin...

— Ne parle pas ainsi de Mme Beale. Elle est loin d'être stupide, même si elle ne te comprend pas bien. Je ne tolérerai pas un tel manque de respect pour ta maîtresse. Tu le sais, répondit Charles, d'une voix autoritaire mais un peu lasse. Elle n'est pas à blâmer. En aucune manière. Dis-moi ce qui s'est passé.

— Ça n'a pas d'importance.

— Ecoute, mon garçon...

— Fiche-moi la paix !

La colère l'emporta un bref moment. Il ramassa rageusement ses livres d'école et les jeta sur sa table de travail.

— J'ai des devoirs à faire.

Il ouvrit un livre au hasard et plongea le nez dedans, sans avoir croisé une seule fois le regard de son père.

Charles sentit la frustration et le désespoir le submerger. Autrefois, ils arrivaient à communiquer, comme peuvent le faire un père et un fils. Il y a un an ils étaient encore comme deux copains. Aujourd'hui, ils n'étaient plus que deux personnes vivant sous le même toit, avec des domestiques pour se charger de tout.

Il se leva lentement et resta un instant à regarder son fils, qui lui tournait le dos. Le silence était devenu oppressant. Il finit par se décourager et sortit de la pièce.

Une fois en bas, il retrouva son fondé de pouvoir dans son bureau. Nat lui servait un verre de cognac.

— J'ai pensé que tu en aurais besoin.

Charles se força à sourire :

— Merci.

Acceptant le verre, il se mit à aller et venir dans la pièce.

— Ça ne marche pas avec Duncan ?

— Ça va de mal en pis, répondit d'un air las le maître de Railspoint en se laissant tomber lourdement sur le sofa.

Il a de plus en plus de mal à suivre à l'école. Il ne veut plus parler de rien. Ni à moi ni à personne.

— Toujours sa mère ?

— Ouais. Elle a fait un beau gâchis en disparaissant comme ça. Quelle garce ! fit-il en vidant son verre d'un geste rageur. Franchement, Nat, je ne sais pas comment faire avec lui. J'ai tout essayé pour le tirer de cette dépression, mais rien n'y fait. Je ne me suis jamais senti aussi démuni de ma vie.

— Peut-être qu'une autre école, une école privée...

Nat s'approcha du sofa où se trouvait Charles.

— Non, l'école n'a rien à voir dans tout ça ! s'exclama Charles. L'école du comté est très bien. Je ne veux pas non plus l'envoyer en pension. Pas tout de suite. Il faut qu'il dépasse le choc, qu'il s'adapte. Ses problèmes scolaires ne sont que des conséquences. Mais tu n'es pas venu ici pour discuter des difficultés de Duncan. Désolé pour cette interruption. Passons au contrat.

— Allons, je m'en fiche bien d'être interrompu. Peut-être pourrait-on attendre un autre jour, Charles ?

— Non, je veux qu'on commence les travaux le plus tôt possible. Ça dure déjà depuis trop longtemps.

Charles indiqua à Nat son fauteuil de travail près du bureau, et ils se rassirent. La conversation les absorba complètement, et ils n'entendirent pas la voix lointaine de Lydia dans le hall :

— Duncan, attends !

Charles ne leva même pas les yeux et entendit à peine la porte d'entrée claquer à nouveau.

CHAPITRE III

Katy était assise, toute seule, dans la salle d'examen de l'hôpital, perchée sur le bord de la longue table métallique. Elle attendait le retour du Dr Philbin, le neurochirurgien, qui devait s'occuper d'elle dorénavant. Il lui avait été recommandé par le Dr Masters, son homologue de l'hôpital de Georgetown, à Washington, qui avait fait le premier diagnostic et l'avait traitée jusqu'à présent. Bien qu'ils n'aient eu qu'un contact assez bref, Masters avait veillé avec soin au transfert du dossier de Katy en de bonnes mains à Lafayette.

Katy jetait des coups d'œil périodiques et anxieux vers la porte. C'était son premier examen complet depuis qu'elle avait quitté l'hôpital de Georgetown, en juin. Philbin allait revenir avec les résultats déterminants du scanner.

Le suspense était insoutenable. Ces couloirs glacés à parcourir. Le personnel, aseptisé, avec son sourire de publicité pour dentifrice. Qu'allait-on découvrir cette fois ? Les pensées les plus morbides traversaient son esprit déjà encombré d'une tumeur démesurée. Elle devait subir ce test à intervalle régulier. Au fond, ne pourrait-elle pas s'accoutumer à ce rituel trimestriel ? Evidemment, elle avait ainsi l'impression de frôler la mort de plus près. Sinon, sa vie actuelle ne rendait pas sa disparition prochaine très concevable. Elle ne vivait pas précisément comme une morte en sursis.

La porte s'ouvrit et le Dr Philbin entra : c'était un homme aux cheveux très noirs, à la démarche alerte et aux yeux très doux.

Katy sourit, d'un air un peu gêné.

— Alors, qu'est-ce que... Comment est-ce ?

Elle désigna du menton le dossier qu'il avait sous le bras.

— Premièrement, je dois vous répéter qu'on ne peut s'avancer sur rien, surtout sur le temps qu'il vous resterait éventuellement, mais il faut dire aussi que le cliché est très encourageant. La tumeur n'a pas grossi pendant les trois mois écoulés. A parler franchement, ça me surprend. Nous ne pensions pas que votre condition allait s'arranger si vite, mais on ne sait jamais. Inutile de vous dire que je suis content pour vous.

— Vous êtes sûr que tout est exactement pareil ? demanda-t-elle, avec surprise.

— Ces engins ne trompent pas s'ils sont bien utilisés, répliqua-t-il en agitant les feuilles celluloïds multicolores. Vous savez cela, Katy. On peut même voir ce qui ne produit pas de symptômes apparents. Bien qu'avec les tumeurs l'apparition des symptômes aille vite.

Elle était maintenant tellement habituée à recevoir de mauvaises nouvelles qu'elle n'arrivait pas à assimiler les bonnes. Elle eut soudain envie de quitter cette pièce et de chanter dans les couloirs.

— Vous n'avez pas plus de problèmes qu'avant ? demanda-t-il en reprenant son interrogatoire.

— Non. Juste les maux de tête et les vertiges, mais cela ne dure pas bien longtemps.

— Vous mangez bien ? Vous me semblez un peu maigre. C'est naturel, chez vous ? Vous n'avez pas plus de raisons de tomber malade qu'avant, mais il vous faut faire attention.

— J'ai perdu un peu de poids ces derniers mois, admit-elle. C'est parfois difficile d'avoir de l'appétit, mais je m'efforce de faire mes trois repas complets par jour.

— C'est bien. Vos médicaments ne vous gênent pas trop ?

— Plus du tout, depuis que les dosages ont été adaptés.

Il hocha la tête :

— Bon, je crois que nous avons fait le tour de la question pour l'heure. Vous semblez plutôt en forme. Il n'y a aucune restriction à poser à ce stade, mais faites attention en voiture. Je conçois votre besoin d'indépendance, mais, si vous commencez à sentir un vertige, garez-vous très vite sur le bas-côté.

— Bien sûr : je n'ai pas l'intention de commettre d'imprudences.

— Voici votre nouvelle ordonnance. La pharmacie Behler, sur Monroe Street, est très bien pour tout ça. Faites-vous inscrire là. Prochaine séance en décembre, sauf si le besoin s'en faisait sentir d'ici-là. Janice, ma secrétaire, vous contactera un mois avant pour prendre rendez-vous. Si vous sentez quelque chose de nouveau, appelez-moi. Je suis toujours ici.

Katy ressortit du bureau de Philbin toute rayonnante, la démarche alerte, jubilant intérieurement. L'hôpital lui semblait tout à coup magnifique, richement éclairé, sentant les antiseptiques et grouillant d'activité. Elle se posta devant les ascenseurs, l'air béat.

Pas de croissance. Rien du tout. La tumeur se développait plus lentement. Ça voulait dire plus de temps. Ce n'était pas une certitude. Ni une promesse. Elle ressentait pourtant une envie folle de faire des claquettes dans le hall. Mais, d'un autre côté, cet accès d'optimisme ne pouvait venir que d'un sursis, car, dans l'état actuel de la médecine, il n'y avait pas d'espoir pour elle.

Tout lui semblait magnifique. Une infirmière passa avec un bouquet de roses rouges sur les bras, qui capta l'attention de Katy, ce qui l'amena à heurter son voisin, qui se dirigeait aussi vers l'ascenseur.

— Oh, excusez-moi ! s'exclama-t-elle en se tournant vers l'homme, qui avait eu le réflexe de la prendre par le bras pour amortir le choc. Je ne vous avais pas vu. Ces fleurs... je... Elles étaient si belles que j'étais... en train de les regarder.

L'homme devait être surpris. Surtout qu'il n'y avait plus la moindre fleur à l'horizon. Elle rougit encore plus de son incohérence et de son air hébété : jamais elle n'avait rencontré un homme aussi beau. Grand, blond, avec une moustache dorée, c'était un véritable athlète dans un costume gris acier. Il avait des yeux bleus saisissants, intimidants, même. Et cela, surtout, l'empêchait de s'expliquer plus intelligiblement.

— Ne vous excusez pas. Nous sommes tous dans les nuages de temps en temps. Vous descendez ?

Ils entrèrent tous les deux dans l'ascenseur, mais furent immédiatement séparés par les autres occupants. Katy s'appuya contre la paroi et au bout d'un moment sentit le regard de l'homme sur elle. Elle tourna brusquement la tête vers lui et il se passa une chose étrange : ils se sourirent avec complicité, et pendant un instant qui parut interminable, ils ne purent détacher leurs regard l'un de l'autre. L'arrêt de l'ascenseur coupa le charme, et Katy s'aperçut qu'elle était arrivée au deuxième étage. Elle se faufila précipitamment vers l'extérieur. Il ne l'avait pas quittée des yeux, et elle-même lui lança un coup d'œil avant que les portes ne se referment.

CHAPITRE IV

L'inconnu au regard magnétique resta présent dans l'esprit de Katy jusqu'à ce qu'elle pousse la porte vitrée du bureau des bénévoles.

La pièce était aussi sobre et immaculée que le reste de l'hôpital. Les seules taches de couleur, presque irréelles, venaient de la table où étaient empilés des magazines fatigués par l'usage. Katy s'approcha du bureau de métal gris derrière lequel se trouvait une dactylo blonde en uniforme rose, maquillée avec la même perfection que les mannequins de *Vogue*.

— Bonjour. Je suis Katy Barrows : j'ai téléphoné ce matin.

— Ah, oui, sourit la jeune femme blonde en arrêtant sa machine à écrire.

Un petit badge de plastique vert épinglé sur son sein indiquait qu'elle se nommait Nancy Baldwin. Avec des gestes pleins de grâce, elle se leva :

— Mme Thatcher désire vous parler. C'est la responsable du service. Je vais lui dire que vous êtes arrivée.

Nancy Baldwin se dirigea vers le bureau de sa supérieure, tandis que Katy parcourait la pièce d'un regard indifférent. Elle finit par repérer une circulaire placardée au mur et en entama l'édifiante lecture, mais elle n'eut pas le temps de se faire une idée de son contenu, car une voix l'appela derrière elle :

— Miss Barrows ?

— Oui.

Elle fit volte-face et croisa le regard d'une dame d'une cinquantaine d'années, le visage ridé comme du parchemin et l'œil perçant. C'était l'image de la dignité, revêtue d'un tailleur beige presque militaire.

— Je suis Evelyn Thatcher, responsable des bénévoles. Entrez : nous parlerons un moment.

Après l'aspect spartiate de l'antichambre et l'apparence vestimentaire de Mme Thatcher, Katy fut un peu surprise par la décoration du bureau dans lequel elle fut introduite : la moquette verte et épaisse tranchait curieusement avec le carrelage sévère du reste de l'hôpital. Les murs étaient tapissés de vert clair, et les meubles Oscar, ornés d'objets et de souvenirs hideux, semblaient indiquer que Mme Thatcher sortait d'un milieu récemment touché par l'aisance.

— Oui, j'ai un peu amélioré la décoration du bureau, fit Mme Thatcher, satisfaite d'avoir surpris Katy. Asseyez-vous. J'aime bien connaître un peu mes volontaires. Parlez-moi de vous.

Katy traça à grands traits vagues les principales étapes de son existence. Toujours avec discrétion et brièveté, elle décrivit sa condition présente.

— Vous pouvez en discuter avec le Dr Philbin, si vous avez quelques hésitations. Je le comprendrais très bien, mais pour le moment il n'y a pas de problèmes.

— Ce n'est pas nécessaire, Miss Barrows. Je suis sincèrement désolée. Nous avons tant besoin de bénévoles, vous savez. Je suis ravie que vous ayez appelé spontanément. Ce service apporte beaucoup au fonctionnement de l'hôpital, et à la communauté entière de Lafayette. Je suis assez fière de ce que nous avons accompli.

Cela se voyait. Elle devait être assez vaniteuse, mais sans méchanceté. Katy sourit avec politesse.

— Je voulais prévenir... pour être sûre.

— Oh, c'est inutile : les volontaires peuvent simplement entrer et signer. Nous enrôlons en permanence. Quel secteur souhaiteriez-vous fréquenter ?

— Oh, je n'y ai pas réfléchi, répondit Katy avec un léger rire un peu gêné. J'aime beaucoup les enfants. Si je peux faire quelque chose pour eux, ici, ça me plairait bien. Je prévoyais de venir deux matinées par semaine.

— Ça sera parfait, répliqua Evelyn Thatcher avec un sourire accommodant. Nous avons un programme d'aide dans le service de pédiatrie qui vous plaira sûrement. C'est un service très actif, et les bénévoles sont généralement satisfaites. Nous nous chargeons de distraire les enfants pendant leur convalescence : nous leur lisons des histoires, nous jouons avec eux... tout ce qu'ils veulent pour se distraire, en somme.

— Ça me plairait beaucoup.

— Eh bien, c'est entendu, conclut Evelyn en se levant. Nancy vous fera signer tous les formulaires. Vous n'avez qu'à lui dire quand vous désirez venir. Les bénévoles viennent signer ici à leur arrivée et à leur départ : c'est très important pour nous de savoir qui est présent et dans quelle tranche horaire. Vous comprenez, je pense ? Nancy vous donnera aussi toute la documentation sur le service : les règles, les interdictions, etc.

Mme Thatcher laissa Katy devant la porte de sa secrétaire et retourna dans son bureau. Katy se mit à remplir les formulaires que Nancy lui avait donnés et le crépitement de la machine à écrire recommença, jusqu'à ce qu'une femme se présentât, un peu hésitante. Totalement absorbée dans sa corvée, Katy ne remarqua la nouvelle venue que lorsqu'elle lança d'une voix gouailleuse :

— Je voudrais m'enrôler comme bénévole, s'il vous plaît.

Katy leva le nez : c'était une femme approchant la quarantaine, vêtue sans goût avec des vêtements trop voyants, les cheveux teints en roux. Elle avait pourtant un bon sourire aimable et sincère. Elle se présenta comme étant Grace Paine, et Katy se demanda si elles travailleraient ensemble.

Au moment où Nancy Baldwin allait frapper à la porte de sa supérieure pour lui annoncer une visite, Mme Thatcher apparut. Le sourire professionnel avait disparu de son visage.

— Oh, madame Thatcher : voici Grace Paine. Elle...

— Je sais.

Tout le monde était un peu surpris, à part Mme Thatcher, et dans une moindre mesure Miss Paine. La responsable des bénévoles avait cessé d'être la personne affable qui avait accueilli Katy dix minutes auparavant. Elle considéra

Miss Paine avec sévérité et demanda sur un ton d'adjudant-major dans une cour de caserne :

— Qu'est-ce que vous voulez ?

Grace Paine fut sur la défensive, et avec un geste désinvolte du menton en direction de Nancy Baldwin lança :

— Z'auriez su aussi vite en la laissant causer. Je suis venue signer comme bénévole.

— Ah ? Vous auriez dû prendre rendez-vous, rétorqua Mme Thatcher. Nous n'aimons pas voir les gens entrer ici comme dans un moulin. Et puis nous avons toutes les volontaires dont nous avons besoin en ce moment.

Katy écarquilla les yeux. Miss Paine ne sembla pas se laisser décourager. Elle baissa la tête un instant, puis soutint le regard dur de Mme Thatcher :

— Savais pas qu'on prenait rendez-vous, et je ne crois pas que vous avez trop d'effectifs. On m'a jamais causé de ça. P't-être ben que je devrais en parler à des gens plus haut placés : votre patron, par exemple. J'crois bien qu'il vous aurait à la bonne, quand il apprendrait que vous refusez du monde, pas vrai ?

La peau parcheminée de Mme Thatcher rougit sous le coup de la colère et de l'impuissance.

— Prenez les formulaires avec vous et remplissez-les chez vous. Vous pourrez les rapporter à Nancy demain.

Pivotant sur ses talons, elle rentra dans sa tanière en faisant claquer la porte. Un silence gêné succéda à l'orage. Nancy tendit à Grace Paine les documents à remplir, et, les ayant fourrés sans les plier dans son sac, cette dernière sortit sans un mot. Katy signa la dernière feuille et donna son dossier à la secrétaire :

— Voilà. A vendredi. Merci.

Elle partit en toute hâte pour se lancer à la poursuite de Grace Paine. Elle la rattrapa dans le couloir.

— Bonjour ! Mon nom est Katy, Katy Barrows.

— Ah ?

Grace accepta avec un peu de réticence la main que lui tendit Katy.

— Je suis désolée pour ce qui s'est passé là-bas, dit Katy avec un sourire gêné en indiquant le bureau des bénévoles.

— Bah ! Vous n'y êtes pour rien.

— Oui, bien sûr. C'était désagréable, malgré tout.

— Bof... Vous attendez quoi de Mme Pète-Sec, vous ? Si j'avais su qu'elle commandait c'te turne ! s'exclama-t-elle en lançant un regard venimeux en direction de la porte vitrée des bénévoles. Tout ça, c'est pas un problème : moi, j'fais ce que j'veux. S'y a des gens qui pensent êt' meilleurs que d'autres, j'm'en fiche, conclut-elle avec un sourire moins cynique. Alors, vous avez aussi signé vot' engagement ?

— Oui. C'est important pour moi de faire ce genre de travail. Et puis je voulais m'intégrer dans la société de la ville. Je viens tout juste de m'installer.

La surprise de Grace se manifesta par un rire sec et incrédule :

— Oh ? Vous voulez dire que vous êtes venue ici de vous-même ? Y a rien à faire à Lafayette. Et j'en sais queque chose : je traîne ici depuis que je suis née. J'aimerais bien me tirer de ce trou. Remarquez : y a rien de bien extra ailleurs non plus. C'est tout pareil. C'est c'que vous êtes et c'que vous faites qui est important, pas vrai ? Ici ou ailleurs. Moi, j'suis volontaire à cause de mon gosse, confia-t-elle à Katy en se postant devant l'ascenseur. Il a été opéré à cause de ses reins. Y m'ont flanqué des factures drôlement salées : pouvais pas les payer. J'suis serveuse chez Skelly. On n'est pas mal payé, mais ça peut pas financer les voyages à l'hôpital. Pas de mari, non plus. Jamais eu, en fait. Alors, y m'ont fait crédit, quoi. C'est sympa : j'étais vachement touchée. C'est une facilité qu'ils offrent aux habitants du comté qui n'ont pas d'argent et pas d'assurances. Alors, j'ai décidé de venir les aider comme je pouvais.

Katy sourit : elle trouvait Grace très gentille, pleine de spontanéité. Elle se moquait bien de ce que Lafayette pouvait penser d'elle. Les mères célibataires n'étaient jamais trop bien vues dans ce type de villes.

— Et comment va votre fils ?

— Oh, plutôt bien, répondit Grace avec un sourire satisfait. C'est un garçon qui a la santé, mon David. Ils disent qu'il s'en sortira bien. Bon, faut que j'file : le lundi, c'est mon jour libre. J'ai une foule de trucs à faire. J'crois qu'on va se revoir, pas vrai ?

Katy sourit encore en lui tendant la main :

— Je viens le mardi et le vendredi matin.

— Alors, on est ensemble, répondit Grace en lui faisant un clin d'œil de connivence.

CHAPITRE V

Il était près de trois heures et demie quand Katy rentra chez elle. Irène Lincoln était encore là.

— Je croyais que vous seriez partie, à l'heure qu'il est ! s'écria-t-elle en posant son manteau et son chapeau sur les patères de l'entrée. Il me semblait que vous prépariez votre repas très tôt.

— Oh, ce n'est pas grave. Il y avait encore du travail ici.

— Et la leçon de piano de Sally ?

— Elle a été annulée. Comment ça s'est passé, chez le docteur ? Si je peux vous demander...

— Bien sûr, répondit Katy avant de lui raconter son entretien avec le docteur.

— Je suis si contente pour vous, répondit Irène. En tout cas, souvenez-vous que nous sommes toujours à la maison, si vous aviez besoin de quelque chose.

— Je m'en souviendrai, Irène.

Après son départ, Katy se précipita dans sa chambre pour se changer : elle était en retard pour sa promenade, et ne voulait pas manquer le coucher de soleil. Ayant passé des vêtements chauds et pris son appareil photo sur la table de l'entrée, elle se lança à l'assaut de la colline.

Il lui fallut presque dix minutes pour arriver en haut. Ce ne fut que sur la crête qu'elle s'aperçut de la présence d'un garçon, sanglotant tout seul, au milieu d'un champ, creusant dans une motte de terre à l'aide d'un bâton. C'était l'image même du malheur. Elle était tout près de lui quand il tourna la tête et la vit. Tous les deux sursautèrent. Lui parce que Katy s'était approchée dans le plus grand silence, et elle parce qu'elle reconnut tout de suite les yeux de l'inconnu dans l'ascenseur de l'hôpital, et en fut tout à fait désorientée.

— Hello ! Je m'appelle Katy Barrows, fit-elle en adressant à Duncan un sourire amical. Qui es-tu ?

Duncan avait peur. Il savait qu'il se trouvait en dehors des terres des Cameron, mais il n'avait pas prévu d'être découvert. Après un instant d'hésitation, il leva le menton d'un air renfrogné et s'écria d'une voix un peu trop aiguë pour impressionner :

— Je m'en fiche d'être entré ici...

— Moi aussi, répondit Katy en cachant sa surprise d'être ainsi prise à partie.

Elle s'assit à côté de lui et posa son appareil photo près d'elle. Il la regarda avec suspicion, puis se remit de plus belle à sa besogne, sans faire attention à elle. Malgré ses manières belliqueuses, Katy le trouvait très mignon. Il avait l'air si vulnérable, ce petit bout de chou !

— Moi, je viens ici tous les après-midi pour admirer le paysage, dit-elle. J'espère que ça ne te gêne pas, si je te parle...

Duncan ne dit rien, et Katy se recroquevilla pour contempler la plaine de Lafayette. Le silence qui s'établit devenait de plus en plus lourd. Il était évident que le garçon ne pourrait le soutenir longtemps.

— Vous habitez ici ?

— Oui, plus bas, derrière cette colline. C'est un petit chalet...

— C'est quoi, un chalet ? demanda-t-il, étonné de ce curieux terme.

— Une petite maison.

— Je déteste les petites maisons. Chez moi, c'est immense. Assez grand pour mettre deux maisons comme la vôtre, je parie.

Katy le fixa du regard, s'interrogeant sur la raison de cette agressivité.

— Tu es toujours aussi amical ?

— J'ai pas à l'être.

Katy éclata de rire :

— Non, tu as raison, répondit-elle. Personne n'est obligé d'être quoi que ce soit.

Elle laissa retomber la conversation et regarda le paysage. Duncan lui jetait des regards en coin. Il était impressionné par son calme, et encore plus par sa beauté. Elle semblait gentille, aussi.

— Tout le monde me dit que je dois être gentil, marmonna-t-il.

— Il faut admettre que ça rend les choses plus agréables, non ? fit-elle remarquer sans quitter l'horizon des yeux.

— J'ai pas envie d'être gentil.

Elle se tourna vers lui et sourit :

— Tu m'as l'air d'avoir eu une sale journée, mon bonhomme, dit-elle. Je sais ce que c'est : ça m'arrive aussi de temps en temps.

Il scruta ses chaussures avec une attention redoublée, avant de balbutier d'un air buté :

— Jeremy Baker s'est moqué de moi, à l'école, hier. Et toute la classe s'est mise à rire.

— Et tu y penses encore ? demanda-t-elle sur le ton de l'incrédulité. Tu ne vas pas bouder comme ça pendant des semaines. Ce n'est pas bon.

Son conseil ne rencontrait aucun écho. Il haussa les épaules :

— C'était pas comme ça, finit-il par dire, avant que sa voix ne se transforme en un murmure. J'avais fait une erreur...

— Oh, je vois. Et quelle sorte d'erreur ?

— Une erreur en épelant un mot, dit-il en se levant. La maîtresse m'a fait lever et répondre à voix haute, et quand je me suis trompé, Jeremy a ricané. Il se moque toujours de moi.

Il piétinait l'herbe avec nervosité, les mains enfoncées dans les poches.

— Comment t'appelles-tu ? demanda Katy.

— Duncan Cameron, répliqua-t-il, sans la regarder.

Cela n'avait rien d'étonnant, étant donné la proximité de Railspoint. Elle regarda un instant les barrières blanches, en contrebas.

— Tu sais, Duncan, il n'y a rien de bien méchant à tout cela. Tout le monde fait des erreurs. Ce sont les gosses qui ont ri de toi qui devraient avoir honte. Tu avais appris tes mots ?

— Non, grogna-t-il dans son menton.

Des réponses d'adultes traversèrent l'esprit de Katy, mais elle les retint. Ce qui troublait l'esprit de cet enfant n'avait rien à voir avec l'humiliation subie à l'école. Elle réfléchit un instant avant de déclarer :

— Tu sais, je me souviens qu'à ton âge je détestais les devoirs. Il y avait un grenier dans la maison de mes parents, tout poussiéreux et plein de recoins, avec deux lucarnes pour l'éclairer. J'emmenais tous mes livres là-haut, comme si j'allais travailler, et je passais mon temps à faire des cocottes en papier. Je n'étais pas brillante à l'école, le lendemain, mais je savais me servir d'une paire de ciseaux !

Il semblait beaucoup plus intéressé par cette histoire.

— Tu n'as jamais été prise ?

— Oh, que si ! s'exclama-t-elle. Ma maman et mon papa s'en sont finalement aperçus et m'ont obligée à travailler dans ma chambre. Ma maîtresse semblait toujours deviner quand je n'avais pas appris mes leçons. Ça ne loupait jamais : chaque fois que je ne connaissais pas la réponse, j'étais appelée au tableau.

— Oui, je sais, se lamenta Duncan. Ça me fait ce coup-là aussi. C'est comme ça que j'ai été interrogé, hier. Je n'avais pas remis un devoir.

— Tu ne m'étonnes pas, Duncan.

Il baissa la tête, mais sourit. Finalement, il se tourna vers elle et lui demanda :

— Tu as des enfants ?

Elle avait envie de poser sa main dans les cheveux blonds du jeune garçon, mais elle résista : il ne cherchait surtout pas ce type de rapport. Il avait déjà ça avec tous les autres adultes qui se trouvaient sur son chemin.

— Non. Je vis toute seule dans ma petite ferme. Presque seule : il doit bien y avoir quelques souris, mais elles ne se sont pas présentées ! Et toi, tu as des frères ou des sœurs ?

Il secoua négativement la tête.

— Tu n'as jamais voulu avoir des enfants ? demanda-t-il avec une insistance un peu étonnante.

Elle baissa la tête un instant, comme pour réfléchir.

— Oh, si, mais j'ai eu tellement de travail, que ça ne m'a pas laissé le temps d'avoir des enfants.

— Ah...

Il semblait enchanté, bien que Katy s'interrogeât sur la raison de son attitude. Il paraissait bien petit pour comprendre. Elle prit son appareil photo et, sans prévenir, capta cette profonde satisfaction toute neuve sur son visage. Surpris, Duncan rougit légèrement, ce qui se voyait très bien sur sa peau de blond. Glissant autour de lui, elle prit deux autres clichés coup sur coup, le moteur ronflant à chaque réarmement.

— Sois naturel ! s'exclama-t-elle en sautillant pour prendre du recul. Je prends toujours des photos des gens intéressants que je rencontre, annonça-t-elle en reposant son appareil. Tu es très photogénique. J'aurais même dû te faire tirer la langue.

— Ça serait une photo idiote.

— Tu as raison, mais parfois ce sont les meilleures. En tout cas, je suis contente que tu te dérides un peu.

A cette remarque, le visage de Duncan se renfrogna brusquement. Elle cherchait un moyen de le distraire de ses noires pensées, quand il déclara abruptement :

— J'ai toujours eu des difficultés à épeler ; même quand je fais mes devoirs, je fais beaucoup de fautes d'orthographe.

— Moi, j'en fais toujours, alors tu vois... Peut-être aurais-tu besoin de quelqu'un pour t'aider ? Ta mère, par exemple.

— Non !

Il lança un grand coup de bâton dans une motte de terre et se mit à regarder le bout de ses pieds avec intensité. Katy restait encore étonnée de la violence de sa réaction, mais n'arrivait toujours pas à suivre le cours des pensées du garçon, qui proposa tout à coup :

— Peut-être que toi, tu pourrais m'aider, si j'amène mes livres ici...

Elle le regarda droit dans les yeux avant de répondre en haussant les épaules :

— Bien sûr, je pourrais. Je viens ici tous les après-midi à la même heure, et si tu veux venir me rejoindre avec tes livres, ce serait très bien. J'aimerais bien, oui.

— Tu accepterais ? fit-il en souriant, avant de rougir à nouveau.

Ce garçon était vraiment difficile à comprendre. Il sauta sur ses petites jambes, et annonça d'un air sérieux :

— Il faut que je rentre à la maison, maintenant. Salut...

— Salut...

Katy commençait à s'habituer à ces changements brusques, mais ce petit bonhomme restait pour elle bien énigmatique. Elle n'aurait certes pu prédire si elle allait le revoir. Il disparut rapidement derrière le petit bois, empruntant un chemin connu de lui seul, et Katy eut un grand soupir de dépit. Entre Duncan et l'inconnu de l'ascenseur, elle avait décidément d'étranges rapports avec la famille Cameron. On ne pouvait en effet douter que les deux fussent liés par le sang...

CHAPITRE VI

— Nous sommes tous tombés d'accord pour signer fin octobre, annonça Nathan, quand Charles Cameron et Drake Evans eurent pris place dans les fauteuils de son bureau en ville. Miller accepte ta proposition et veut faire vite. Je me suis permis de dire à son avocat, Faber, que le plus tôt serait le mieux.

— Tu as bien fait, Nat. Ça vous va, Drake ?

— Parfaitement.

Une semaine de tractations avait suffi pour conclure cette affaire sous ses aspects financiers. Restaient les points techniques.

— L'argent est disponible, mais il faut être certain que l'inspection sera faite et le rapport rendu. Faites attention.

Le ton de Charles, quand il n'était pas dans son bureau de Railspoint, était sec, péremptoire et précis.

— Miller l'a parfaitement compris, répondit Nathan. Il sera compréhensif, s'il y a des délais plus longs que prévu. Voici les copies de l'acte préalable. Je vais en envoyer à Glen et à Earl Miller. Je crois que ce sera tout pour aujourd'hui.

Charles plia soigneusement son exemplaire et le glissa dans la poche intérieure de sa veste. Pendant ce temps, Drake Evans avait refermé sa petite valise de cuir noir et s'était levé. Tout le monde se congratula sur le pas de la porte, et Charles accompagna Drake jusqu'en bas de l'immeuble, devant lequel l'attendait sa Lincoln noire.

— Drake, je vous remercie pour votre aide. Ce fut un plaisir de travailler avec vous à nouveau. J'espère que nous allons nous revoir bientôt.

— Pas de problème de mon côté : je ne me plaindrai pas si vous m'appelez ! Je savais pourtant que vous feriez baisser Miller dans ces proportions. Vous aurez plus de marge de manœuvre pour financer vos projets sur cette propriété.

— C'était là l'idée. J'aurais pourtant pensé que les banques me demanderaient plus sur cette opération.

— Elles travaillent avec vous depuis longtemps, il faut supposer.

Quand il se retrouva seul, Charles marcha un moment jusqu'au coin de la rue, sa voiture le suivant au pas. Plusieurs pâtés de maisons plus loin se trouvait l'hôpital avec ses tours roses imposantes. Pour l'atteindre, il fallait traverser le quartier des restaurants et ses nombreux néons. L'immeuble de Nat était une vieille construction, avec des sculptures du début du siècle, comme il y en avait encore beaucoup à Lafayette, entre les immeubles d'acier et de verre. Malheureusement, la municipalité avait laissé passer la première vague de croissance avant d'établir un zonage des activités et des habitations, et certaines zones industrielles côtoyaient directement des groupes d'habitation ou des grandes surfaces commerciales. Au sud, Braywood, le quartier pauvre de Lafayette, avait acquis au fil des années une réputation d'insécurité. Pour le moment, aucun plan de rénovation n'avait été prévu, malgré l'importance de l'enjeu. Charles n'était pas le seul à être conscient du problème.

Après quelques instants de réflexion, il fit signe à son chauffeur de le rejoindre avec la voiture et rentra à Railspoint pour s'occuper de ses chevaux.

Charles Cameron passa le reste de l'après-midi dans les écuries avec Horace Devlin, son régisseur irlandais. Ils discutèrent surtout des nouveaux paddocks et de l'installation des étalons dans cette aile récemment construite.

— Nazrah ne va pas trop apprécier d'être si loin des dames, fit remarquer Devlin.

Charles haussa les épaules avec un petit sourire en coin :

— Tu as déjà vu Nazrah content ? C'est une vraie tête

de mule. Tu pourras lui dire que c'est moi qui donne les ordres.

Sur cette bonne parole, Charles s'apprêta à monter en selle, quand il aperçut sa sœur Claudia qui arrivait du parking.

C'était une petite femme, aux cheveux auburn, le visage un peu mou. Claudia avait deux ans de moins que son frère, mais paraissait beaucoup moins en forme que lui. Charles se porta à sa rencontre et l'embrassa sur les deux joues :

— Que me vaut l'honneur de ta visite, petite sœur ?

— Oh, je passais par là. Je me suis dit que vous étiez dignes d'un petit bonjour. Mais quelle naïveté de ma part d'avoir pensé que tu pouvais être à la maison !

Le téléphone les interrompit, et quand Charles revint elle lui demanda avec un sourire tentateur :

— Tu es trop occupé pour venir prendre le thé avec ta petite sœur chérie ?

— J'ai deux ou trois choses à faire, répondit-il en jetant un coup d'œil à sa montre. Mais j'ai toujours quelques minutes pour toi. On va prendre un verre à la maison, d'accord ?

— Rentrons à pied. L'exercice est bon pour ma ligne.

Une fois arrivés, ils s'installèrent dans le salon et sonnèrent Lydia pour qu'elle apporte des rafraîchissements.

— Tu avais quelque chose à me dire ? demanda-t-il soudainement, en lissant sa veste de tweed d'un air détaché.

Leurs regards se croisèrent, mais Claudia baissa les yeux :

— Non, je... enfin...

Pour le moment, elle était surtout captivée par l'apparence du salon, par son aspect familier, avec ses tapis orientaux, ses chaises Chippendale, ses tables cirées. Elle avait l'impression de retrouver de vieux amis d'enfance. Elle ne venait pas aussi souvent qu'elle l'aurait voulu, bien que Meadowvale, la magnifique ferme qu'elle partageait avec son mari, Paul, ne fût qu'à deux kilomètres de Railspoint. Il était devenu tellement difficile de mettre Paul et Charles dans la même pièce pendant plus de deux minutes. Quand elle venait, c'était généralement seule.

— Tu as l'air un peu hésitante, ma chérie. Quelque chose ne va pas ? demanda-t-il devant le silence persistant de sa sœur.

Lydia entra avec un verre de bourbon pour Charles et un

de sherry destiné à Claudia. Une fois que la gouvernante eut disparu, Claudia se leva et s'appuya sur une chaise.

— Je voulais juste savoir si tout allait bien. Ça fait longtemps que je ne suis pas venue, et je...

Charles fronça les sourcils. Claudia était une personne plutôt calme, et là, elle semblait particulièrement nerveuse.

— Paul et moi allons bien, annonça-t-elle brusquement. Nous avons passé ce dimanche avec Tante Thérèse, dans le Maryland. Elle se porte à merveille, comme d'habitude. Joyce était venue lui rendre visite aussi, avec ses enfants. Tu ne les reconnaîtrais pas, tellement ils ont grandi ! Ils aimeraient bien vous voir, Duncan et toi. Et puis, reprit-elle avant de prendre une gorgée de sherry, Paul a parlé avec des gens, et il a eu une idée vraiment géniale.

— Oh, non, ne recommençons pas !

— Charles ! s'écria-t-elle en se précipitant pour agripper le bras de son frère. Je sais bien ce que tu penses de lui, mais écoute quand même ce que j'ai à te dire.

— Pourquoi ? répliqua-t-il excédé. Pourquoi dois-je toujours supporter les idées fumeuses de ton Paul chéri ? Je connais déjà l'affaire du siècle. Il m'a fait le coup si souvent. Il a du génie, oui, j'en conviens. Pour dégotter les escrocs les plus malins de la région. Pour trouver les marchés les plus pourris du comté. Pour embarquer tout le monde avec des promesses mirifiques. Il n'attire que des gars comme lui et des firmes moribondes. Non, je ne veux rien entendre de tout ça. Fiche-moi la paix avec les élucubrations de Paul. Tu n'es venue que pour cela, hein ? Avoue ! C'est à cause de ça que tu fais mille manières depuis dix minutes !

— Oui, confessa-t-elle en haussant les épaules, avant de se rasseoir, découragée. C'est un projet sur des terrains, près de Richmond cette fois. Ça m'a l'air sain. Et Paul a besoin d'argent.

— Tu m'étonnes ! coupa Charles en ricanant. Le tien est parti en fumée !

Charles vida son verre d'un trait et le posa sur un guéridon à côté de lui. Il ne pouvait pas supporter Paul Sherbourne. La malchance s'était jetée sur lui dès le berceau et l'avait toujours accompagné. Leurs pères avaient été d'excellents amis, et Paul avait pris en main l'usine métallurgique de la famille pratiquement au même moment où

Charles avait succédé à son père à Railspoint. Charles n'avait jamais pu comprendre ce que Claudia avait bien pu trouver à Paul. C'était un rêveur, un enfant. Depuis dix ans, il tirait des plans sur la comète, sautait d'un projet bancal à un autre. Charles n'avait jamais eu la moindre indulgence pour les faiblesses de Paul, et son mépris et sa colère n'avaient fait que croître quand, non content d'avoir flambé son héritage dans des châteaux en Espagne, Paul avait réduit à néant la dot de Claudia. En quelques opérations catastrophiques, il avait épuisé le capital de sa femme jusqu'au dernier cent. Et pourtant, Dieu était témoin que le père de Claudia avait été large quand il avait doté sa fille.

— Tu ne t'es jamais demandé ce que je peux ressentir en voyant Paul se servir de toi comme il le fait depuis des années ? lança Charles.

— Je lui ai tout donné librement, Charles.

— Désolé, mais je ne vois pas les choses comme ça. Il peut faire ce qu'il veut de son fric, mais je ne supporte pas qu'il t'ait dépossédée du tien. Tu n'es pas ici pour me demander de te prêter du fric, j'espère ?

— Non, je ne t'ai jamais demandé de prêt, répondit-elle sèchement. Je suis peut-être stupide, mais pas complètement folle. J'ai pensé seulement que, puisqu'il y a toujours Railspoint, et que je partage tout ce qu'il y a ici à égalité avec toi... Oh non, ne te méprends pas. Je ne suis pas en train de suggérer de vendre tout, ou de démanteler la propriété, assura-t-elle en essayant de calmer la colère de Charles qu'elle sentait monter. Je sais que tu ne ferais jamais ça, et Railspoint est comme une partie de moi-même. Mais il y a des choses qui ne manqueraient à personne, si je les prenais aujourd'hui. Quelques-unes des toiles, par exemple.

— Non.

— Je ne parle que de quelques-unes.

— Non.

— S'il te plaît, Charles, supplia-t-elle en lui prenant le bras. Deux ou trois seulement. Tu auras tout le reste. Je suis prête à m'engager par écrit dans ce sens. Si je pouvais seulement avoir le tableau d'Inness.

Elle indiqua une huile de taille impressionnante, suspendue au-dessus de la cheminée. C'était une œuvre du peintre américain représentant une vue du Tibre : la pièce la plus précieuse de la collection des Cameron, rassemblée par leur mère durant toute sa vie.

— Si tu me laisses ce tableau, je renonce à tout le reste de la collection. C'est juré.

— Claudia. Arrête. Réalise un peu ce que tu dis, explosa Charles en la prenant par les épaules. C'est de la folie. Paul ne réussira pas plus cette fois-ci qu'avant. Tu te traînes dans la boue pour lui. Tu renonces à tes biens sans avoir la moindre chance de contrôle.

— Charles, tu ne comprends pas, soupira Claudia, désespérée. C'est peut-être la dernière chance pour Paul... et pour nous. Tous ses amis lui ont tourné le dos. Ils le regardent de haut, et se moquent même de lui. Il a beau essayer de faire bonne figure, ça le ronge. C'est pour ça qu'il boit tant. Je l'aime, et je me suis rangée à ses côtés pendant quinze ans, mais je ne sais pas si... Paul a besoin de connaître le succès avant qu'il ne soit trop tard, pour se racheter aux yeux des autres. J'ai besoin de ce succès aussi. Les choses ne vont pas du tout entre nous, tu le sais. Et je le crois capable de mener à bien cette opération, s'il trouve le financement nécessaire.

Claudia ne parlait pas de la tension de tous les jours à Meadowvale, ni de la terrible absence d'enfant qu'elle ressentait, du refus de Paul d'en adopter un...

— Ecoute-moi bien, Claudia : je suis sincèrement désolé que tu aies des problèmes, mais ce n'est pas ma faute si tu as épousé un raté.

— Oh ! Merci pour le compliment. Je vois que la pitié ne t'étouffe pas. Mais y a-t-il dans ta vie un exemple si édifiant ? Ton mariage n'a pas été une réussite non plus, que je sache !

Charles, qui se dirigeait vers le bar, s'arrêta en chemin et se retourna vers sa sœur.

— Pardonne-moi, Claudia, fit-il en baissant la tête. Je reconnais que j'ai été méchant.

— Ça, tu peux le dire. Comme tu peux être dur, parfois, lorsqu'il s'agit de Paul.

— Je suis désolé, répéta-t-il calmement en la prenant par les épaules. Je ne voulais pas te blesser. Tu sais aussi que je ne veux pas te voir malheureuse, mais, pour ce qui est des peintures, comme du reste de cette maison, ça reste ici. Je comprends que tu trouves ça très dur. S'il s'agissait d'argent pour vivre, la question serait différente. Mais ce n'est pas le cas. Tant que j'en aurai la responsabilité, je ne supporterai pas de voir d'autres capitaux des Cameron balancés par les fenêtres. Il cherchera ailleurs son financement.

Les épaules de Claudia s'affaissèrent, mais elle essaya de faire bonne figure.

— D'accord... Comment va Duncan ?

Charles baissa la tête : son fils était un autre souci pour lui. Si les problèmes de famille pouvaient s'arranger aussi facilement que les problèmes professionnels !

— Aussi déprimé que d'habitude. Peut-être plus encore. Je ne sais pas. Il disparaît dans la nature juste après son retour de l'école. Ça fait une semaine que ça dure. Il prend ses livres d'école et s'en va à travers champs. Lydia m'a dit qu'il est encore ressorti ce soir. Je crois qu'il est grand temps de voir ce qui se passe.

Claudia aimait beaucoup son neveu, mais ses propres soucis tenaient aujourd'hui une trop grande place dans son esprit :

— Dis-lui bonjour de ma part quand tu l'auras trouvé, dit-elle en embrassant distraitement son frère sur la joue.

Elle pivota sur ses talons et sortit, tête baissée.

CHAPITRE VII

Après le départ de Claudia, Charles ressentit plus violemment sa solitude. Il détestait se quereller avec sa sœur. Il exécrait les souvenirs de son propre mariage. En observant Claudia par la fenêtre, il se mit à penser à cette fille brune qu'il avait croisée dans l'ascenseur de l'hôpital à sa sortie du conseil. Il aurait dû s'arranger pour savoir son nom. Lafayette n'était pas une grande ville. Charles avait rencontré beaucoup de femmes dans sa vie, surtout à l'université, mais aucune n'avait provoqué en lui une impression aussi forte.

Au bout d'un moment, il enfila une veste et prit les clés de la Jeep pour partir à la recherche de Duncan. Il connaissait tous les recoins de Railspoint et commença par les endroits les plus faciles. Peu à peu, la lassitude et le découragement l'envahirent. Sur le point de rentrer, il tenta sa dernière chance : Duncan avait l'air si déterminé lorsqu'il l'avait aperçu trottant dans la prairie. Le chemin finit par le conduire à la limite boisée de Railspoint, en bordure de la propriété de Walt Enright. On voyait même leur maison par intermittences. Le sentier qu'avait emprunté Duncan se perdait de ce côté.

Charles abandonna sa Jeep et entra dans le bois. Il marcha un certain temps, grimpant à flanc de colline. Il devait être sorti de ses terres à présent. Cette promenade était totalement absurde. Il aurait bien entendu préféré savoir ce que faisait Duncan sans avoir à lui poser la question, mais jusqu'à présent il n'avait pas même vu le bout de son nez. Soudain, alors qu'il se trouvait en lisière du bois, il entendit un murmure de conversation derrière lui, un peu plus haut. C'était une voix de femme : peut-être avait-elle aperçu Duncan ? Il rebroussa chemin pour lui demander, et en s'approchant il repéra deux silhouettes assises sur la pente de la colline. Il connaissait bien les Enright, et ce n'étaient pas là des silhouettes familières. Il s'arrêta soudain et s'accroupit sur le chemin. C'était *elle* ! Malgré les branchages et les fougères, il ne pouvait pas se tromper. C'était bien, à côté de Duncan, la femme de l'hôpital. Tous les deux, assis sur un tronc d'arbre, entretenaient une discussion fort animée. Charles se rapprocha en silence, avant de s'accroupir derrière un fourré. Duncan riait aux éclats à présent. La jeune femme avait posé un des livres de Duncan sur ses genoux. Elle leva un doigt accusateur en direction de Duncan et le mit en garde :

— Tu ne fais pas attention. Tu n'arrêtes pas de regarder cet oiseau, mais ne te fais pas d'illusion : il m'a promis de ne pas t'aider à tricher. Alors, recommence encore une fois.

Duncan pouffa avant d'épeler *compensation* en trébuchant sur chaque lettre.

— Parfait ! Tu vois bien que tu peux y arriver, si tu te concentres un peu, déclara la jeune femme en passant son bras sur les épaules de Duncan. On pourrait recommencer, si tu veux, mais le soir tombe : il faut arrêter pour aujourd'hui.

— Oh, non ! Ça ira. On a encore du temps devant nous, assura Duncan.

— Elle a raison, Duncan. Il est tard.

Charles était sorti du taillis et montait les derniers mètres qui le séparaient de son fils et de la jeune inconnue. Katy avait sursauté et porté sa main à sa poitrine.

— Re-bonjour, dit-il en souriant. Le destin semble nous rapprocher, n'est-ce pas ?

Katy resta sans voix. Elle ne s'attendait pas à rencontrer l'inconnu de l'ascenseur ici, au crépuscule, et en jodhpurs. Le maître de Railspoint. Elle aurait dû s'en douter, à regarder Duncan.

— Oui, on dirait, répondit-elle en riant, un peu gênée. Je suis Katy Barrows.

Il lui prit la main et la serra avec beaucoup de chaleur :

— Charles Cameron. Le père de Duncan.

— Il me semblait bien, sourit-elle en considérant tour à tour le père et le fils. J'ai rencontré Duncan le même jour, après l'hôpital. Je me suis demandé s'il y avait un lien de parenté.

— Effectivement.

Katy, un peu indécise, baissa la tête et déclara :

— N'allez pas croire que je bégaye toujours.

— Oh, je n'aurais jamais pensé une chose pareille. Je vous ai observés depuis le petit bois, dit-il en montrant les taillis, en contrebas, avant de se tourner vers son fils. Je me demandais où filait Duncan, chaque après-midi, sans même dire bonjour.

Duncan marmonna quelques phrases inintelligibles dans son menton. Katy était bien consciente de la tension qu'avait provoquée l'arrivée de Charles Cameron, et elle prit immédiatement la défense du petit.

— Il était avec moi, fit-elle en souriant calmement. Nous avons un peu travaillé son orthographe.

Les yeux de Charles se portèrent sur le livre qu'elle avait encore à la main. Le regard de cet homme mettait Katy mal à l'aise, à la fois insistant et énigmatique.

— Je croyais que c'était la propriété de Walt Enright, dit-il en montrant la colline.

— Je l'ai achetée tout récemment, répliqua-t-elle, plus rassurée par ce genre de remarque.

Elle ne tenait pas à se quereller avec un père outragé, jaloux comme un tigre.

— Je n'ai même pas su qu'elle était à vendre.

— Oh, je crois qu'elle venait juste d'être mise sur le marché quand je suis passée. Ils n'avaient même pas eu le temps de planter les panneaux « A vendre ».

Charles jeta un coup d'œil vers l'horizon.

— Allons-y, fiston. Il fait de plus en plus noir et nous devons tous rentrer. Ferme ton manteau et ramasse tes livres.

Duncan s'exécuta sans un mot, et en partant lança avec un demi-sourire :

— Salut !

Elle se pencha pour lui prendre le menton :

— Salut ! Bonne chance pour demain.

— Heureux de vous avoir revue, Miss Barrows, déclara Charles en lui prenant la main.

Elle les observa jusqu'à ce qu'ils aient disparu dans le petit bois. Elle se sentit un peu abandonnée, et redouta que ce soit la dernière fois qu'elle voyait Duncan Cameron...

CHAPITRE VIII

Tôt dans l'après-midi du lendemain, Katy s'allongea sur son grand canapé, assommée par un très douloureux mal au crâne. Quand elle avait l'impression que ses yeux lui tiraient ainsi, comme s'ils étaient poussés vers l'extérieur, il n'y avait rien à faire, sinon rester allongée et attendre que les cachets fassent leur effet.

Heureusement la douleur n'avait commencé qu'après son service à l'hôpital. Peu à peu elle se sentit revivre, et se redressa juste au moment où quelqu'un sonna à la porte. Elle soupira, agacée d'être ainsi dérangée : ce ne pouvait être Irène : elle ne venait pas aujourd'hui.

Elle se trouva face à face avec Charles Cameron, un large sourire aux lèvres :

— Je suis désolé de vous déranger de cette façon impromptue, mais j'aimerais vous parler quelques minutes.

Pourquoi se sentait-elle si nerveuse chaque fois qu'ils se rencontraient ?

— Entrez.

Charles jeta un coup d'œil rapide sur la grande pièce et son ameublement rustique. Il remarqua les nombreux livres éparpillés sur les tables et les fauteuils, mais il fut plus impressionné encore par les photos qui recouvraient entièrement le mur opposé à la cheminée.

— J'espère que je ne vous dérange pas ?

Elle avait encore un peu mal à la tête, mais le plus pénible était passé. Elle sourit :

— Pas du tout.

Katy se doutait qu'il venait lui parler de Duncan et de ses petites escapades. Il n'avait pas dû apprécier et venait exprimer son mécontentement. C'était parfait comme ça : elle voulait quant à elle défendre Duncan et s'était fait du souci pendant toute la soirée.

— Vous voulez du thé ? demanda-t-elle. J'en fais pour moi.

— Avec plaisir, dans ce cas.

Elle partit dans la cuisine pour mettre de l'eau sur le feu. Quand elle revint, Charles était en train de regarder les photographies sur le mur avec une attention toute particulière.

— Ce sera prêt dans une minute.

— Merci. Ce sont des photos de vous ? demanda-t-il en se tournant vers le mur à nouveau.

— Oui. Je suis photographe professionnelle.

— Elles sont étonnantes. J'aime beaucoup la photographie d'art. J'ai une belle collection chez moi, mais celles-ci sont remarquables. Très franchement.

— Merci. Mais vous savez, je n'accroche que les meilleures. Ou en tout cas celles qui prennent la tournure que j'avais prévue. C'est si rare.

— Vous les développez vous-même ?

— Oui, dans la cave. J'ai installé un labo.

Il y avait quelques photos de paysage, surtout des banlieues de Washington, mais la plupart étaient des portraits ou des personnages de la rue : surtout des enfants, mais aussi des ouvriers ou des femmes marchant dans la rue. Elle avait une perception aiguë des êtres. Au milieu de tout ça, Charles repéra une photo de Katy dans une robe de velours rouge avec un chemisier de dentelle et de longs cheveux ramenés en un chignon lâche. L'effet était stupéfiant.

— Cette photo-là est drôlement bonne aussi. La robe est magnifique.

— Normalement, je ne m'affiche pas ainsi sur les murs, mais il y a toute une histoire à celle-ci. C'est la robe que je portais lorsque j'ai reçu un prix pour une photo dans un magazine où je travaillais autrefois. Effet garanti sur le jury ! Mais venons-en au fait, monsieur Cameron : je suppose que vous êtes là pour me parler de Duncan, non ?

Katy n'avait pu s'empêcher de rougir un peu en changeant ainsi de sujet, mais elle avait du mal à supporter son regard appréciateur sur cette photo d'une autre époque.

— Effectivement.

— Il ne faut pas vous fâcher, vous savez. Il ne faisait rien de mal, et en tout cas je ne savais pas qu'il avait tenu ces entrevues secrètes.

— Non, non, Miss Barrows, ce n'est pas ça qui me fait venir vous ennuyer à domicile : je ne suis pas furieux du tout. J'ai agi un peu brusquement hier, il faut l'avouer, mais...

— Il était un peu...

— Tendu. Oui, je sais, et malheureusement il est comme ça avec moi la plupart du temps, en ce moment. Avec tout le monde, du reste... sauf avec vous, apparemment. Miss Barrows, je suis venu vous demander de continuer à l'aider dans son travail scolaire comme vous l'avez fait ces jours-ci. Mais pas en haut de votre colline : à Railspoint, dans sa chambre.

Katy le regarda sans comprendre, et fut heureuse d'entendre l'eau bouillir à cet instant.

— Excusez-moi : je reviens dans une minute.

Elle prit le temps de remplir les tasses avant de répondre.

— Monsieur Cameron, je ne sais pas comment vous répondre. Je ne suis pas qualifiée pour ça. Ce que nous faisions sur la colline était tout à fait improvisé. Nous en avons décidé ainsi parce que la première fois il m'a confié qu'il avait des difficultés en orthographe et m'a demandé si je voulais bien l'aider. Comme je vais me promener par là tous les jours, j'ai accepté, mais cela n'a rien à voir avec une répétition normale. Je ne suis pas éducatrice.

Charles but une gorgée et se leva, ayant l'air de chercher ses mots :

— Duncan vous a parlé de lui ?

— Oh, pas vraiment. On s'entend bien ensemble. Il est très doux et plein d'affection, mais il parle peu de lui.

— Laissez-moi vous expliquer, dans ce cas. Depuis un an, à peu près, Duncan vit une crise sévère. Les raisons en sont très simples : je vous les exposerai brièvement, si vous le voulez bien. Ma femme, Véronica, nous a quittés il y a cinq ans. C'était une femme très vivante. Je l'avais rencontrée en Europe, quatre ans plus tôt, à Monte Carlo. Je l'avais épousée sur un coup de tête, juste avant qu'on m'annonce la mort de mon père. Elle adorait la vie mondaine, et je suis rentré trop vite m'enfermer à Railspoint pour m'occuper des biens de la famille. Comme j'aime les chevaux, son type de vie ne m'attirait guère. Danser jusqu'à l'aube, les soirées interminables : tout ce cirque ne m'a jamais donné de frissons. Pour Véronica, Lafayette, c'était un enterrement de première classe. Quand elle a compris que je ne pourrais vivre qu'ici, elle est partie. Enfin... elle est restée quand même plusieurs années. Tout ça était d'ailleurs un échec facilement prévisible : nous ne nous connaissions pas. Son seul problème, c'était un manque total du sens des responsabilités. Elle a disparu du jour au lendemain, et, si j'ai été soulagé de la voir partir en ce qui me concernait, c'était autre chose pour Duncan. Elle n'a plus jamais reparu. Elle m'a laissé la garde de l'enfant : elle n'en voulait pas. La première année, elle lui a envoyé des cartes et des cadeaux, puis un jour elle a arrêté. Je crois qu'elle s'est remariée. Duncan n'a pas pu digérer cet abandon, et ça ne s'est pas arrangé depuis. Il ressent même de plus en plus son indifférence, on dirait. Pour lui, tout ce drame se résume en trois mots : elle est partie.

Katy baissa les yeux : rien d'étonnant à ce que Duncan ait réagi si violemment quand elle avait fait allusion à sa mère.

— C'est terrible.

— L'autre problème, qui est pendant à celui-ci, c'est l'attitude des autres enfants à son égard. Ici, à Lafayette, dans le cercle de ses copains, il n'y a pas beaucoup de parents divorcés, mais dans tous les cas c'est la mère qui a pris les enfants. Duncan est le seul dont la mère n'a pas assumé sa charge. Les enfants peuvent être si cruels entre eux. A coup de remarques et de plaisanteries, ils ont fini par saper sa confiance en lui-même. Cela n'a pas affecté ses capacités intellectuelles, mais il a besoin d'être conforté dans ses possibilités.

— Oui, il m'a expliqué qu'on se moque de lui.

— Et ça arrive un peu trop souvent, même si c'est vrai qu'il commet des erreurs. A la fin, il finit par se paralyser ou se décourager. Il se renferme de plus en plus, ce qui ne risque pas de le rendre plus sympathique. Il peut être méchant, parfois, et surtout détestable dans son comportement. Je n'aime pas admettre que je suis désemparé, mais là... Peut-être ne suis-je pas aussi bon père que je croyais l'être. En tout cas je ne sais plus quoi faire. J'ai tout essayé. Ma sœur, Claudia, qu'il aime bien aussi, son institutrice, son médecin lui ont parlé. Rien. Vous êtes la première personne depuis des mois qui ait réussi à capter son attention et son intérêt. Je ne sais pas ce que vous lui avez dit...

— C'est plus probablement ce que je ne lui ai pas dit, vous savez.

— Il a besoin d'une dame gentille et attentionnée. Ce qu'il a trouvé en vous, visiblement.

— Je ne connaissais pas vraiment tous ses problèmes, mais je ne sais pas trop comment je...

— Attendez. Laissez-moi finir. Je comprends bien que vous ne soyez pas en mesure de lui enseigner ce qu'il doit apprendre, mais la question n'est pas là. Il finira par savoir ses leçons s'il a le soutien moral qu'il trouve avec vous. Vous ne vous imaginez pas depuis combien de temps cet enfant n'a pas ri comme il le faisait hier avec vous, en haut de la colline. Miss Barrows, je ne vous demande pas de vous engager pour la vie dans l'éducation de mon fils. Je voudrais qu'il passe un peu plus de temps en votre compagnie, jusqu'à ce qu'il reprenne pied. Il a besoin de quelqu'un comme vous en ce moment.

Katy était tendue et sans voix : ce discours ne pouvait la laisser indifférente. Quelqu'un comme elle... Etait-ce bien ce dont Duncan avait besoin ? Allait-elle renforcer ses liens avec ce garçon en dépit de sa situation précaire ? Alors qu'il souffrait précisément d'avoir été abandonné par sa mère, Katy, condamnée de façon inexorable, était-elle si bien placée... Il était plus que probable qu'elle lui ferait beaucoup plus de mal encore que sa mère. Pourtant, d'un autre côté, elle avait le désir, avant de disparaître, de rendre un service à quelqu'un, et spécialement à un enfant. C'était un danger de penser ainsi : elle pourrait détruire cet enfant irrémédiablement en l'« abandonnant » à son tour.

— Je ne sais pas, monsieur Cameron, dit-elle enfin. Je... Je ne crois pas que je puisse...

— Je n'ai personne d'autre vers qui me tourner. Aidez-moi !

Son appel restait digne, et en cela il n'avait que plus de force. Si cela ne durait que quelque temps, elle pourrait faire illusion, et apparaître en pleine forme. Elle se demandait néanmoins dans quoi elle mettait les pieds pour sauver Duncan.

— D'accord, céda-t-elle un peu à contrecœur. Mais pour quelques semaines seulement.

Le soulagement de Charles était visible. Son sourire s'épanouit :

— Merci.

— Comment voulez-vous arranger cette affaire ? demanda-t-elle sur un ton un peu las.

— Comme il vous conviendra, déclara-t-il en levant les mains.

— Je travaille deux matinées par semaine, les mardis et vendredis, jusqu'à midi. Après, je suis en principe libre et je n'ai pas d'emploi du temps fixe.

— Cela serait-il trop vous demander de passer tous les jours, à l'heure où Duncan rentre de l'école ? Il arrive vers trois heures.

— Non, ça m'irait.

— Vous pourriez commencer demain ?

Elle se mit à sourire :

— Vous vous rendez compte que nous mettons au point tout un programme sans être sûrs que Duncan veuille bien s'y prêter ?

Charles éclata de rire :

— Oh, mais il sera tout à fait d'accord, croyez-moi. Nous en avons parlé hier soir, et sa joie ne connaît plus de bornes depuis... C'était un moment bien agréable, du reste : pour la première fois depuis un an nous avons échangé plus de trois mots d'affilée.

CHAPITRE IX

— Miss Barrows ? Mon nom est Lydia. Veuillez entrer, s'il vous plaît. M. Cameron vous prie de l'excuser. Il pensait vous accueillir, mais il a été retenu par ses affaires.

— Merci.

Katy était très impressionnée par le vestibule au sol de marbre blanc et noir, et par les meubles de valeur. Des peintures nombreuses ornaient les murs, et le tout était éclairé par un grand lustre de cristal. Son métier l'avait amenée à visiter de très belles maisons, dans la région de Washington, mais celle-ci alliait parfaitement le bon goût et la simplicité, deux qualités fort rares, ensemble, dans les maisons américaines.

— M. Cameron préférerait que vous travailliez avec Duncan dans sa chambre, déclara Lydia. Je ne sais pas où il est en ce moment. Ce garçon ! Il savait que vous veniez, mais...

Sa plainte mourut sur ses lèvres quand elle aperçut le visage pâle du jeune garçon en haut de l'escalier. Il avait soigneusement peigné ses cheveux et sous son pullover en V il portait une chemise blanche. Katy fut surprise et enchantée : elle réalisait brusquement combien le petit bonhomme lui avait manqué depuis l'avant-veille. Duncan descendit avec une grande dignité et lui tendit une rose.

— Hello, Katy.

— Oh, merci, Duncan. Quelle élégance !

Duncan laissa échapper un petit sourire de satisfaction.

— Papa veut que nous montions chez moi, murmura-t-il. Je vous montre le chemin.

Katy échangea un sourire avec Lydia avant de suivre Duncan. En pénétrant dans la chambre, elle se demanda si elle était toujours aussi en ordre. Pas un pli au-dessus de lit, toutes les portes de placards soigneusement fermées, les livres rangés : un modèle de chambre d'enfant sage ! Un fauteuil avait été apporté pour Katy. Aucune photo de la mère de Duncan n'était visible, mais celle de Charles était en bonne place sur le bureau. Près de son lit se trouvait un portrait de Duncan avec un autre garçon.

— Ta chambre est très jolie, Duncan. Je suis très impressionnée. Qui est ce garçon, avec toi, sur la photo ?

— Oh, c'est Peter Franklin, répondit-il dans un souffle. C'est mon meilleur ami, mais nous ne nous voyons plus.

— Ah ? Et pourquoi ?

— Parce qu'il est parti à Boston, répondit Duncan en haussant les épaules. Son père a eu un boulot là-bas. Papa me dit toujours que nous irons le voir, mais on n'y va jamais. Il est toujours trop occupé.

— Je pense quand même qu'il t'emmènera dès qu'il le pourra, fit-elle en reposant la photo. Tu sais, ton père t'aime beaucoup et s'il t'a dit qu'il était trop occupé pour t'emmener à Boston, c'est qu'il l'était vraiment.

Duncan hocha la tête, à moitié convaincu. Ils s'installèrent à la table et Katy poursuivit sur ce thème du voyage avec quelques arrière-pensées.

— Le voyage à Boston est très joli. Moi aussi, je vais partir en voyage, du reste.

Katy n'aimait pas mentir, mais elle avait décidé que, dans ce cas, c'était nécessaire. Il fallait qu'il comprenne que sa présence n'était que temporaire.

— Tu vas partir bientôt ? demanda Duncan avec une ombre de déception dans la voix.

— Oh, je ne sais même pas, répondit Katy. Allez, Duncan : il faut se mettre au travail, à présent.

Son rôle officiel la laissa un peu mal à l'aise pendant un moment, mais Duncan savait créer l'ambiance, et bientôt ils travaillèrent aussi bien que s'ils avaient été au sommet de la colline. Au bout d'une heure et quart, Duncan montra des signes de fatigue et Katy décida que cela suffisait pour aujourd'hui.

— Tu en as assez, pas vrai ?

— Ouais ! C'était pas aussi drôle qu'avant... dehors !

— Oui, tu as raison. Cette fois-ci, nous travaillons sérieusement, je crois.

— Tu veux voir mes tortues ? demanda-t-il, l'œil soudain plus vif.

— Bien sûr.

Il bondit en direction de son vestiaire et ramena quatre de ces reptiles dans un aquarium qui le fit ployer sous le poids.

— Ce sont mes animaux préférés. Willie, Fred, Mabel et Félix. J'avais une chienne, aussi, Brandy. C'était un cadeau de ma tante Claudia. Elle élève les colleys. Mais elle est morte.

Katy sourit de l'ambiguïté involontaire dans la déclaration de Duncan. Elle présuma que c'était la chienne qui était morte.

— Qu'est-ce qui est arrivé à Brandy ? demanda-t-elle.

— Elle avait des problèmes au cœur. Ce n'était qu'un chiot. Je ne l'ai eu que pendant quelques mois.

— Oh, c'est triste, ça. Je suis désolée pour toi. Tu n'en as pas voulu un autre ?

— Si, soupira Duncan en examinant ses tortues. Ma tante Claudia voulait m'en donner une autre, mais Lydia était allergique, et je ne voulais pas la voir renifler tout le temps.

Katy pouffa de rire devant cette attention particulière pour la santé de la gouvernante.

— Tiens, voici Félix.

Heureusement, Charles entra à cet instant, évitant à Katy le déplaisir de prendre Félix dans sa main. Il était en tenue de cheval, encore tout poussiéreux et sentant l'écurie.

— Je ne vous dérange pas ? dit-il en souriant aimablement.

— Papa ! Je montrais mes tortues à Katy ! On a fini de travailler ! Dis, papa, je peux sortir ?

— Okay, mais je veux te voir de retour avant la tombée de la nuit, entendu ?

Quand son fils eut disparu dans le couloir, Charles se tourna vers Katy :

— Que se passe-t-il ? On n'aime pas les tortues ?

— Euh... Je peux répondre en toute franchise ?

— Claudia non plus n'aime pas ces bébêtes. Esthétiquement, je dois avouer... Venez prendre un verre en bas avant de partir.

Elle prit la rose solitaire entre deux doigts et expliqua à Charles l'origine de cette fleur :

— Un cadeau de Duncan. J'espère que Lydia ne se formalisera pas du raid de Duncan dans son nouveau bouquet. En tout cas, ça m'a beaucoup touchée.

Ils sortirent ensemble, Charles lui ayant pris le bras pour la conduire dans l'escalier avec une exquise galanterie.

— Comment ça marche ?

— A dire vrai, j'ai trouvé tout ça un peu bizarre au début. Le côté officiel m'a gênée. J'ai remarqué que Duncan n'a aucune photo de sa mère dans sa chambre.

— Il a même fait disparaître toutes les photos d'elle dans la maison. J'en avais une dans mon bureau, au cas où il la demanderait, mais un jour il est tombé dessus par hasard et, dans un accès de rage, il l'a mise en pièces. De surcroît, il s'est blessé avec le verre.

— Je voulais vous dire que je trouve cette maison ravissante, fit-elle une fois arrivés dans le hall.

— Plutôt qu'un verre, préférez-vous faire un tour dans l'élevage ? demanda-t-il en posant brièvement sa main sur l'épaule de Katy.

Celle-ci hésita : elle venait déjà de passer deux heures à Railspoint et il était tard.

— Volontiers.

Comment résister aux yeux des Cameron ? Il l'entraîna sur sa jeep pour lui faire une démonstration de son habileté au volant.

CHAPITRE X

Katy apprit que les chevaux de Railspoint étaient tous originaires d'Egypte. C'étaient les plus purs de cette race et la plupart valaient plus de cent mille dollars. Charles la fit entrer ensuite dans un bureau spacieux, meublé à l'anglaise et à l'orientale. Les murs étaient tapissés de trophées et de rubans, alternant avec des photos de chevaux, sur des tentures de soie. Une large fenêtre, surplombante, permettait de surveiller entièrement l'arène où étaient présentés les spécimens. Charles prit Katy par le bras et la dirigea devant cette ouverture ensoleillée.

— Les trois quarts de nos affaires sont traitées ici, dans ce bureau. Les acheteurs ou les gens qui sont intéressés par une saillie de nos étalons peuvent observer l'animal par la fenêtre. On laisse les animaux évoluer librement à la longe, pour qu'ils puissent montrer de quoi ils sont capables. C'est ici que je me trouvais aujourd'hui quand vous êtes arrivée. Des acheteurs du Michigan se sont présentés avec un jour d'avance, sinon j'avais prévu de vous accueillir moi-même à la grille du parc, si je puis dire, fit Charles en souriant.

L'attention de Katy fut captée par l'entrée dans le manège d'un magnifique étalon gris.

— Comment s'appelle-t-il ?

— Nazrah, répondit Charles, alors que le garçon d'écurie commençait à faire tourner le cheval. C'est le patron, ici, le plus bel animal de l'élevage et ma monture personnelle... quand j'ai le temps de faire des promenades. C'est aussi un sacré caractère, un vrai rouspéteur. Il est responsable en grande partie de la décoration de cette pièce, fit Charles en montrant les trophées. Nous sommes contraints de montrer nos chevaux dans les expositions. Ce sont les nécessités du métier.

Katy imaginait sans difficulté Charles sur ce superbe étalon.

— C'est vraiment enthousiasmant, comme vie.

— Enthousiasmant ? Pas du tout. C'est un travail monstrueux. Et puis il y a le prestige, et ça peut rapporter beaucoup, un bon cheval arabe. Je n'ai jamais voulu faire autre chose. Ni m'installer ailleurs. Mais je parle beaucoup de moi et de ma vie. A votre tour, maintenant. Qu'est-ce qui vous a amenée à Lafayette ? demanda-t-il en s'adossant au montant de la fenêtre. Duncan m'a dit que vous viviez avant à Washington.

— Oh, c'est très simple : ma vocation de fermière est née il y a des lustres. Chez mes grands-parents, dans le Connecticut.

— Lafayette n'est pas tout à fait le Connecticut. Vous êtes loin de votre famille.

— Oh, je n'ai plus de famille, à présent, répliqua-t-elle d'une voix sans tristesse. Mais de toute façon je ne serais pas rentrée en Nouvelle-Angleterre. Ce n'est pas vous qui allez nier qu'on tombe facilement amoureux de la Virginie une fois qu'on la connaît un peu, non ? Etre seule ne me gêne pas : je l'ai été presque toute ma vie. En Nouvelle-Angleterre, on est très indépendant. On nous apprend ça dès la naissance.

— Vous faites vos biberons vous-mêmes, là-bas ?

— Je n'en ai pas le souvenir, mais sûrement, dit-elle en souriant. J'étais enfant unique. Papa et maman étaient très gentils, mais trop âgés par rapport à moi. Nous n'étions pas toujours sur la même longueur d'onde. Aussi me suis-je rapidement habituée à être seule.

Il hocha la tête, pensif.

— Je présume que vous avez l'intention de continuer la photographie, ici ?

— Euh, non... Je... Ces dernières années, j'ai beaucoup

travaillé. Je faisais du portrait... la plupart du temps dans la région de Washington, mais j'ai décidé de prendre ma retraite de photographe professionnelle. J'ai envie de photographier pour mon propre plaisir, de tourner la page, en quelque sorte. Pendant des années, j'ai remis mes projets d'avenir au lendemain, sans savoir si lendemain il y aurait. Et puis j'en ai eu assez de me dire que j'étais trop occupée.

— C'est le début de l'épicurisme.

— Oui.

Brusquement, elle revint aux chevaux :

— Vous savez, je n'ai jamais été particulièrement à l'aise avec les chevaux, mais j'ai toujours désiré glisser sur la neige dans un vrai traîneau, tiré par un cheval, avec les clochettes et tout. Ça doit être merveilleux !

Charles eut l'air un peu étonné et cela amusa beaucoup Katy.

— Vous n'auriez pas des ancêtres russes, par hasard ?

Le visage de Katy se colora : qu'est-ce qu'il lui prenait de dévoiler ainsi ses fantasmes à un inconnu ? Elle n'allait pas, pour expliquer cette remarque saugrenue, lui raconter ses malheurs. Dans peu de temps, ils ne se verraient plus et Katy retournerait à son destin solitaire. Pourtant, elle ressentait sa présence, sa chaleur comme réconfortante. De peur de se laisser aller, elle s'écarta de la fenêtre :

— Je ne voudrais pas vous empêcher de travailler, avec mes bavardages, dit-elle en regardant sa montre. Il faut du reste que je rentre : il est tard maintenant.

— Vous ne m'ennuyez pas du tout, et de toute façon ma journée est finie, répondit Charles en lui emboîtant le pas.

CHAPITRE XI

— Ça, c'est Mme Beale ; lui, c'est David Snow, et celui-ci, c'est Jeremy Baker.

— Oh dis donc ! Il a vraiment un grand nez, hein ?

— Ouais, et même plus grand encore !

Duncan se pencha pour renforcer le nez de son ennemi juré, représenté par une marionnette en papier qu'il venait de découper dans du papier d'école jaune. Deux semaines s'étaient écoulées depuis que Katy avait commencé à venir aider Duncan dans ses devoirs. Ils avaient fait beaucoup de progrès et, avec un certain soulagement, mêlé de regrets, Katy pouvait envisager son départ.

Aujourd'hui, pendant la dernière demi-heure, elle avait accepté de lui enseigner l'art de découper des marionnettes en papier.

— Voilà ! s'écria Duncan en brandissant la couronne de figurines. Qu'est-ce que tu en penses ?

— Qu'après t'être défoulé un bon coup sur Jeremy tu devrais arrêter de te moquer de lui, dit-elle en prenant le ruban pour le déposer devant elle sur la table avec ses propres ciseaux. Mais je dois admettre aussi que tu es passé maître en matière de marionnettes en papier.

— Ça veut dire quoi, se défouler ?

— Se débarrasser de sa colère, fit la voix de Charles, qui, derrière eux, observait leur manège en silence.

Katy et Duncan sursautèrent.

— Oh, non ! Pris ! s'exclama Duncan en se roulant par terre de rire.

— Je vous dérange ?

Il saisit les marionnettes dans ses mains.

— Mais il n'y a rien de secret à tout cela, intervint Katy. Nous avons juste...

— Une fois, elle aussi a été prise par ses parents, s'exclama Duncan. Elle découpait des marionnettes dans son grenier alors qu'elle devait apprendre ses leçons. Ses parents ont fini par s'en apercevoir.

— Merci, Duncan. Qu'est-ce que ton père va penser de moi, à présent ?

Duncan se releva et se colla contre son père :

— J'ai dit à Katy que nous allions au cirque, samedi. Nous partirons tôt le matin.

— Exactement. Si tu penses être capable de te lever à une heure décente.

— Bien sûr, affirma Duncan que Lydia devait réveiller trois fois chaque matin avant qu'il ne s'habille. On pourra avoir des chaussons aux pommes pour le petit déjeuner, et des pains au chocolat ? Ou peut-être des éclairs ?

— Des éclairs pour le petit déjeuner ? Tu es fou, mon garçon. Hé, attention, tu vas te faire mal ! s'exclama Charles en esquivant un coup de poing de son fils, qui se tordait de rire.

Katy, assise confortablement sur sa chaise, assistait à ce match de boxe simulé entre le père et le fils. Charles se contentait d'esquiver les coups de Duncan, puis le repoussait grâce à son allonge plus grande. Pour mettre un terme au combat, il finit par attraper son fils par le poignet et le ceinturer. Réduit à l'impuissance autant par la prise de son père que par son fou rire, Duncan annonça, comme s'il jetait l'éponge :

— Je descends, maintenant. M. Devlin a trouvé un lapin dans les écuries, et je veux le voir.

— Pas si vite, Cameron Junior. J'ai quelque chose à te dire : j'ai lu un article intéressant dans le journal de ce matin. On organise un concours d'orthographe à Lafayette. Mme Beale en a-t-elle parlé en classe ? Ça s'adresse spécialement aux jeunes de ton âge, de ton niveau. C'est le Rotary Club de Lafayette qui s'en occupe. Ils veulent en faire une manifestation annuelle, une sorte d'épreuve de fin d'année. Le Rotary a décidé de faire inscrire le nom de chaque vainqueur sur une plaque à l'entrée du club. Le vainqueur de cette année sera tout en haut, et le journal fera un article sur lui. J'ai pensé que tu aimerais t'inscrire...

— Oh, mais c'est une idée formidable, Duncan ! lança Katy, enthousiasmée. Nous avions des concours comme ça à l'école, quand j'étais jeune. Mais ça n'était jamais aussi élaboré que ça. Il faut absolument que tu y participes.

Duncan haussa les épaules, dansant inconfortablement d'un pied sur l'autre. Finalement, sans répondre, il se tourna vers Charles :

— Je peux y aller, maintenant ?

Charles sourit et hocha la tête. Soulagé, Duncan embrassa Katy sur la joue et disparut dans le hall en sifflotant.

— Je voulais vous dire, ma chère Katy, que Mme Beale a téléphoné hier soir pour me demander ma recette : Duncan commence à progresser dans son travail et participe activement à la classe. C'est grâce à vous...

— J'en suis ravie, répondit Katy en se laissant entraîner dans l'escalier par Charles.

— Ne me regardez pas comme ça, Katy : je sais ce que vous pensez, mais ce n'est pas le moment de nous laisser tomber. Je suis certain que si vous partiez maintenant, Duncan retomberait dans ses errements de cancre.

Il ne cherchait pas uniquement des excuses pour la garder à Railspoint : il croyait fermement à ce qu'il disait. Le salut de Duncan était une chose, mais ses rapports personnels avec Katy en étaient une autre. Il venait de comprendre combien elle lui était devenue indispensable.

L'amour de ma vie... Jamais il n'avait imaginé qu'il rencontrerait une personne dont il ne pourrait se passer. Jamais il n'avait éprouvé un tel sentiment pour Véronica. Il était fasciné par cette lueur d'intelligence et d'humanité qui animait le visage de Katy. Depuis des semaines qu'il l'observait en silence, elle avait gardé une certaine réserve, qu'il ne comprenait pas très bien, mais qu'il n'avait pas essayé de forcer. Par respect, par discrétion, il avait accepté d'attendre. Mais maintenant il avait besoin de la connaître plus intimement. Aussi pensait-il lui proposer de dîner ensemble. Il jeta un coup d'œil sur la mince silhouette de Katy dans son sweater noir, qui soulignait délicatement la courbe de ses seins puis moulait sa taille féminine.

— Donnez plus de temps à Duncan, Katy. Il a besoin de votre influence.

Elle détourna le regard : elle ne voulait pas argumenter avec lui. Tout ce qui était en son pouvoir avait été fait. Rester ne pourrait que détruire ce qu'elle avait fait jusqu'à ce jour. Il lui fallait disparaître. Elle commençait à se sentir trop bien à Railspoint, et tout ce qu'elle avait prévu de faire pendant le peu de temps qu'elle avait encore à vivre se trouvait à nouveau relégué à plus tard. Pourtant, qu'est-ce qu'il y avait de plus important que Duncan et Charles ?

— Vous lisez dans ma tête comme dans un livre, fit-elle en souriant.

— Ce n'est pas très difficile, répliqua-t-il en souriant à pleines dents.

— Charles, je crois vraiment que...

— ... qu'il vous faut rester quelques semaines de plus, coupa-t-il avec une imperturbable insistance. Accordé ! Et merci de m'aider à persuader Duncan de s'inscrire à ce concours.

Elle soupira légèrement, à la fois d'angoisse et de soulagement. Elle pouvait encore reporter son départ de Railspoint. C'était facile. Mais l'autre départ ?

— Okay, vous avez encore gagné. Je viendrai encore quelque temps. Quant au concours, je ne cherchais pas à vous soutenir.

— Il faut qu'il recouvre sa confiance en lui, par une démonstration publique, devant ses copains. S'il gagnait, ce serait formidable, mais cela dit il faut qu'il se décide de lui-même. J'ai pensé un moment l'inscrire d'autorité, mais ce serait une erreur. Katy !

Il prononça son nom comme un cri, en lui attrapant le bras au moment où il la vit perdre pied dans l'escalier. Elle s'accrocha à lui comme à une bouée de sauvetage.

— Quelque chose ne va pas ?

— Je...

Elle était littéralement suspendue à l'épaule de Charles. L'escalier et le hall, en dessous, se déplaçaient devant ses yeux, comme si elle regardait dans un kaléidoscope. Elle laissa tomber sa tête sur l'épaule de Charles et se couvrit les yeux de la main droite. Le vertige se transformait en nausée. Elle trébucha plusieurs fois avant que Charles ne la prenne dans ses bras fermement.

— Katy, que se passe-t-il ?

— Je... J'ai une sorte de vertige...

Elle se mit à déglutir plusieurs fois le liquide amer qui remontait dans sa gorge.

— Asseyez-vous. Baissez la tête.

— Ça va passer.

— Faites ce que je vous dis, insista-t-il avec le plus grand calme.

Elle obéit et s'installa, le front posé sur les genoux, les bras autour des jambes. Quand, enfin, le vertige commença à diminuer, elle releva lentement la tête et sourit légèrement.

— Je suis désolée.

— Ne soyez pas ridicule. C'est moi qui suis désolé pour vous. Descendons, à présent. Vous voulez boire quelque chose ?

— Non, non. Merci.

Il l'aida à se relever et la soutint tout le long de la descente. Quand ils arrivèrent dans le hall, il annonça sa décision :

— Je vous ramène.

— Mais non ! Je vais très bien, à présent. Je peux rentrer sans problème.

Il avait déjà le manteau de Katy dans les mains. D'une voix très douce, mais ferme, il la gronda :

— Vous êtes inconsciente, ma chère Katy : vous venez d'avoir un malaise. C'est tout naturel de vous faire reconduire. Si ça recommençait...

— Ça ne recommencera pas. J'en suis sûre ; c'était passager.

Tout ce qu'elle désirait le plus au monde, c'était se coucher dans son lit pendant quelques heures. L'aimable galanterie de Charles Cameron ne faisait que l'encombrer.

— Katy, je ne vais pas vous laisser repartir seule. Je ferai ramener votre voiture par le jardinier et...

— Monsieur Cameron, excusez-moi, intervint Lydia, qui venait d'apparaître du côté de l'escalier. M. Peterson au téléphone, monsieur. Il dit que c'est urgent. Il a l'information que vous lui avez demandée.

— Zut ! Il tombe bien, celui-là. Merci, Lydia.

— Charles, allez répondre. C'est important.

Avant même qu'il ait eu le temps de réagir, elle sortait de la maison, en lui faisant un petit signe amical de la main.

CHAPITRE XII

— Miss Barrows, on ne peut pas continuer ? Oh ! S'il vous plaît ?

— Je ne crois pas que ce soit possible, Nell : c'est l'heure de ta séance de rééducation. Tu as entendu ce qu'a dit Mme Montgomery. Elle arrive. Ne fais pas cette tête-là, ma mignonne ! Jamais ta jambe ne redeviendra normale si tu ne la fais pas travailler. Ou bien as-tu décidé de sautiller sur une patte pour le reste de ton existence ?

Nell finit par se laisser convaincre par la plaisanterie agrémentée d'une mimique amusante, et gloussa de rire, permettant à Katy de la quitter.

Son service était terminé. Elle jeta un coup d'œil satisfait sur l'ensemble de la salle. Dans un coin, Grace Paine avait rassemblé quelques gamins plus ou moins éclopés et jouait aux cartes avec eux. Katy sourit en voyant Grace faire la distribution avec une dextérité qui laissait supposer la connaissance de jeux plus sérieux.

Katy aimait bien Grace. Elle avait su acquérir auprès des enfants une grande popularité, avec ses manières un peu brusques et ses reparties spirituelles. Elles échangèrent un clin d'œil complice.

Soudain, une voix provenant de la porte brisa l'ambiance détendue de la grande pièce comme une pierre casserait une vitre.

— Miss Paine, nous ne permettons pas les jeux de cartes avec les enfants dans cet endroit. Nous ne sommes pas au café, ici !

Le silence se fit instantanément. Suffoquée, Katy se tourna vers l'entrée : comme la statue du Commandeur, Mme Thatcher foudroyait Grace Paine du regard, le doigt désignant l'objet du délit. Une broche de diamants scintillait au revers de son tailleur sévère. Tout le monde, enfants comme bénévoles, suivit des yeux sa hautaine progression à travers la salle à la rencontre de Grace.

Celle-ci se redressa, rougissant un peu de devenir l'objet de toutes les attentions, puis laissa tomber ses cartes d'un air dépité :

— On ne joue pas au poker, sapristi ! Vous avez vu ce que c'est, sans blague ?

— Je me fiche de ce que c'est. Les jeux de cartes sont interdits.

— Vous voulez rire ?

— Vous trouvez que j'en ai l'air ? Je vous retire du service de pédiatrie. Immédiatement. On a besoin de personnel pour distribuer les paquets et le courrier intérieur.

— Madame Thatcher, intervint Katy d'une voix la plus apaisante possible.

— Ne vous mêlez pas de ça, Miss Barrows. Retournez à votre travail, coupa Mme Thatcher sans lui adresser un regard.

Katy était blanche de rage quand la directrice quitta la salle derrière Grace. Elle fit le tour de l'assemblée d'un coup d'œil circulaire, puis sortit à son tour. Dans le couloir, il n'y avait plus personne en vue. D'un pas saccadé et furieux, elle prit la direction des ascenseurs en ruminant sa colère.

Elle n'arrivait pas à concevoir que la responsable d'un service pût humilier publiquement un membre de son personnel. Personne n'était traité ainsi d'habitude. Sans prêter attention aux gens qu'elle croisait, elle fonça tête baissée vers le bureau des bénévoles, et, au détour d'un couloir, croisa Charles.

— Oh, hello, fit-il, soudain tout joyeux. Je suis passé au bureau pour voir si vous étiez encore là, mais l'infirmière m'a dit que vous étiez en pédiatrie. Je m'y rendais.

— J'ai fini. J'allais partir, répondit-elle froidement.

— Bon ! Ça veut donc dire que vous êtes libre pour

déjeuner ? dit-il sans remarquer l'humeur de dogue de Katy. C'est pour remplacer l'invitation à dîner que je n'ai pas eu le loisir de vous proposer hier après-midi.

Son sourire était irrésistible, et Katy sentit son cœur se réchauffer instantanément. Elle oublia tout et suivit son ami.

— Excellente idée, Charles, fit-elle en glissant son bras sous le sien.

Il l'emmena dans un country-club très élégant, aux alentours de Lafayette. Il y avait un terrain de golf et des courts de tennis, et l'ensemble des installations se trouvaient parmi des bosquets d'arbres.

Le restaurant, au premier étage, dominait la plaine. La décoration était un curieux mélange de styles : l'ultramoderne côtoyait le traditionnel. Après avoir fait le tour de ses relations, Charles avait conduit Katy à sa table personnelle, dans un coin, à l'écart, où la musique douce et les lumières atténuées créaient une ambiance intime.

— Je n'étais pas content du tout, hier, dit-il, quand ils furent confortablement installés dans les fauteuils de cuir. Je ne voulais pas que vous conduisiez après ce qui vous est arrivé. J'ai même téléphoné plusieurs fois. Vous avez eu mes messages ?

— Oui.

Irène avait répondu pendant son sommeil, car Katy s'était endormie dès son retour et ne s'était réveillée que pour le dîner.

— Au moins, j'ai su que vous étiez bien rentrée, conclut-il avec une nuance de reproche dans la voix. Comment vous sentez-vous, aujourd'hui ?

— Très bien, Charles. Je vous ai déjà dit que c'était passager.

— Vous devriez peut-être consulter un médecin. J'en connais d'excellents, ici... comme vous vous en doutez.

Elle savait qu'il était temps de lui parler, et cette idée l'avait tourmentée toute la nuit.

— Charles...

— Quelqu'un vous a-t-il jamais dit combien vous êtes belle ? fit-il de but en blanc, le sourire conquérant aux lèvres.

— Euh... Je... Si, mais...

— Eh bien, vous l'êtes ! Qu'alliez-vous dire ?

Les yeux de Katy s'écarquillèrent peu à peu, tandis que

ses épaules s'affaissaient. Toute sa détermination fondait d'un seul coup.

— Comment va Duncan ? demanda-t-elle en fin de compte, en passant une main agitée dans ses cheveux.

— Il allait très bien quand il est parti à l'école, ce matin... Mais nous ne sommes pas là pour parler de lui, Katy. Cette heure nous appartient à tous les deux. Exclusivement. Que voulez-vous boire ?

— Un Perrier citron, s'il vous plaît.

Charles fronça les sourcils :

— Rien de plus sérieux ?

— Non. Juste un Perrier.

Charles la considéra pendant un court instant sans comprendre, puis passa la commande, sans plus de commentaires. Quand le garçon se retira, Charles se pencha vers Katy :

— Il y a des choses bizarres chez vous, Katy, fit-il d'une voix énigmatique, avant de changer complètement de ton. Comment s'est passée votre matinée à l'hôpital ?

Katy se mit à songer à l'incident dont elle avait été témoin.

— Oh, bien, à part... Charles, connaissez-vous Grace Paine ?

Il réfléchit un instant :

— Non, je ne connais personne de ce nom.

Ce n'était donc pas la mauvaise réputation de Grace qui avait conduit Mme Thatcher à agir ainsi envers elle. Charles aurait certainement été au courant. Mais qu'est-ce qui poussait la directrice des bénévoles à avoir une telle attitude ?

— Qui est cette personne ? demanda Charles avec curiosité.

— Oh, une femme qui travaille avec nous. J'espérais que vous pourriez me dire ce qu'elle a de si déplaisant aux yeux de Mme Thatcher.

— Lafayette n'est pas une bien grande ville, mais ce n'est pas non plus un village. En plus, je ne suis pas le directeur de conscience de cette Mme Thatcher, répondit Charles en riant. Je suis loin de connaître tout le monde, ici.

Perdue dans ses pensées, Katy continua distraitement à l'interroger :

— Et Mme Thatcher ?

— Oh, c'est une femme très capable, qui a accompli un remarquable travail dans ce programme des bénévoles. Mais pourquoi toutes ces questions ?

Elle lui raconta l'incident et lui dit son indignation.

— C'est vraiment un comportement incroyable de la part d'une personne aussi qualifiée que Mme Thatcher. Et ça s'est passé devant les gosses, devant les infirmières ! Tout le monde était là ! Je ne sais pas ce qu'elle peut reprocher à Grace, mais ce ne sont pas des manières d'agir.

— Du calme, fit-il en souriant. Vous m'avez l'air de vous échauffer drôlement.

— J'ai ma vision personnelle de ce qui est bien et de ce qui ne l'est pas ! répondit-elle avec le plus grand sérieux.

— Je vous comprends bien. Si Evelyn avait un reproche à faire à cette femme, elle aurait dû en effet la prendre à part.

— Exactement. C'est le problème avec les gens qui font étalage de leur autorité.

— Katy, vous voulez que j'éclaircisse cette histoire ? demanda-t-il pour l'apaiser.

— Oh, non ! Je n'en ai pas parlé avec cette idée, se défendit-elle en regardant la main de Charles posée sur son avant-bras. Je vous remercie de me le proposer, mais j'ai raconté tout cela uniquement pour me soulager.

— Comme vous voudrez. Je suis à votre disposition.

Le garçon apparut avec les menus et mit un terme à ce chapitre de leur conversation. Ce fut un déjeuner tranquille et agréable, puis quand le café fut servi Katy jeta brusquement un coup d'œil sur sa montre-bracelet :

— Je ne voudrais pas vous presser, mais j'ai une foule de courses à faire avant d'aller retrouver Duncan.

Charles hocha la tête et but d'un trait le reste de son café. En se levant, il l'aida à passer sa veste, et lorsqu'elle passa devant lui il posa la main sur son épaule et ils traversèrent la salle ainsi. C'était assez osé de sa part. Devant la porte du restaurant, il l'attira vers lui :

— Kate, il y a des moments où je vous comprends mal. Y a-t-il quelque chose que je dois savoir à votre sujet ?

Le pouls de Katy s'accéléra. Le moment était passé d'aborder les révélations délicates. Elle le regarda droit dans les yeux :

— Non. Rien. Je suis seule et je l'ai toujours été... si c'est ce que vous voulez savoir.

CHAPITRE XIII

Ils traversèrent le parking quand Paul Sherbourne héla Charles. Il venait de descendre de sa Porsche grise, tout au bout de l'alignement de voitures luxueuses. Charles se figea, sans lâcher Katy.

— J'ai vu ta voiture en arrivant. Je voulais voir si je pouvais t'offrir un verre.

Sans aucune gêne, Charles laissait deviner son irritation d'être ainsi importuné.

— Nous allions partir, répliqua-t-il. Voici mon beau-frère, Paul Sherbourne. Paul, Katy Barrows.

— Très heureuse de faire votre connaissance, dit-elle en souriant avec sincérité.

C'était un homme de taille moyenne aux cheveux noirs bouclés. Il portait une curieuse veste écossaise, un peu trop voyante. Il ne cacha nullement qu'il était venu voir Charles, et qu'il avait l'habitude d'être direct.

— On m'a dit que tu as une option sur le terrain de Miller, en ville. Belle affaire, vieux renard ! fit-il en donnant une grande tape dans le dos de son beau-frère, qui soupira ostensiblement. C'est réglé ?

Charles ne lui retourna pas son sourire :

— Pas encore...

— Je suppose que tu dois avoir des plans extras pour ce coin ?

Espérant entendre des explications détaillées, Paul s'adossa à la voiture derrière lui et croisa les bras, un sourire béat sur les lèvres.

— Peut-être.

— Pas bavard, hein ?

— C'est ça.

Bien que les réponses laconiques de Charles fissent monter la tension, Paul continuait imperturbablement à sourire, sans se décourager.

— Tu sais que j'ai une affaire en cours, en ce moment ? Tu serais intéressé. C'est de premier ordre. Une zone de développement industriel près d'Elkins, au sud de Richmond. C'est marrant comme les choses arrivent, dans ce milieu, pas vrai ? C'est comme la fois où tu as eu la propriété de Connors avant même qu'on sache qu'elle était à vendre. J'étais à Richmond, il y a deux semaines, et j'ai entendu des rumeurs sur American Technology, qui...

— Tu me raconteras ça plus tard, veux-tu ? coupa Charles, sans ménagement. Il faut que tu nous excuses, mais Katy est pressée.

— Okay.

— Vous ne l'aimez pas beaucoup, votre beau-frère, fit remarquer Katy, une fois installée dans la Lincoln.

— Ce type est un crétin. Il a passé les dix dernières années à foirer ses coups et a perdu une fortune en route... celle de ma sœur, en l'occurrence. Il n'a aucune cervelle. Pour les affaires, il ne prend jamais assez de temps pour regarder où il met les pieds et une fois qu'il s'y est jeté tête baissée il ne sait même pas tirer son épingle du jeu quand ça sent le roussi. Les bornes de sa stupidité sont pour moi un sujet perpétuel d'étonnement.

— Oh, peut-être êtes-vous un peu dur avec lui. Après tout, personne n'est jamais vraiment un idiot rédhibitoire...

— Ah ? Vous croyez ? fit-il, l'air incrédule. Tout le monde, chez moi, me demande de revoir mon opinion sur Paul, sans qu'il ne change en rien ses manières.

— Vous devriez peut-être...

— Réviser mon jugement ? rit-il.

— Je ne sais pas. Vous étiez si sec avec lui, tout à l'heure.

— C'est comme ça que je le vois, Katy. Je le connais depuis trop longtemps. Son intrusion était tout ce qu'il y avait de plus intéressée. Ça n'accroche pas vraiment, entre nous.

— J'ai eu plutôt l'impression qu'il aimerait bien vous ressembler.

— Il y a déjà une femme qui voudrait que j'aime Paul. Je n'en ai pas besoin de deux !

Il la ramena à leur point de départ : le parking de l'hôpital.

— Pas besoin de sortir, Charles : je veux seulement vous remercier pour le déjeuner. C'était vraiment très agréable.

— C'était bien plus qu'agréable, Katy, dit-il en lui prenant les deux mains. Duncan m'a dit que vous n'étiez pas libre pour aller au cirque, demain. C'est vrai ?

— Oh, euh... Je...

Elle fit un très léger signe négatif de la tête.

— Allons, joignez-vous à nous, insista-t-il. Duncan serait si content.

— Charles...

— Et c'est aussi vrai pour moi : je serais ravi que vous veniez, Katy.

Elle se laissait trop facilement circonvenir : tout ça la dépassait de plus en plus.

— Non, Charles, je ne peux pas, répondit-elle avec fermeté.

— Je vous promets que vous n'aurez pas de chaussons aux pommes ni de pains au chocolat pour votre petit déjeuner, si vous n'y tenez pas.

Leurs regards se croisèrent, et elle ne put s'empêcher de pouffer.

— Charles, ce n'est pas que... Vous êtes irrésistible.

— Je suis content de vous l'entendre dire, Katy. C'est une impression tout à fait réciproque, vous savez. Ça marche, pour demain ?

— D'accord.

Il lui prit la main et l'embrassa du bout des lèvres.

— Bien. Nous passerons de bonne heure pour vous prendre. Je vous laisse la joie d'annoncer la bonne nouvelle à Duncan. Je ne rentrerai pas avant le dîner : j'ai un rendez-vous à la banque et ça va sûrement durer assez tard. Nous nous verrons donc demain !

CHAPITRE XIV

— Oh la la ! Katy ! Je n'avais jamais vu autant de photos ! Pourquoi tu as pris celle du vieil homme sur le banc ?

Duncan passait en revue le grand panneau des œuvres de Katy, dans son salon.

— Parce qu'il avait l'air si seul...

Duncan contempla la photographie pendant un instant, en faisant des grimaces de gosse.

— Je parie qu'il n'est jamais allé au cirque. Je peux aller voir ton laboratoire ?

— Bien sûr. La porte de la cave se trouve dans la cuisine, mais fais attention aux bouteilles qui se trouvent sur la paillasse.

— N'abîme rien, Duncan, ajouta Charles.

— Non, je ne pensais pas à ça, Charles, corrigea Katy. Il y a des produits chimiques sur cette paillasse et je ne voudrais pas que tu t'abîmes, toi, petit Duncan. Allez, dépêche-toi ! Nous devons partir. Je suis prête, en tout cas.

Charles se tourna vers la porte. Il portait un gros pull de marin et des bottes de cow-boy sur un jean.

— J'aime beaucoup ce portrait de vous, Katy. Réellement. Surtout à cause de votre air sexy, dans cette tenue.

— Merci.

Elle rougit légèrement, mais, en sentant la douleur qu'elle redoutait tant, elle roula des yeux et se frotta les tempes.

— Vous ne vous sentez pas bien ?

— Oh, seulement un peu mal au crâne, dit-elle en recommençant son geste, comme pour conjurer le mauvais sort.

— Seulement ? dit-il en fronçant les sourcils. La douleur semble vous aveugler.

Elle se força à sourire :

— Ça va passer, Charles. Je vais juste prendre un cachet d'aspirine. Je reviens.

Le parc d'attraction où était installé le cirque se trouvait à l'est de Washington, dans le Maryland. Les deux heures de route passèrent vite sous le feu des questions que leur imposa Duncan.

Lorsqu'ils arrivèrent, les gens du cirque étaient mêlés aux spectateurs parmi les roulottes pour la traditionnelle visite aux animaux. Par les grandes portes du chapiteau, on pouvait voir la piste et entendre les accents ronflants de l'orphéon bariolé.

— Allons chercher de la barbe à papa ; ensuite, on ira visiter les animaux, décida Duncan.

— Nous avons une bonne heure avant le début du spectacle.

Les souvenirs de cirque de Katy revinrent à son esprit pendant la promenade entre les cages. Avec une surprenante facilité, Duncan leur fournit toutes sortes d'informations sur chaque animal. Poussés par l'inlassable curiosité du garçonnet, ils marchèrent à travers le camp entre les caravanes et les groupes d'enfants agglutinés autour des clowns.

— Comment va votre mal de tête, Katy ?

Elle aurait préféré oublier ce sujet.

— La douleur est stationnaire, répondit-elle distraitement.

Durant le spectacle, il se passa une scène étonnante. Charles ayant décidé de leur ramener un panier-repas, il s'était éloigné en direction de la cabane à frites, non loin du chapiteau. Katy se retrouva seule sur le banc avec Duncan à sa gauche, pendant l'exhibition des trapézistes.

Sans que rien ne le laissât prévoir, Duncan se tourna vers Katy, l'œil à la fois gêné et interrogateur.

— Katy ?

— Quoi, mon chou ?

Absorbée par les évolutions de l'athlète sur son trapèze volant, elle n'avait guère prêté attention au petit bonhomme. Il ne parut pas s'en soucier.

— Pourquoi les mamans abandonnent-elles parfois leurs enfants ? lui demanda-t-il brusquement.

C'était la première fois que Duncan faisait allusion à sa mère. Katy en oublia instantanément les trapézistes, et posa la main sur l'épaule de Duncan, qui tripotait son sac de cacahuètes. Qu'allait-elle trouver à lui répondre ?

— Tu sais, mon chéri...

— Ma maman m'a abandonné quand j'avais quatre ans, et elle n'est jamais revenue. Elle ne téléphone même pas, ni rien. C'est parce que j'étais méchant, tu crois ?

— Oh non, mon garçon, pas du tout. Tu n'as jamais été méchant de ta vie. Ta mère ne t'a pas quitté à cause de toi.

— Alors pourquoi ? Elle ne nous aimait pas, moi et papa ?

Charles avait raison : peu à peu, les angoisses rentrées refaisaient surface. Duncan commençait à se sentir en confiance avec elle. Katy ne pensait rien de particulier au sujet de Véronica. Ce n'étaient pas ses affaires : elle n'avait pas à juger une femme qu'elle ne connaissait pas. Cependant, ce petit bonhomme, à côté d'elle, haut comme trois pommes, avait besoin de réponses claires. Il ne se contenterait pas des faux-fuyants pour adultes.

— Il faut que tu comprennes quelque chose à propos des adultes, mon chéri. Ils ont parfois du mal à démêler leurs idées. Parfois ils ne savent pas vraiment ce qu'ils veulent, ce qu'ils aiment, et n'arrivent pas à communiquer entre eux. Peut-être aussi ne sont-ils pas réellement des adultes, conclut-elle en soupirant. Je crois que ta mère était de ceux-là. Ça n'a rien à voir avec toi. Elle était comme ça avant même que tu sois né. Tu es un gentil petit garçon depuis toujours, toi. Et ton papa pense comme moi. Il ne faut jamais que tu l'oublies.

Il ne répondit rien mais se pressa contre elle, enfouissant son visage dans la poitrine de Katy. Charles réapparut à cet instant avec un grand sac de hot-dogs, et en silence s'installa à côté d'eux, questionnant en vain Katy du regard.

— Allez, petit bonhomme, il est temps de manger. Ton papa vient de ramener des trésors, dans ce sac. Tu te souviens que nous devons descendre pour voir passer les cavaliers ?

Après avoir ingurgité deux hot-dogs et un sandwich, Duncan parut se ranimer. Plus tard, lorsqu'il descendit tout en bas de l'arène pour le carrousel, Charles interrogea Katy sur ce qui s'était passé.

— C'est bon signe, n'est-ce pas ? conclut-il après avoir écouté le récit de Katy. Je me demande comment il va résoudre son problème tout seul.

— Au moins, nous savons combien ça le tracasse.

— Certes...

— J'espère que vous ne m'en voudrez pas d'avoir parlé de votre mariage dans ces termes. Je n'ai pas voulu dire du mal de Véronica. Je ne me le permettrais pas. Je ne veux pas faire intrusion...

— Ne vous en faites pas au sujet de Véronica... à tous les points de vue, la rassura-t-il. Et puis, comment pourriez-vous faire intrusion, Kate ?

Il passa son bras sur les épaules de Katy, et elle répondit à ce geste en glissant le sien dans son dos.

Le retour fut tout à fait différent de l'aller : Duncan, tout comme Katy, était épuisé. Ils acceptèrent pourtant de dîner en chemin, car le repas de midi était loin. Charles choisit une petite auberge peu avant Lafayette. Katy était beaucoup plus fatiguée qu'elle n'aurait pensé. Sa tête, sans lui faire mal, lui pesait terriblement et elle sentait un besoin pressant de se coucher dans des draps bien frais.

Il était presque neuf heures quand ils s'arrêtèrent devant la maison de Katy. Les deux passagers s'étaient endormis à peine avaient-ils quitté le restaurant. Charles les contempla un moment. Ils avaient l'air si heureux ensemble, et Katy était encore plus belle endormie. Il soupira de plaisir, avant de descendre de voiture. Il prit Katy dans ses bras sans le moindre effort et ce ne fut que devant la porte qu'elle commença à s'éveiller.

— Charles, où sommes-nous ?

— Chez toi...

Elle était complètement désorientée et passa précipitamment son bras autour du cou de Charles. Il sourit et se pencha légèrement :

— Si j'avais eu les clés, j'aurais pu te border dans ton lit sans même que tu t'éveilles.

— Quel homme charmant !

Ils restèrent un moment immobiles.

— Tu peux me poser, tu sais.

— Je n'en ai pas vraiment envie : je t'aime bien dans cette position.

Dans le salon, une veilleuse permettait de se déplacer sans heurter les meubles.

— Quelle belle journée... Merci, fit Katy en souriant.

Elle n'osait plus le regarder en face trop longtemps. L'atmosphère était tendue. Elle se sentait impulsive, prête, ouverte à lui. Le regard de Charles était chargé de désir sexuel, et leurs pulsions ne pouvaient que les submerger.

— Je suis content.

— Ça faisait longtemps que je ne m'étais pas amusée comme ça. Charles, j'ai oublié mon appareil photo dans la voiture.

— Pas d'importance : je te le rapporterai demain matin. Katy... tu es une femme fantastique.

Avant même qu'elle puisse répondre, il l'embrassa sur les lèvres. Les mains de Katy se posèrent sur la nuque de Charles et ses lèvres s'entrouvrirent sans hésitation. Plus sûr de lui, il la serra très fort entre ses bras et la pression de sa bouche s'accentua.

Charles désirait Katy comme jamais il n'avait désiré aucune femme, mais son fils, Duncan, attendait tout seul dans la voiture. Il prolongea l'étreinte pendant un moment encore, puis s'arracha à regret aux lèvres de Katy et la fixa droit dans les yeux.

— Bonne nuit, ma chérie...

Elle rouvrit les paupières et sourit légèrement, puis l'accompagna jusqu'au seuil de la maison et le regarda s'éloigner dans la nuit. Elle resta là, immobile, adossée au chambranle jusqu'à ce que les feux arrière de la Lincoln aient disparu dans la nuit.

Dans quelle histoire s'était-elle fourrée ! Sa joie, son plaisir prenaient une dimension tragique, une fois sa solitude retrouvée.

CHAPITRE XV

— Messieurs, je crois que nous avons fait le tour du problème. S'il n'y a plus de question, nous pouvons lever la séance.

Nathan Peterson laissa tomber bruyamment sa main sur la table pour signifier sa décision. Les quatre hommes qui lui faisaient face se levèrent en repoussant leurs chaises.

— Les papiers officiels te parviendront dans la semaine, reprit Nathan en se tournant vers Charles.

— Parfait, répondit celui-ci en refermant d'un coup sec sa serviette en cuir noir.

— Tout a marché comme sur des roulettes. Reste à voir ce que tu vas construire là-dessus.

Charles lui adressa un petit clin d'œil complice :

— Tu cherches des informations ? Pour le compte de Miller, peut-être ?

— Bien sûr. L'ancien propriétaire est toujours intéressé par ce genre de choses. Et puis, tu as piqué ma curiosité, à moi aussi. Surtout que tu as encore mieux gardé ton secret que d'habitude. J'ai dans l'idée que ce sera diablement important pour Lafayette. D'après ce que j'ai vu des rapports techniques, tu vas construire un très gros bâtiment.

— Oh, c'est sûr que ça ne sera pas un préfabriqué quelconque, mais par principe je fais toujours les choses à fond.

— Tiens, j'ai aperçu Paul, l'autre jour. J'aimerais bien que quelqu'un puisse le convaincre d'être plus discret, celui-là ! Il se répand en confidences inconsidérées dans tous les bars de la ville. Quand apprendra-t-il que le silence garantit des revers de fortune ?

— Tu n'as donc pas compris que Paul est un cas désespéré.

— Ouais. En tout cas, on dit qu'il va demander un prêt à Jason.

Charles posa sa serviette sur le bureau de Nat :

— Tout le monde connaît le niveau de son crédit... sans parler de sa crédibilité. Jason serait fou de lui prêter ne serait-ce qu'un centime.

— Oui, c'est difficile de croire qu'il le soutiendra. En fait, je suis sûr qu'il va le jeter. C'est triste, quand même. On va prendre un verre au club ?

— Non, pas aujourd'hui, merci. Une très jolie dame m'attend à la maison.

— Tu es servi à domicile pour ça aussi ?

Charles hocha la tête. Il avait trouvé bizarre que Katy ne fût pas chez elle quand il avait appelé. Elle avait dû partir pour la journée. Il devait s'avouer qu'il en était un peu jaloux : maintenant, il voulait connaître tout ce qui constituait sa vie. Les gens qu'elle voyait, les amies intimes, comme Robin.

— C'est celle qui s'occupe de Duncan ?

— Comment sais-tu cela ?

— Oh, ne va pas croire que ta vie privée est une source de conversation générale dans la ville. Il se trouve que Joey m'en a parlé hier. Duncan ne jure que par elle, à l'école.

— Je ne peux pas le lui reprocher.

— Ah ? Elle a donc pas mal d'importance pour toi ?

— T'en fais pas, Nat : tu la rencontreras. Tout le monde apprendra à la connaître. Très bien, même.

— L'éleveur de chevaux et l'institutrice. On se croirait dans une de ces ballades du Far West, lança Nat Peterson en serrant la main de Charles, sur le seuil de son bureau.

— F-I-L-O-S-O-F-I-E...

— Hmm ? Je suis désolée, chéri, mais je n'écoutais pas. Tu peux répéter ?

Duncan se tordit de rire en recommençant son erreur.

— Tu fais l'idiot, gronda Katy.

— I-D-I-A-U-T- ! répliqua-t-il en hurlant comme une hyène.

Son pied heurta la table basse et manqua de renverser un cendrier en verre de Murano.

— Attention à ce que tu fais. Et tu vas arrêter un peu ton cinéma, Duncan. Tu finiras par casser quelque chose.

— Oh là ! Tu es de mauvais poil, aujourd'hui.

Elle laissa échapper un long soupir de lassitude. Ils s'étaient installés dans le salon. Katy ne voulait plus rester dans la chambre de Duncan, où tout était si personnel, si familier.

— Non, pas vraiment : je suis simplement un peu distraite, c'est tout. Excuse-moi, petit ange. Toi, en revanche, tu es particulièrement agité.

— Oui, j'ai un secret.

— Et c'est pour ça qu'il n'y a pas moyen d'obtenir une seconde d'attention de ta part ? Quel est ce secret ?

— Pas avant le retour de papa.

Ni l'un ni l'autre n'étant en forme, le travail n'avait guère progressé. Lydia lui avait annoncé que Charles était en ville et reviendrait vers quatre heures et demie. Il restait encore un quart d'heure à patienter. Il était inutile de le gaspiller. Elle prit un des livres de Duncan :

— Bon ! Faisons quelque chose de constructif, en attendant, tu veux ? Laissons tomber les exercices que tu fais très bien, et parlons plutôt d'arithmétique. Tu as fait une partie des problèmes. Pourquoi ne pas les finir ?

Duncan se jeta sur le sofa avec des mimiques de désespoir.

— Je n'aime pas ça.

— Oui, mais il faut les faire, rétorqua Katy avec fermeté. Assieds-toi convenablement, je te prie.

La porte d'entrée se referma doucement, mais l'esprit en éveil de Katy fut immédiatement sur le qui-vive. Son cœur se mit à battre plus vite, au fur et à mesure que les pas de Charles se rapprochaient. Il semblait se diriger vers l'escalier, mais elle repéra le moment précis où il changea de direction.

— Que faites-vous là, tous les deux ?

Charles venait de rentrer dans le salon et, sans s'arrêter, s'approchait du sofa où était installée Katy.

— Katy a décidé de rester ici, déclara Duncan en repoussant son cahier d'arithmétique comme s'il s'agissait d'un objet répugnant.

— Oui. Je... j'ai pensé qu'il était bon de changer de décor, parfois.

— Elle est de mauvaise humeur, annonça Duncan.

Charles se tourna tout de suite vers Katy et l'observa avec insistance, étudiant son visage en détail.

— Quelque chose ne va pas, Katy ?

— Je ne suis pas... commença-t-elle sur un ton de profonde exaspération.

— J'ai essayé de t'appeler toute la journée d'hier, coupa Charles en lui caressant la joue. Tu es partie pour la journée ?

— J'avais des choses à faire, mentit-elle d'un air vague.

Elle ne se sentait pas le courage de lui avouer qu'elle n'avait pas osé décrocher le combiné chaque fois qu'il avait appelé, c'est-à-dire tout le temps.

— Charles, il faut que je te parle, reprit-elle, d'une voix plus décidée.

— Ça tombe bien : moi aussi.

Il passa la main sur la nuque de la jeune femme. A ce moment Duncan se leva et lança d'une voix péremptoire :

— J'ai une nouvelle à vous annoncer.

Quelque peu impatients tous les deux, Charles et Katy se tournèrent vers le petit garçon qui trépignait d'excitation.

— Eh bien ?

Duncan savait ménager ses effets.

— Je vais participer au concours !

— Bravo, Duncan ! s'exclama Katy. Je suis ravie.

— Mon fils, tu as pris une bonne décision, ajouta Charles d'une voix de père noble un peu exagérée.

Duncan se mit à rougir comme une pivoine :

— Vous croyez que j'ai des chances de gagner ?

— Je crois que tu peux tout faire si tu le veux, répondit Katy.

— Il ne s'agit pas uniquement de gagner, quand on participe à un concours. Il faut surtout donner le meilleur de soi. Pour te le prouver, je te promets de t'emmener chez Peter, à Boston, après le concours. Ça te va, comme récompense ?

Interloqué, Duncan se tourna vers son père :

— Tu veux dire... si je gagne ?

— Même si tu ne gagnes pas !

— Ouais !

L'enfant se jeta dans les bras de son père. Après une tumultueuse embrassade, il sauta sur les genoux de Katy :

— Je t'aime, Katy ! s'écria-t-il, avant de rougir à nouveau, tout embarrassé de s'être ainsi déclaré, sur un si brusque coup de tête. Euh... Il faut que j'aille chercher quelque chose dans ma chambre.

Et il quitta la pièce en filant comme un lapin. Charles le regarda partir en riant, puis se tourna vers Katy :

— Tu fais vraiment l'unanimité, ici : je t'aime, moi aussi.

Les yeux de Katy s'écarquillèrent. Elle déglutit à grand-peine, essayant de contrôler ses émotions débordantes. Puis, dans un long gémissement, elle prit soudain la fuite en direction du hall.

— Katy !

Elle ne répondit pas. Elle se rendait compte combien c'était horrible de fuir ainsi, sans un mot, mais elle ne pouvait s'en empêcher. Elle attrapa son manteau sur la chaise et sortit. Charles s'était lancé à sa poursuite, continuant à la héler, mais le temps de rouvrir la porte et de descendre l'escalier de la véranda, la Jaguar verte était déjà dans l'allée, soulevant un nuage de poussière rougeâtre.

Elle aperçut sa silhouette stupéfaite dans le rétroviseur, mais n'y prêta aucune attention, s'efforçant uniquement de ne pas pleurer.

A travers un rideau de larmes, elle se rangea devant sa maison et se précipita vers la porte comme dans un cauchemar, puis s'engouffra chez elle et claqua la porte, pour se reposer dessus, essayant de reprendre haleine.

Au moment où elle se resaisissait, Irène apparut à la porte de la cuisine, tandis que la Lincoln de Charles arrivait à son tour devant le porche, dans un crissement de pneus.

— J'allais partir. Je vous ai préparé votre dîner. C'est dans le réfrigérateur. Vous n'avez pas de... Qu'est-ce qui ne va pas ? Vous êtes toute pâle, fit Irène en s'avançant à la rencontre de Katy. Asseyez-vous. Voulez-vous que j'appelle le médecin ?

Katy jeta un coup d'œil par la fenêtre. Elle pouvait apercevoir la carrosserie de la Lincoln de Charles.

— Non, Irène. Je ne suis pas malade. J'ai quelques soucis, sans plus.

— Mais...

Irène fut interrompue par un coup de sonnette impérieux, qui se répéta plusieurs fois avec insistance jusqu'à ce que la femme de ménage ouvre la porte. Charles entra précipitamment, en se forçant à saluer Irène du menton. Son attention était fixée sur Katy, qui se tenait au milieu de son salon.

— Eh bien, Katy...

— Irène.. C'est, heu... Charles Cameron. Charles, voici Irène Lincoln.

La situation était assez étrange : Katy, qui faisait les présentations, se trouvait à une bonne dizaine de mètres de la porte, et venait à peine de se lever.

— Monsieur Cameron...

Toute rougissante, Irène prit la main qu'il lui tendait avec un sourire distrait. Comme la tension montait de plus en plus, Irène jeta un coup d'œil nerveux vers Katy, puis vers Charles.

— Eh bien, si vous êtes sûre que vous allez bien et que vous n'avez pas besoin du médecin, je...

— Non, ça va, la rassura Katy en baissant les yeux. Réellement. Merci pour tout.

Irène hocha la tête et, s'excusant à voix basse, se retira. Quand la porte se referma, Charles marcha jusqu'au centre du salon et prit Katy dans ses bras :

— Que voulait-elle dire avec son histoire de médecin ? Pourquoi un médecin, Katy ?

— Oh, Charles !

Elle tendit la main et caressa la joue de son ami d'un air tragique.

— Katy, que se passe-t-il, à la fin ? Qu'est-ce qui t'a pris de décamper comme ça, surtout après ce samedi !

— Oui, samedi, murmura-t-elle en essayant de se dégager de son étreinte. Je n'aurais jamais dû venir, ni faire tout ce que j'ai fait. Je ne voulais pas te mettre dans cette situation, avec Duncan.

Charles fronça les sourcils :

— Katy, arrête de marmonner des paroles inintelligibles dans ta barbe. Je ne comprends pas un mot de ce que tu me dis. Qu'est-ce qui ne va pas ? J'ai le droit de savoir, non ?

Elle le fixa intensément du regard :

— Charles... Je suis en train de mourir. J'ai une tumeur... au... au cerveau...

CHAPITRE XVI

Charles se figea, les mains toujours posées sur les épaules de Katy :

— Quoi ? murmura-t-il d'une voix caverneuse.

— J'ai... j'ai... une tumeur au cerveau, répéta-t-elle.

Il haussa les sourcils et soupira profondément. Son regard se porta à la hauteur de la bouche de Katy, comme s'il vérifiait qu'elle avait bien prononcé ces mots. Tout, en fait, s'expliquait, à la lumière de cette révélation :

— Les vertiges, les maux de tête, le mal au crâne si violent de samedi, c'était ça.

— Oui. Et c'est pour ça que je ne bois pas, comme tu l'as remarqué. Les médicaments qui me protègent d'éventuelles crises m'interdisent la consommation d'alcool. Ils ont beaucoup d'efficacité, du reste. Je n'en ai eu qu'une, avant de commencer le traitement.

Il semblait sous le choc : son regard était devenu vague. Katy commença à s'inquiéter, et pour se rassurer caressa la manche de sa veste en tweed.

— Je ne voulais pas te le cacher. Je...

Elle avait tant de choses à lui dire. Les pensées se bousculaient dans son esprit. Pour se calmer, elle s'installa sur une chaise, près de la cheminée, et commença à raconter son histoire d'une voix très douce, comme si elle s'adressait à un enfant.

Elle retraça par le menu toutes les péripéties depuis sa première visite à son médecin de famille, lorsqu'elle s'était inquiétée des curieux maux de tête dont elle souffrait depuis quelque temps, jusqu'à l'annonce, au mois de juin, d'un verdict sans appel. D'après le Dr Masters, la tumeur, bien que non cancéreuse, était maligne : sa croissance devait accentuer la pression sur le cerveau et l'endommager de façon irrémédiable.

— Masters aurait pu tenter une opération chirurgicale pour l'extraire mais, placée comme elle est, son ablation pouvait entraîner des lésions très graves. Sinon, aucun traitement n'a vraiment d'effet. La seule possibilité serait la radiothérapie.

— Tu l'as donc fait...

— Non.

— Ce n'est pas possible ! s'exclama-t-il avec une brusque violence. Pourquoi n'as-tu pas essayé ? Tu trouves la vie si moche que tu ne cherches pas à te battre pour la garder ?

— Si tu te taisais un peu, je pourrais t'expliquer se rebiffa-t-elle. J'ai demandé l'avis d'autres spécialistes et tout ce que Masters m'avait dit m'a été confirmé par les gens de Sloan-Ketterins, à New York. Effectivement, la radiothérapie est le seul traitement possible. La tumeur pourrait être réduite, mais dans le même temps, à cause de son emplacement, des zones vitales du cerveau seraient détruites. Ma vue, mon ouïe au minimum en seraient affectées. Je n'aurais probablement plus l'usage de la parole, et je serais peut-être paralysée, au moins en partie. Ils ne pourraient même pas me promettre la survie, sinon à l'état de légume ! Sans radiothérapie, j'aurai au moins l'avantage de vivre normalement jusqu'à ce que la tumeur fasse le même effet, mais en son temps. Mon amour, je ne voudrais pas te faire de mal, mais crois-moi : c'est mieux comme ça. J'ai fait tout ce qu'il est raisonnable d'entreprendre pour lutter. Je tiens à la vie et je la prévoyais même très longue, avec beaucoup de petits-enfants. Mais c'est ainsi : il n'y a rien qui ne me ferait plus de mal que de bien, même si la tumeur est encore petite. Le Dr Masters a approuvé ma décision de renoncer aux radiations... en tant que médecin et en tant qu'être humain. Voilà pourquoi j'ai débarqué à Lafayette en septembre. J'ai passé l'été à mettre mes affaires en ordre. J'ai trouvé cette ferme, et l'affaire fut très vite conclue parce que j'ai payé comptant. Je ne voulais pas que ça devienne si sérieux avec toi... avec Duncan. C'est pour ça que j'étais parfois réticente. Je sais ce que ça signifie comme épreuve que de m'aimer à l'heure actuelle. Maintenant, il va falloir que je parte très vite. Nous ne pouvons pas nous permettre d'aller plus loin. Je ne sais pas combien de temps il s'écoulera avant que le mal ne se manifeste plus sérieusement. On peut toujours espérer que ce ne sera pas avant un bon moment, espérer que des traitements nouveaux et miraculeux seront soudain découverts. Parfois aussi, il m'arrive de fantasmer que la tumeur a disparu, comme par enchantement ! Il paraît que c'est arrivé. Mais de toute façon je ne veux pas vous voir souffrir à cause de ça. Tout peut arriver : il se pourrait que la mort soit soudaine. Une pression trop forte sur une artère peut la faire éclater et l'hémorragie cérébrale m'emporterait en peu de temps. Mais ce peut être aussi une lente détérioration de mes capacités physiques et mentales au fil des jours jusqu'à... Enfin, je ne veux pas vous infliger ce calvaire. Il n'y a aucun moyen de savoir avec ces tumeurs. Masters me donne un an, peut-être deux, à vivre...

Elle s'interrompit, à bout de souffle. Elle grelotait de froid et Charles ne manifestait aucune réaction. Il ferma alors les yeux, baissa la tête, puis, comme un automate, quitta la pièce, sortit de la maison en fermant la porte derrière lui sans faire de bruit.

Katy se laissa tomber de sa chaise et se mit à sangloter, repliée sur elle-même, la tête entre les mains.

CHAPITRE XVII

— Mais, Robin, je ne voulais pas que Charles tombe amoureux de moi ! s'exclama Katy. C'est ce que je lui ai dit hier, et pas plus que lui, tu ne dois t'y tromper. Je suis amoureuse de lui depuis le premier instant. Depuis l'ascenseur.

L'appartement de Robin, à Alexandria, était meublé avec beaucoup de style, comme il était naturel de la part d'une décoratrice de renom. Dans le salon où elles se tenaient, les meubles de verre et de chrome, la moquette beige et les plafonds blancs faisaient ressortir les couleurs éclatantes des nombreuses plantes disposées partout dans la pièce.

— Tu aurais peut-être dû le lui annoncer plus tôt.

— Je sais, mais je n'ai jamais dit que j'étais parfaite et courageuse. Comment renoncer à ses attentions de tous les instants, à sa présence masculine plus forte et plus attachante chaque jour ? J'ai reculé devant l'obstacle, jusqu'à ce que la situation soit inextricable. Je ne pouvais pas ignorer ce qui allait se passer. Avec Duncan, c'est en quelque sorte la même histoire. A la différence près que c'est un enfant.

— Tu vas arrêter de te dévaloriser, Katy ? Tu ne comprends donc pas que tu as agi de façon parfaitement normale ?

Robin trouvait bien cruel de la part de Charles de s'être ainsi enfui, mais après tout elle n'était pas dans la tête de cet homme et sa douleur à lui devait être aussi prise en compte.

— Maintenant qu'il est au courant, ça n'a plus d'importance.

— Il n'a pas fait signe depuis hier ?

— Non, et c'est très bien comme ça.

Katy roula en boule sa serviette en papier rose et la posa dans le cendrier, à côté d'elle. Elle continuait à redouter une dégradation brutale de son apparence physique, et la disparition de Charles était plutôt un soulagement à cet égard.

— Nous n'avons plus rien à nous dire, Charles et moi, mais il faut que je parle à Duncan, que je lui explique mon départ. Et puis, je dois récupérer mon appareil photo que j'ai laissé dans la voiture de Charles, l'autre nuit. Je ne voudrais pas raviver la détresse de Charles en réapparaissant à Railspoint, mais il est indispensable que je voie Duncan. Je sais bien que Charles lui expliquera d'une manière ou d'une autre la raison de mon départ, mais il a besoin que je lui parle en personne. Nous avons créé des relations trop fortes pour ne pas lui devoir ça. Je pense que je vais bientôt partir en voyage...

— Quel voyage ? Je ne savais pas que tu avais un tel projet, s'écria Robin en fronçant les sourcils.

— Oh, ce n'est pas un vrai voyage ! C'est une excuse facile à l'usage particulier de Duncan, bien que je ne sois pas sûre qu'elle soit très bonne.

Robin constata que son amie se préparait peu à peu à prendre congé.

— Tu ne restes pas pour la nuit ?

— Non, je ne peux pas. Pardonne-moi d'être ainsi arrivée à l'improviste...

Katy avait d'abord voulu agir comme si de rien n'était mais, après une nuit d'angoisse et dans l'attente de pouvoir parler à son amie, elle avait téléphoné à Mme Thatcher pour se faire remplacer. Sur un coup de tête, elle était partie pour Alexandria, sans même prendre le temps de la prévenir.

— Tu sais bien que tu es toujours la bienvenue, ma chérie. Tu as simplement eu de la chance de me trouver à la maison. Ecoute, j'insiste pour que tu restes : on prendra le thé. On pourrait même aller au cinéma, ce soir. Ça te changera les idées.

— Non, non. Il faut que je rentre chez moi. Il est déjà trois heures et demie et je n'aime pas conduire la nuit.

— Katy, veux-tu que je te parle franchement ?

— Probablement pas, répliqua-t-elle avec un petit sourire amer.

— Trop tard. J'ai décidé de ne pas me retenir. Je me demande si tu ne ferais pas mieux de revenir à Washington. Tu as déjà de pénibles souvenirs de Lafayette, et ça va être difficile de vivre là-bas avec...

L'amitié de Robin avait toujours été très exclusive, voire égoïste. Katy sourit à cette pensée réconfortante en ce moment.

— Non, n'insiste pas, Robin : je tiens à cette ferme, tu le sais. Je ne renoncerai pas à ce paradis-là. Et puis le boulot à l'hôpital est aussi devenu très important pour moi.

Tout cela était un leurre, lui disait une voix intérieure. Sans Charles, ni Duncan, son existence à Lafayette était un grand vide.

— Je suppose que tu sais ce que tu fais, grogna Robin. Enfin, n'hésite pas à m'appeler si tu as besoin de parler.

— Tu es un amour, Robin.

Charles se promenait de long en large sur son balcon en regardant la colline, derrière laquelle se trouvait la ferme de Katy. Il portait un pull en cachemire beige sur une chemise blanche, et, les mains dans les poches, ruminait de noires pensées. Pour la dixième fois depuis vingt minutes, il jeta un coup d'œil sur sa montre. Son agitation allait croissant depuis ce matin. Comme le téléphone se mit à sonner, Charles fut obligé, à contrecœur, de quitter son poste d'observation.

— Oui ?

— Horace à l'appareil. Je vais au bureau. Nous avons des visiteurs intéressés par Zavir et Saraf. Il paraît qu'ils ont déjà pris contact avec vous : M. et Mme Willis, de Georgie. Vous voulez leur faire visiter les installations ?

— Non, Horace. Vous vous en occupez : je ne travaille pas aujourd'hui... sous aucun prétexte. Merci.

Charles retourna à la fenêtre, puis la porte de sa chambre s'ouvrit brusquement, lui causant une profonde irritation. Il se retourna en grimaçant. Pas moyen d'être tranquille cinq minutes dans cette maison !

— Papa ! s'écria Duncan, encore tout essoufflé de sa course dans l'escalier. Katy n'est pas là ! Je la cherche partout !

— Je sais, mon garçon, dit Charles d'une voix plus douce que n'était son humeur. Elle ne viendra pas aujourd'hui.

— Pourquoi ?

— Elle... euh... Elle est malade, marmonna-t-il, en détournant le regard.

Il fit demi-tour et observa la colline avec une intensité pleine d'émotion.

— Très malade, papa ?

La finesse de compréhension de Duncan étonnait parfois son père. Celui-ci se força à sourire d'un air dégagé.

— Mais non, bonhomme ! Elle a attrapé froid, voilà tout. Rien d'extraordinaire en cette saison.

Le jeune garçon eut l'air soulagé. Trop soulagé, même, par rapport à l'importance minime en apparence de toute cette affaire.

— Elle sera là demain ?

— Euh... je ne sais pas. Ah, je voulais te dire que j'ai parlé à la maman de Jay. Nous avons décidé que tu passerais la soirée chez eux. Tu resteras pour le dîner, et je passerai te prendre après. Tu pourras même laisser tomber tes devoirs pour ce soir. J'écrirai un mot à Mme Beale. Ça te va ?

Duncan ne manqua pas bien entendu de manifester sa joie devant ce programme mais revint aussitôt au vif du sujet :

— Papa, tu vas te marier avec Katy ? Ça serait bien !

Ce fut comme un coup de poignard en plein cœur. Charles cessa brusquement de sourire et ressortit sur la terrasse.

— Dépêche-toi, soupira-t-il. Mme Martin va arriver d'une minute à l'autre, et il faut que tu sois prêt.

Avec une apparente nonchalance, Charles bavarda un moment avec Karen Martin, sous le portique de Railspoint, masquant ses sentiments aux yeux de son fils et de sa voisine. Il ne manqua pas non plus de leur faire des grands signes de la main quand ils partirent, mais cette attitude s'évanouit dès qu'ils disparurent derrière le tournant.

Il traversa le hall à grandes enjambées et décrocha le téléphone d'un geste rageur. Absorbé dans ses pensées, il composa le numéro qu'il connaissait par cœur, puis, se ravisant brusquement, raccrocha d'un geste sec et ressortit en enfilant son manteau, dans la poche duquel il s'assura que se trouvait bien la clé de contact de sa Lincoln.

CHAPITRE XVIII

Dès son retour d'Alexandria, Katy s'était rapidement changée pour se mettre au travail. La cheminée manquait de bûches, et Royce en avait empilé un stock impressionnant dans le garage. Elle voulut donc en ramener une quantité suffisante pour les prochains jours. Après, elle avait prévu de développer quelques photos prises avant le jour du cirque.

Le poids des bûches la surprit, et elle dut refaire une pyramide à la mesure de sa force. Avec quelques difficultés, elle souleva le tas de bois en concentrant toute sa volonté. Elle était presque redressée quand elle sentit deux bras puissants la débarrasser de sa charge.

— Laisse ça...

Katy fit volte-face :

— Oh ! Tu m'as fait une de ces peurs. C'est une manie chez toi. Tu as des ancêtres indiens, ma parole ! Tu te glisses souvent comme ça en catimini chez les gens ?

— Les gens ! C'est toi « les gens », maintenant ? répondit-il en riant.

— Où étais-tu pendant toute la journée ? demanda-t-il quand ils entrèrent dans la cuisine par la porte de derrière. J'essaie de t'appeler depuis ce matin. Je suis même passé à l'hôpital, et quand je suis arrivé ici, je me suis pratiquement suspendu à la sonnette. C'est pour ça que j'ai fait le tour de la maison à ta recherche.

Il installa avec le plus grand soin son fardeau à l'emplacement prévu à cet effet, tandis que Katy restait légèrement en retrait, adossée à un mur, le regardant travailler sans un mot. Peu à peu, elle se rapprocha de lui et, lorsqu'elle arriva à sa hauteur, il se dressa et la prit dans ses bras.

— Je ne suis pas vraiment fâché, tu sais, Katy. J'étais simplement inquiet. Tu te demandes peut-être pourquoi... pourquoi je m'arroge le droit d'être en colère, ou de faire une intrusion dans ta maison ? Peut-être en effet n'ai-je aucun droit de cette sorte, mais je me fais quand même du souci. Où étais-tu ?

Il l'embrassa en même temps sur le front.

— J'étais chez Robin.

Il émit un profond soupir et sourit, un peu gêné.

— Il faut que tu me pardonnes, Katy, pour la façon dont j'ai réagi hier. Je me doute que tu en as été profondément blessée, mais je n'y pouvais rien. C'était comme une impulsion soudaine, irrépressible. J'essaie, assez mal, il faut l'avouer, de te dire que je t'aime. Et que je te veux...

— Mais, Charles, tu sais tout, laissa-t-elle échapper comme une plainte.

— Oui, et crois-moi, je n'ai pas pensé à autre chose depuis mon départ, dit-il le regard rempli de tendresse et de douleur. Oh, Katy, pourquoi toi ?

— Ah, non ! s'exclama-t-elle avec une soudaine fureur. Pas ça ! Je la connais, cette sérénade ! Je l'ai chantée, on me l'a chantée aussi. C'est une véritable torture. Je n'en veux pas. Personne ne mérite ou ne mérite pas son destin. Les choses sont simplement ainsi, pour chacun de nous. Charles, dans ces conditions, pourquoi reviens-tu pour me dire...

— Que je te veux ? finit-il. Parce que, ma chère Katy, après avoir réfléchi toute la nuit, je me suis retrouvé face à une certitude absolue : mon amour pour toi, depuis l'instant où je t'ai vue pour la première fois dans le couloir de cet hôpital. Je n'ai jamais rencontré une femme aussi sensible, aussi généreuse, et je t'aime comme je n'ai jamais aimé. Je veux te le montrer aussi longtemps qu'il me sera donné de le faire. Je pensais que nous aurions de nombreuses années devant nous, mais ce mal ne change en rien ma détermination : je veux être avec toi, t'aider de tout mon possible. Je ne suis pas cet homme lâche et faible que tu as cru avoir devant toi hier soir.

Sa sincérité sut toucher la jeune femme. Heureuse, elle s'approcha et lui caressa le visage.

— Je n'aurais jamais osé penser une chose pareille. Comment le pourrais-je !

Il lui prit les mains et les serra très fort contre sa poitrine.

— Je suis content que tu n'en aies rien fait, dit-il dans un élan. Mais je voulais te l'entendre dire !

— Charles...

— Je peux lire dans tes yeux... comme samedi ! dit-il, dans un sourire plus langoureux. Dis-le, Katy ! Dis-moi que tu m'aimes aussi.

Leurs lèvres se rapprochèrent insensiblement. Puis, sur le point de céder, elle réagit soudain et recula, s'arrachant à son corps défendant à l'étreinte de Charles.

— Non, nous ne pouvons pas faire ça. Je ne veux pas que tu souffres.

— C'est une décision qui m'appartient, Katy.

— Non. J'ai vu ma mère dépérir pendant l'agonie de mon père, et je n'oublierai jamais ça. Pourtant, Dieu sait qu'elle avait une forte constitution. Je ne pourrais pas, en plus, te voir souffrir ainsi à cause de moi.

— Katy, je ne suis pas ta mère.

— Et Duncan ? As-tu pensé à lui ? Tu te proposes de lui infliger cette épreuve ? Alors qu'il est déjà si fragile.

— A quoi crois-tu donc que j'ai réfléchi ? Nous nous en sortirons. Je dois le faire. Je ne peux pas renoncer à toi. Même pas pour lui.

— Je t'aime, Charles, c'est vrai, reconnut-elle au bout d'un moment. Et je t'aime encore plus pour ce que tu veux entreprendre, mais je ne peux pas te laisser faire. En plus, il y a des questions personnelles en jeu. Je ne veux pas que tu sois là à ma mort. Personne ne sera présent, sauf le personnel médical nécessaire. J'ai déjà tout arrangé en ce sens. C'est important pour moi d'être seule au moment de ma mort, sans que mes proches essaient de me réconforter en vain. Je serai ici, chez moi, dans ma chambre. J'ai refusé l'hôpital. C'est trop affreux, de mourir là-bas.

— Non, Katy. Je suis sincèrement désolé, mais je ne te comprends pas. Pour l'hôpital, soit. Mais mourir seule, je n'admets pas. Pourquoi tiens-tu tant à te couper de tous ceux qui t'aiment !

— Tu interprètes mal ce que je dis. Ce n'est pas pour m'isoler du reste du monde, Charles. Je n'ai pas peur de la mort et j'ai toujours cru en Dieu et en une vie dans l'au-delà. Pour moi, aborder la mort seule m'aidera à franchir le... passage et c'est une façon d'affirmer cette foi.

— Ta foi ne serait pas remise en question parce que les gens qui t'aiment sur cette terre seraient autour de toi pour t'aimer jusqu'au bout.

— Je sais, je sais. Mais toute ma vie j'ai lutté seule et je veux avoir la même force pour ce dernier combat.

— Katy, le fait d'être avec toi ne diminuera pas ce courage qui t'honore.

— Je ne suis pas d'accord : ça voudrait dire que je n'ai pas le courage d'aborder seule ce moment décisif...

Charles leva les yeux au ciel :

— Tu déraisonnes, Katy. Ça cloche, ton histoire ! Tu penses encore en célibataire. C'est une conception rigide, et à présent dépassée. Reprends-toi, que diable ! Rien dans notre amour ne remet en question ta personne, ton courage.

— Je ressens les choses comme ça, Charles. Et puis surtout je ne veux pas que tu me voies me détériorer. Je tiens trop à toi pour t'infliger ce spectacle. Voilà pourquoi nous devons nous en tenir là.

Il la regarda d'un œil dur. Pendant des heures, il avait lutté pour se faire à l'idée que la maladie lui enlèverait la vie entière qu'il voulait passer avec elle. Et maintenant, elle s'était mis en tête de lui arracher le peu de temps qui leur restait. Il sentit la colère monter en lui et ses poings se serrèrent.

— Non ! tonna-t-il en la secouant par les épaules. Je n'admets pas ça et je ne l'admettrai jamais ! Je veux bien comprendre que tu me fermes la porte au nez le jour venu. C'est une idée détestable, mais puisque tu y tiens... En revanche, tu ne peux pas me quitter maintenant. Non.

Il la serra très fort contre lui et, changeant de ton, s'adressa à elle d'une voix douce.

— ... Reste au moins avec moi jusqu'en juin, jusqu'au concours de Duncan. Tu m'as dit que ce serait à ce moment que tu commencerais à ressentir des problèmes graves. Duncan serait si chagriné, si tu ne venais pas au concours.

Il le fait pour toi. Laisse-moi profiter de ce laps de temps pour te connaître... t'aimer !

Katy se pressa plus fort contre lui. Pourquoi se refuser ce qu'elle désirait le plus au monde ? Il lui restait si peu de temps.

— Je t'aime tant, bredouilla-t-elle en cachant son visage dans l'épaule de Charles. D'accord, jusqu'en juin...

Ils s'embrassèrent alors avec toute la fougue qu'ils avaient retenue jusque-là, puis s'étendirent sur le sofa, étroitement enlacés, leurs mains glissant à la recherche de la chaleur, de la douceur.

— Katy, je te veux... tout de suite...

DEUXIEME PARTIE

CHAPITRE PREMIER

— Que veux-tu dire ? Pourquoi t'aiderais-je ? répondit Katy, l'air taquin, en considérant Duncan avec un étonnement feint. J'ai déjà fait ma part : ton papa et moi avons posé les lumières et les figurines, sans compter que si cet arbre de Noël tient debout, c'est grâce à ton père !

— Mouais, concéda-t-il de mauvaise grâce, avant de s'asseoir à côté d'elle, en tripotant sa guirlande. Elle est tout emmêlée. Tu sais que l'anniversaire de papa, c'est le même jour que le concours ?

— Oui, je sais.

— Il aura quarante ans. C'est vieux !

— Pas du tout ! Où as-tu pêché cette idée ?

— Tu crois qu'il y aura beaucoup de monde, là-bas ?

Katy était toujours fascinée par le nombre d'idées qui trottaient dans l'esprit de cet enfant en même temps que par la déconcertante fréquence de ses coq-à-l'âne.

— Tu veux dire pour le concours ?

— Hmm.

— Il y aura beaucoup de parents, répondit-elle en passant la main dans les cheveux de Duncan. Tes copains d'école viendront aussi, j'imagine. Mais ça se passera bien, tu verras.

— Et pourquoi cela se passerait mal ? fit Charles en entrant dans la pièce, tout sourire, heureux de retrouver les deux êtres qu'il chérissait. Excusez-moi, les enfants, mais je ne pensais pas rester si longtemps au téléphone. En vérité, je pensais même ne pas travailler en cette veille de Noël, mais Ben est un enragé.

— Je suis bien sûre que tu ne l'es pas moins. Je ne jurerais même pas que ce soit Ben le plus enragé.

Il éclata de rire, heureux comme un enfant. Ben était un architecte de talent, qui travaillait à Washington dans un cabinet important, dont il était un associé très actif.

— Oui, peut-être. Il s'agit d'un appel d'offres et Ben est un lutteur, un ambitieux. Il prend les choses très au sérieux. Et puis ce n'est pas une baraque de cantonnier que je veux faire construire.

— Et fier avec ça !

Elle l'embrassa sur la joue affectueusement. Elle-même avait été stupéfaite par les premières esquisses du centre de conférences que Charles projetait de construire sur le terrain de Miller. Le bâtiment, d'une taille imposante et de forme avant-gardiste, devait occuper un vaste espace dans le centre ville. Des bureaux ultra-modernes seraient mis à la disposition des entreprises intéressées dans les étages inférieurs, et tout le haut devait abriter une sorte de palais des congrès. De nombreux hommes d'affaires de Washington seraient certainement attirés par la petite ville pour y tenir des séminaires et des rencontres. L'équipement vidéo et technique prévu serait le plus moderne.

— Quand verrons-nous les plans définitifs ?

— Dans quelques semaines, probablement.

« Un jour, les habitants de Lafayette reconnaissants pourraient bien appeler leur cité moderne Cameronville », se prit à penser Katy, et cette idée la fit sourire.

— Voilà, j'ai fini, annonça Duncan en posant dans le carton la dernière boule qu'il n'avait pu placer.

— Ravissant, déclara Charles.

— Je vais chercher mes cadeaux, fit l'enfant en s'adressant à son père. Après, on pour...

Charles roula des gros yeux grondeurs pour le faire taire.

— Va donc chercher tes paquets, bonhomme !

Duncan ne put réprimer un sourire de conspirateur, avant de partir en galopant.

— Que voulait-il faire après ?

— Oh, je ne sais pas, dit Charles en haussant les épaules. Probablement du pop-corn, ou un truc comme ça.

Katy baissa la tête et fronça les sourcils :

— Charles, je me fais du souci pour lui. Que va-t-il se passer quand...

— Kate, nous n'allons pas recommencer, surtout aujourd'hui. Nous en avons déjà suffisamment discuté comme ça.

Souvent, elle se sentait coupable d'avoir agi ainsi. Ce qu'ils vivaient maintenant rendrait la séparation encore plus difficile pour le gamin. Ils avaient décidé de ne rien lui dire sur la santé de Katy. Garder le secret leur avait semblé la meilleure attitude. Pour l'instant, il ne le sentait pas assez fort pour comprendre.

— Nous avons pris une décision : accepte-la, Katy.

— Oui.

— Tu te sens bien ? fit-il en traçant un cercle sur sa tempe, du bout de l'index.

Il lui demandait ça une douzaine de fois par jour. Elle sourit d'un air las.

— Très bien. Mais arrête de me poser sans cesse la même question, Charles.

Ensemble, ils étaient allés voir Philbin, puis Masters. Charles avait écouté, posé beaucoup de questions, demandé toutes sortes de choses. En décembre, le scanner avait pu montrer que la tumeur n'avait pas grossi. On aurait dit que le temps s'était arrêté.

— Tu sais, parfois j'ai envie de tout laisser tomber et de t'emmener ailleurs, là où nous pourrions profiter au maximum de chaque instant.

— Oh, tu n'y songes pas vraiment ?

— Tu ne le crois pas ?

Son sourire était provocateur et facétieux, mais elle savait qu'il serait capable de l'emmener dans l'heure qui suivait là où il croirait pouvoir tromper la mort.

— Je ne veux pas vivre une sorte d'existence irréelle avec toi. Je veux partager la vie que tu mènes vraiment, à Railspoint.

— Oui, comme ça je suis sûr que tu vas bien. Je n'aime pas quand tu restes trop longtemps seule dans cette ferme, ni quand tu conduis.

— Oh, je n'y suis pas seule bien souvent, avec vous deux. Et encore : quand j'y vais ! commenta-t-elle. Robin te souhaite un joyeux Noël. Elle est chez ses parents pour les fêtes.

— Elle me doit toujours vingt-cinq centimes. Tu le lui as rappelé ? Les dettes de jeu, c'est sacré !

— Non, vieux grigou ! A quelle heure vont-ils venir, demain ? Je veux dire, Paul et Claudia.

Charles sortit une guirlande inutilisée qui était restée dans la boîte et la posa sur la tête de Katy.

— Trop tôt, de toute façon. Probablement vers les cinq heures et demi. J'ai dit à ma sœur que nous dînerions autour de six heures. La corvée annuelle : le repas de Noël avec Paul Sherbourne.

— J'aimerais bien que tu cesses ce jeu, Charles Cameron. Ça devient une vraie mécanique, chez toi. Comment peux-tu être aussi dur avec un ami d'enfance ?

— C'est bien le problème, ma chérie : il ne s'améliore pas avec l'âge. Tu peux me croire.

— Tu as l'esprit complètement sclérosé, quand on parle de lui. Il pourrait faire n'importe quoi, tu le trouverais toujours ridicule, par principe.

— Katy... soupira Charles.

— La vie est trop courte pour chacun de nous. Tu devrais tirer le meilleur parti de...

— Pas de sermon, je t'en prie. Ou alors prends aussi en compte que je ne suis pas le seul à penser ainsi.

— Je ne voulais pas faire un sermon, Charles, mais tu peux être si dur, parfois. Si tu l'aidais une fois seulement dans ses projets, ça le remettrait peut-être sur les rails. Depuis des années, il essaie de te ressembler, de te rattraper.

— Oui, tu me l'as déjà dit. Laissons ça pour le moment, veux-tu ? Je te promets d'être aussi aimable que possible, demain... C'est juré. Maintenant, embrasse-moi.

Elle s'exécuta avec ferveur. Chaque moment passé ensemble était si précieux qu'elle essayait de le vivre avec le maximum d'intensité. Leur baiser fut interrompu par le toussotement poli de Duncan, de retour avec ses paquets multicolores et enrubannés.

— J'ai tout amené.

Charles et Katy se séparèrent pour l'observer en train de disposer les cadeaux au pied de l'arbre. Quand il eut fini, il s'approcha de son père :

— Maintenant ?

— Maintenant.

— Je peux appeler ?

Charles hocha la tête et l'enfant disparut dans le hall, à la vitesse d'une fusée.

— Peux-tu enfin me dire ce que Duncan trafique dans cette maison ?

Le sourire de Charles ne fut pas aussi dégagé que la première fois.

— Oh, il va juste donner un coup de fil, c'est tout.

Duncan réapparut sur le seuil de la porte.

— C'est okay !

— Viens, ordonna Charles en prenant d'autorité Katy par le bras.

— Charles, que manigancez-vous, à la fin ? s'écria-t-elle en riant.

Il ne répondit pas, sinon par un sourire plus énigmatique encore. Dans le hall, Duncan avait déjà enfilé son anorak et tenait à bout de bras le gros manteau de fourrure de Katy.

— Vite, vite, mets ça, la bouscula-t-il en sautillant sur place.

— Mais que signifie... ? Je croyais que nous allions tranquillement passer notre soirée ici.

— Ne discute pas, intervint joyeusement Charles, en l'aidant à passer son manteau.

Il s'empara ensuite d'une grosse écharpe de mohair et l'enroula autour de la tête de Katy, avec un gros nœud sous le menton, puis il passa son manteau de mouton.

— Prêts ?

— Je ne pourrais le dire avec certitude que si je savais à quoi !

Duncan était à la porte, le nez pressé contre la vitre latérale en verre dépoli.

— Ça y est ! beugla-t-il d'une voix suraiguë.

Il sortit en coup de vent, tandis que Charles poussait vers l'extérieur une Katy toujours aussi perplexe.

Ce qu'elle vit était au-dessus de tout ce qu'elle aurait pu imaginer en fait de cadeau de Noël. Les spots illuminaient tout le devant de la maison, couvert d'une couche épaisse de neige.

Sous le portique, Nazrah, revêtu de son manteau d'hiver, était attelé à un traîneau noir. Le cheval, comme le traîneau, était décoré de rubans et de colliers de clochettes, qui tintaient au moindre de ses mouvements. Katy, une fois revenue de sa stupéfaction, se précipita dans les bras de Charles.

— Tu es vraiment incroyable ! dit-elle en pleurant de joie.

— Moi aussi, j'ai aidé ! claironna Duncan en tirant sur le manteau de Katy. On a trouvé le traîneau chez un vieux monsieur qui collectionne tout ce qu'il peut récupérer d'ancien dans la région. On l'a transporté ensuite dans la remorque à chevaux avant de le cacher dans un box, pour être sûrs que tu ne le voies pas.

Des larmes de bonheur coulaient lentement sur les joues de Katy.

— Comme c'est gentil de t'en être souvenu !

Il la prit dans les bras et la souleva comme une plume.

— Ce n'était pas difficile : je me souviens de chaque mot que tu m'as dit depuis que nous nous sommes rencontrés. Et je compte bien t'offrir tout ce que tu n'as pas eu avant...

A travers ses sanglots, elle sourit et l'embrassa sur la joue.

— C'est le plus beau Noël de ma vie.

— C'est aussi vrai pour moi, ma chérie.

— J'espère que tu sais conduire ce machin !

— Ça on va bien voir !

CHAPITRE II

Lorsque Paul et Claudia firent leur apparition au bar du club, il était quatre heures et demie. Il y avait bien peu d'affluence, en ce jour de Noël. Quelques habitués discutaient à voix basse, et les tables occupées l'étaient par des gens visiblement sur le point de dîner en famille.

Paul, en veste de velours bleu nuit, dirigeait Claudia en robe de soirée à paillettes avec une détermination tendue.

— Assieds-toi là. Eh, Steve !

Claudia se laissa tomber dans le fauteuil indiqué par son mari.

— Paul, c'est idiot de s'arrêter ici, protesta-t-elle d'une voix lasse. J'ai dit à Charles que nous arriverions vers cinq heures.

— Allons, du calme, on a tout notre temps. Salut, Steve : tu m'apportes un bourbon. Claudia prendra un sherry.

— Non, non ! Un ginger ale seulement, rectifia Claudia. Merci, Steve.

Le barman hocha la tête. Bientôt les verres de whisky commencèrent à se succéder devant Paul.

— Tu en as déjà pris deux à la maison, chuchota Claudia.

— Eh bien, j'en boirai encore ici, rétorqua Paul d'une voix mauvaise. Et commence pas à rouspéter. Steve, un autre !

Claudia se mordit la lèvre. Les gens qui s'étaient retournés vers eux quand Paul avait appelé le barman détournèrent finalement le regard. Elle avait l'estomac noué. Paul continuait à la toiser avec un sourire hargneux.

Un peu plus tard, il aperçut deux figures familières qui entraient dans le salon-bar et se mit à faire de grands gestes.

— Pearson ! Hé !

Il s'empara de son verre et se leva en vacillant, attrapant en même temps la main de Claudia pour l'entraîner dans son mouvement.

— Viens donc ! Pearson et Frank viennent d'entrer. Allons les rejoindre !

— Paul ! chuchota-t-elle en vain.

Elle essaya bien de le retenir, mais il avait foncé comme un buffle à travers la salle, et était déjà dans un fauteuil à la table de ses amis quand Claudia arriva. Frank et Pearson se levèrent, et lui adressèrent un sourire courtois.

— Joyeux Noël, Claudia. Vous êtes toujours aussi adorable.

Pearson Hines était un homme agréable et chaleureux, tout en rondeur et en bonhommie, alors que son compagnon, Frank Elliot, était sec, réservé, presque timide. Tous deux avaient une grande admiration pour Claudia, et une non moins grande amitié pour son frère Charles. Pearson installa confortablement la femme de Paul, puis ils se rassirent.

— Marge et Alice ne sont pas avec vous ? s'enquit Claudia pour essayer de rompre cette tension que créait l'ivresse de Paul.

— Nous devons nous retrouver ici : les éternelles courses de Noël... Vous ne dînez pas à Railspoint, cette année ?

Claudia jeta un coup d'œil vers son mari, qui ne se préoccupait que de son whisky.

— Nous sommes en chemin...

— On dit que Charles sort avec une nouvelle jeune personne, fit Frank en se penchant légèrement en avant. Elle passe pas mal de temps à Railspoint... Tu sais qui elle est ?

— Aucune idée. Je n'ai pas vu mon frère depuis un certain temps.

— Personne ne semble la connaître. Apparemment, elle vient de s'installer à Lafayette.

Claudia se contenta de sourire d'un air vague : la vie

privée de Charles, objet constant de commérages en ville, ne l'avait elle-même jamais passionnée.

Paul intervint sans crier gare dans la conversation :

— Alors, comment vont les affaires ?

Frank et Pearson se rejetèrent en arrière et ne cachèrent nullement leur ennui de devoir parler de ça le jour de Noël.

— Pas mal, répondit Pearson. Les prix se maintiennent.

— Ouais, ouais... Et ce centre commercial sur la Chesapeake ? Ça marche bien ?

Pearson hocha la tête, mais attendit le départ de Steve pour parler.

— De bons profits en perspective, reconnut-il finalement à contrecœur. Je pense d'ailleurs prendre mes bénéfices à la fin du mois.

Cette information sembla ranimer Paul Sherbourne : il se redressa légèrement et ses yeux se mirent à briller.

— C'est vrai ? Ecoutez, si vous cherchez une opération juteuse, je peux vous aiguiller sur un très bon coup. On pourrait partager cinquante-cinquante, si vous me soutenez.

— Ouais. On m'a dit que Styles t'a refusé un prêt... fit Frank sans cacher son mépris.

Paul s'assombrit légèrement, mais s'efforça de faire bonne figure :

— Oh, le financement bancaire n'est pas vraiment ce que je cherche. En tout cas...

— Et quel est ce coup ? s'informa Pearson en dévisageant Paul.

Le coude de celui-ci glissa de l'accoudoir quand il essaya de se rasseoir convenablement pour parler.

— Eh ben... Tu sais... Euh... Tu as une entreprise qui veut s'installer dans un nouveau site... euh, où... il n'y a aucune infrastructure... et...

— Quelle entreprise ?

— C'est... euh... Tu sais, une de ces grosses boîtes de haute technologie qui...

Paul bredouillait en agitant son verre nerveusement. Plusieurs fois, il se frotta les yeux pour essayer de rassembler ses idées, mais tout effort semblait inutile.

— J'ai entendu des types en parler... Je ne te dis que ça ! Terrible ! Un truc absolument sûr. J'ai tout mis en place...

— Et qui sont ces types ?

— Oh, tu sais... ricana-t-il avec un sourire complice. Des gars...

Mortifiée, Claudia s'était recroquevillée dans son siège et maintenait son regard rivé à la boucle de son sac. Frank et Pearson échangèrent un regard entendu et, finalement, portèrent leur attention sur Claudia.

— Dites-moi, Charles se surpasse en ce moment, lança Pearson avec chaleur. J'aimerais bien voir les plans du complexe qu'il va faire construire sur le terrain de Miller. Tout le monde ne parle plus que de ça, ici.

— On dit en effet que ça va être assez spectaculaire, reconnut Claudia en levant les yeux, soulagée par cette diversion.

Elle ne sembla pas cependant être appréciée de Paul, qui repoussa sa chaise en arrière et se leva maladroitement, renversant sur sa veste et son pantalon une partie de son bourbon.

— On s'en va, annonça-t-il d'une voix pâteuse.

— Il faut que je me souvienne de tout ça ? demanda Duncan, l'air accablé. Même de quelle fourchette il faut que je me serve pour la salade ?

Charles rajusta son nœud papillon et lissa sa veste de smoking.

— Il faudra bien que tu l'apprennes un jour, mon garçon. Pourquoi pas aujourd'hui ? Comme ça, tu n'y feras plus attention, après.

— Tout est prêt ? demanda Katy en entrant.

Charles hocha la tête et contempla Katy. Elle avait mis sa robe rouge sur une chemise à dentelles, pour ressembler tout à fait à la photographie, sur le mur de son salon, qui avait tant plu à Charles.

— Paul et Claudia ne sont toujours pas là, finit-il par dire. En retard, comme d'habitude. Sauf que, cette fois-ci, ils exagèrent un peu. Remarque, avec un peu de chance, peut-être ne viendront-ils pas !

— Charles !

CHAPITRE III

Paul ne cessa pendant tout le dîner de les accabler avec ses histoires d'ivrogne. Au début, Katy se régala néanmoins des aventures d'enfance de la bande que régentait bien entendu Charles, mais, le vin aidant, les propos de Paul se firent de plus en plus confus, et Charles de plus en plus froid. Il se tenait en bout de table, le visage de pierre, et ne répondait que par des onomatopées que Katy et Claudia, gênées, essayaient de développer. Seules les interventions de Duncan apportaient un peu de vie au repas, et le glas sonna quand l'enfant demanda la permission de monter pour jouer avec son robot. Charles en profita pour donner le signal d'un changement de décor :

— Allons prendre le café dans le salon. Nous y serons plus à l'aise.

Paul partit en vacillant, surveillé de près par sa femme, tandis que Charles s'approchait de Katy pour l'accompagner galamment.

— Il faut être fou pour se soumettre à une telle épreuve, murmura-t-il, après avoir donné ses ordres à Lydia. C'est bien ma dernière tentative. Ça se dégrade de plus en plus.

Le sourire de Katy était tendu. Le caractère pénible de la situation avait provoqué chez elle un nouvel accès de migraine, et quand ils passèrent dans le couloir elle s'arrêta :

— Je monte un instant, dit-elle. J'ai mal à la tête ; il faut que je prenne un médicament.

Charles se tourna vers elle :

— Tu as très mal ?

Katy essaya de sourire, d'un air rassurant :

— Non, pas trop.

— Je monte avec toi, dit-il en lui reprenant le bras.

— Non, protesta-t-elle. Nous avons des invités, tu dois rester avec eux. Ce sont bien des invités, non ? fit-elle en prenant Charles au piège de sa propre logique. Je reviens tout de suite.

Il renonça à discuter et la regarda monter en silence avant de rejoindre Claudia et Paul dans le salon. Claudia vint s'asseoir près de lui.

— Elle a l'air très gentille, dit-elle.

— Gentille, c'est peu dire.

— Tu... C'est sérieux entre vous ? Tu lui a offert un collier de toute beauté.

— C'est tout ce qu'il y a de plus sérieux avec Katy, répondit Charles, l'air un peu absent.

— Et Duncan se porte à merveille, continua Claudia, qui faisait des efforts pour ranimer la conversation. Je suis bien contente pour lui.

— Oui, c'est vrai, répondit Charles en soutenant son regard d'un sourire et en lui prenant la main. Et toi, ça va ? Paul se comporte ainsi depuis longtemps, ou bien nous avons droit à des égards particuliers ?

— Ne parlons pas de ça, si tu veux, soupira-t-elle en se levant précipitamment. Le café arrive !

Katy entra dans la chambre de Charles en vacillant et repoussa la porte d'un geste vague. Elle se laissa ensuite tomber sur le lit, les doigts pressant l'arête de son nez. Elle n'était pas sûre de pouvoir redescendre. La douleur était si forte qu'elle en pleurait presque. Elle resta un moment dans cet état de complet abandon. La fin allait-elle être pire que ça ? Elle se pencha vers la table de chevet pour y chercher ses comprimés, ôta le bouchon en tremblant et en fit sortir quelques-uns. Au moment où elle les portait à sa bouche, elle aperçut Duncan dans l'entrebâillement de la porte. Il s'était comme transformé en statue de sel, les yeux grands ouverts. Katy essaya de masquer son tremblement nerveux en s'asseyant, la tête sur l'oreiller.

— Qui est cette petite souris qui m'observe ? demanda-t-elle, se forçant à sourire.

— Tu ne te sens pas bien, n'est-ce pas, Katy ? dit-il en entrant lentement, la voix sourde.

— Oh, j'ai un peu mal à la tête... Ça va passer.

— Tu pleurais.

Il avait absolument tout vu. C'était de plus en plus difficile de lui cacher ses moments de malaise, tant il la connaissait bien.

— Mes migraines sont un peu douloureuses, en ce moment. Et le vin y est peut-être pour quelque chose. Comment savais-tu que j'étais ici ?

— Je t'ai vue monter l'escalier. Tu as tes comprimés près du lit, toi ? Papa, lui, il les garde dans la salle de bains.

Katy se trouva réduite au silence un court instant, avant de répondre en haussant les épaules :

— Tu sais, mon chéri, chacun a ses habitudes dans ce domaine. Si nous allions voir ton robot ?

Elle se rendait compte que les yeux de Duncan restaient fixés sur elle tout le long du chemin, et elle dut s'efforcer de marcher sans défaillance. Heureusement, l'état de la chambre du garçon lui permit de détourner l'attention : jamais elle n'avait vu un tel capharnaüm. Tous ses jouets étaient répandus dans la pièce, autour du fameux robot, et il était presque impossible de poser le pied par terre.

— Bientôt, on ne pourra même plus voir le sol, ici !

Le train qu'elle lui avait donné était dans un coin. Elle s'accroupit devant et sourit :

— Je vois que tu as aussi monté le train.

Duncan hocha légèrement la tête, mais il pensait à autre chose.

— Katy, tu vas bien ? reprit-il avec sérieux.

Elle se mordit les lèvres. *L'ennui, avec les secrets, c'est qu'ils conduisent vite au mensonge,* se dit-elle.

— Oui, mon chéri, je me sens déjà mieux, répliqua-t-elle, non sans raison.

La douleur allait en s'amenuisant ; les comprimés commençaient à faire effet. Elle se leva et jeta un coup d'œil aux photos, sur le bureau de Duncan.

— Quand est-ce que tu m'aideras à finir nos photos ?

— Quand tu veux.

C'était un sujet qui le passionnait : il en oublia ses inquiétudes immédiatement, à présent qu'il était devenu un habitué de la chambre noire. Ensemble, ils avaient tiré une pellicule complète.

— Demain ? demanda-t-elle.

— Formidable ! Je pourrai couper le reste des négatifs ?

— Si tu fais très attention. On ne peut plus récupérer une photo, si on coupe le négatif : je te l'ai déjà dit. Tu t'en souviens ?

— Oui. Mais je le ferai très soigneusement.

— Bon, c'est entendu. Maintenant, il faut que je redescende. Tu vas gentiment te déshabiller, et nous reviendrons, ton papa et moi, te dire bonsoir.

Duncan accepta sans protester la décision de Katy et, avant qu'elle ne quitte la pièce, s'approcha pour l'entourer de ses petits bras.

— Je t'aime, tu sais, Katy.

— Moi aussi, je t'aime, Duncan, répondit-elle en surmontant l'émotion qui lui noua la gorge.

CHAPITRE IV

Au pied de l'escalier, elle fut saisie par l'angoisse et l'indécision. Charles et elle étaient des inconscients. Elle se sentait coupable vis-à-vis de Duncan, coupable de lui mentir par omission. Il ne fallait plus qu'il la voie dans cet état de détresse.

Elle avait aussi envie d'en finir avec cette soirée. La migraine restait encore assez violente. De l'endroit où elle se tenait, elle pouvait du regard prendre tout le salon en enfilade. Charles, le coude posé sur la cheminée, et Claudia, affalée dans un fauteuil, écoutaient les élucubrations de Paul Sherbourne avec résignation :

— ... Et avec ma nouvelle campagne de publicité, je prévois que Sherbourne Manufacturing prendra dix pour cent du marché.

— C'est bien, répondit Charles sans enthousiasme.

Son regard capta les mouvements de Katy, dans le hall, et il se porta tout de suite à sa rencontre.

— J'allais monter, fit-il à voix basse. Tu vas bien ?

— Oui, très bien.

Elle ne dit rien au sujet de Duncan : ce n'était pas le moment et elle ne voulait pas alarmer Charles, maintenant que tout s'était arrangé.

— Il reste du café ?

— Bien sûr, je t'en apporte. Assieds-toi.

— Non, non, je vais me servir, merci.

Chacun retrouva sa place et Paul reprit son monologue. Charles l'interrompit pour essayer de lui rendre le sens des réalités.

— Avec ça, tu vas pouvoir envisager de déménager en dehors de la ville, non ?

C'était pour Charles un grand sujet d'irritation que Paul n'ait pas encore déplacé son usine dans la zone industrielle, située à l'écart de Lafayette. Le vieux bâtiment de brique, avec ses petites fenêtres et son toit en zinc, constituait une véritable verrue au milieu des nouveaux immeubles de bureaux aux façades de verre. C'était pourtant une affaire très saine de métallurgie spécialisée, travaillant pour l'industrie automobile. Paul s'était même taillé une réputation de bon directeur, et de gérant capable. Mais c'était bien tout ce qu'il pouvait faire. Rien ne pourrait en faire un homme d'affaires avisé. Il était certain que le déplacement de son usine ne pourrait être que profitable à ses activités : le terrain était moins cher, et les bâtiments proposés ultramodernes.

Paul ne l'entendait pourtant pas de cette oreille. Il répondit d'une voix soudain hargneuse, l'œil braqué sur son cognac :

— Tu as peur que l'usine ne gâche la beauté de ton nouveau centre de conférences ?

Charles leva le sourcil :

— J'ai pour politique de faire tout ce qui est en mon pouvoir pour embellir le centre ville. Je ne suis d'ailleurs pas le seul de cet avis, et j'ajouterai que ce serait éminemment profitable à ton entreprise.

Paul ne daigna même pas lever la tête. Il marmonna, le menton rentré dans la poitrine :

— Ouais. Enfin, j'y ai pensé... Il faut que j'aille prendre un bol d'air.

Il fit un geste maladroit pour se lever. Ses jambes flageolantes le soutenaient mal, et quand il essaya en outre de poser son verre sur un guéridon placé à côté de lui, il le renversa sur le tapis oriental. Le cristal délicat se brisa en mille morceaux et le cognac se répandit sur la laine richement colorée. Claudia plongea la tête dans ses mains, tandis que Katy portait ses doigts devant sa bouche pour retenir un cri de surprise. Sans le moindre mot d'excuse, et probablement même inconscient de ce qui s'était passé, Paul tituba en direction du hall.

Claudia se précipita pour ramasser les débris de verre, mais Charles s'agenouilla à côté d'elle et lui prit le poignet :

— Laisse, Claudia.

— Regarde ça : il y en a partout sur le tapis !

— Laissez-moi vous aider, fit Katy, en posant sa tasse.

Charles ne laissa faire ni l'une ni l'autre, et obligea Claudia à se relever. Il était tout à fait écœuré par tout ce qui venait de se passer, mais, en présence des jeunes femmes, il ne voulait rien en laisser paraître.

— Le tapis sera nettoyé, tout simplement, fit-il. Lydia passera l'aspirateur, et le tour sera joué. Ce n'est pas la fin du monde.

— Non, ce n'est pas...

La tension éclata et Claudia fondit en larmes dans les bras de Katy.

— Allons, Claudia, soupira Charles en posant une main apaisante sur l'épaule de sa sœur. On va pas en faire un drame. Tout ça n'est pas bien grave.

— Tu ne comprends pas ! sanglota Claudia. Ça dure depuis cet après-midi. On s'est arrêté au club avant de venir ici, et il a bu je ne sais combien de verres là-bas.

— Oui, je m'en doutais un peu quand je l'ai vu arriver.

— Charles ! s'écria Katy, furieuse.

Charles haussa les épaules et demanda à Claudia avec une douceur toute conciliante :

— Enfin, que s'est-il passé pour qu'il soit comme ça ce soir ?

Claudia retrouva le contrôle d'elle-même et s'essuya les yeux en soupirant.

— On a rencontré Frank et Pearson, et euh... au quatrième verre, peut-être, Paul les a entrepris à propos de son projet d'Elkins. Il n'était déjà même plus capable de s'expliquer ! Il s'est mis à marmonner des phrases incohérentes et à faire des paris stupides. Il avait l'air d'un...

— D'un idiot ?

— Oh ! Charles, c'était... horrible, embarrassant...

Son frère se laissa tomber dans un fauteuil et fixa Claudia.

— Paul est un faible. Il faut l'accepter ainsi.

— Frank et Pearson n'ont même pas cherché à cacher

leur mépris... Et malgré tout je l'aime. Ou du moins je l'ai aimé. Je veux m'accrocher à cette idée. Je suis sûre que j'ai raison de persévérer. Tu ne veux toujours pas me céder cet Inness ?

— Claudia ! Nous n'allons par revenir là-dessus, tonna Charles en bondissant sur ses talons. Ma position ne changera pas : aucun tableau ne financera les folies de Paul.

Claudia se leva à son tour et prit sa veste :

— Tu ne te rends pas compte de la tension qui règne entre Paul et moi. Tout le temps, nous nous affrontons. Et regarde-le ! s'écria-t-elle en larmes, indiquant la porte-fenêtre par laquelle Paul avait disparu. Il est dans cet état en permanence, maintenant. Ça ne te fait rien, de le voir se désintégrer sous nos yeux à tous ?

— Mais c'est de sa propre faute. Allez, arrête de pleurer ainsi.

C'était au-dessus de ses forces et elle se mit à sangloter dans les bras de Katy.

— Il... a essayé d'avoir un prêt de la banque, pour son... projet... mais on lui a... refusé...

— Je sais, on me l'a dit, répondit Charles dont le calme était revenu. Qu'attendais-tu de Jason ? Toi et Paul n'avez plus de garanties à offrir. Moi-même, comme membre du conseil d'administration, j'aurais voté contre, à supposer que Jason ait accepté...

— Charles, il faut que tu saches une chose : notre mariage est foutu s'il ne trouve pas son financement, dit Claudia d'une voix monocorde. Je ne veux plus vivre ainsi. Je ne peux plus... subir ces humiliations continuelles... Je ne sais pas où il pourra obtenir son argent : il n'a plus aucune crédibilité. Je peux l'aider encore une fois avec mon héritage, et je désire agir ainsi. Si tu me refuses cette possibilité, il me faudra le laisser ; il me détruit lentement mais sûrement.

Charles Cameron observa un instant les cheveux de sa sœur, puis se tourna vers Katy, et comprit qu'elle s'était rangée du côté de Claudia. Bien que persuadé que c'était une erreur, et que Katy ne connaissait rien aux affaires, Charles décida de se laisser convaincre pour elle.

— Bon, ça va ! Prends cette foutue toile et vends-la ! s'exclama-t-il avec fureur. Je sais que je fais une bêtise énorme, mais soit ! Sache en tout cas que je le fais pour toi, pas pour Paul. Je veux que ce soit bien clair. Je ne peux pas lutter contre vous deux... fit-il en se tournant vers Katy.

Sa colère tomba brusquement, quand une idée fit jour dans son esprit. Il regarda encore une fois Katy, puis le tableau au-dessus de la cheminée.

— Après tout, c'est aussi bien que ce mur soit libéré. Je vais y mettre un autre tableau. Un portrait de Katy.

La gratitude que ressentait Katy pour la magnanimité de Charles se mua en stupéfaction. Elle regarda les Cameron avec des yeux ronds, puis se tourna vers le grand tableau d'Inness.

— Je...

— Oui, fit Charles en lui prenant la main. Je l'aurai ici afin de pouvoir toujours te regarder.

Claudia était assez fine pour comprendre que c'était un moment de grande intensité entre son frère et Katy, mais elle était trop heureuse d'être parvenue à ses fins pour réaliser que Charles avait agi pour Katy beaucoup plus que pour elle. Elle se précipita dans les bras de Charles et l'embrassa :

— Oh, merci, Charles. Merci...

Il ne daigna même pas la regarder et posa simplement son index sur la bouche de Claudia.

— Je t'en prie... Et tant qu'à faire cette bêtise, fais-la bien : tâche d'en obtenir le maximum. Présente la toile à la salle des ventes de Washington, ou mieux, de New York, mais n'essaie surtout pas de la refiler à un vendeur de tableaux. Si tu veux, je pourrai arranger ça moi-même.

— Non, non, ça ira, répondit Claudia, trop bouleversée pour écouter attentivement les mises en garde de son grand frère. Je vais l'annoncer à Paul tout de suite.

— Hum ! Je crois que pour l'instant c'est inutile : il ne t'entendra même pas. Il a dû s'endormir dans un fourré. Je vais vous ramener.

— Non, je l'ai conduit depuis le club, déjà. Il ne peut pratiquement plus conduire.

— En attendant, je vais le chercher, répliqua Charles en soupirant. Il n'y a que moi qui pourrai le porter.

CHAPITRE V

Après la sortie de Charles, Claudia se tourna vers Katy et lui indiqua le sofa :

— En fait, je me rends compte que nous ne nous connaissons pratiquement pas. Je voudrais vous remercier : je sais que sans vous je n'aurais jamais eu ce tableau.

Katy sourit. Elle ne connaissait rien aux histoires de famille des Cameron, mais elle était certaine qu'il fallait donner ce tableau à Claudia.

— Oh, il aurait cédé. Comme il l'a dit, il l'a fait pour vous : votre bonheur est important pour lui.

Katy se demandait surtout avec une pointe d'exaspération pourquoi Charles pouvait se montrer aussi inflexible dans certains cas et aussi généreux dans d'autres. Au fond, connaissait-elle réellement Paul, pour en juger ?

— Je suis vraiment désolée de vous avoir soumise à cette scène. C'était terrible...

— Ça n'a pas d'importance...

— Je sais que Paul a commis beaucoup d'erreurs, continua Claudia à voix basse. Il est faible, oui, et Charles a raison pour ça. Mais c'est un homme bon. Charles n'a jamais compris ce qui le motive. C'est curieux de sa part, lui qui peut être si sensible aux problèmes des autres, normalement. Peut-être ne veut-il pas s'y intéresser. Paul s'est toujours senti en situation d'infériorité vis-à-vis de Charles. C'est dur d'avoir à le dire, mais c'est comme ça : il le jalouse un peu. Depuis des années, il essaie d'égaler Charles, de se mesurer à lui...

— C'était inutile de m'expliquer : j'avais compris...

Claudia sourit ; Katy était vraiment une femme exceptionnelle. Il serait intéressant de mieux la connaître. Elle se tourna vers le fameux tableau et observa les détails des berges du Tibre avec une pointe de regret dans les yeux.

— Ce n'est pas par plaisir que je vais vendre cette toile. La collection nous vient de notre mère, et elle aimait particulièrement ce tableau.

Elle n'avait pas admis aussi facilement que Charles le prétendait de voir son héritage englouti dans des opérations catastrophiques. Mais elle croyait en Paul, aussi n'avait-elle pas désespéré de revoir l'argent qu'elle lui avait confié. Les illusions n'avaient commencé à tomber que récemment. Elle avait cependant continué à financer les rêves de Paul pour sauver un mariage qui sombrait. Beaucoup de gens, comme Charles, trouvaient cela stupide, mais c'était pour elle plus important que l'argent.

— C'est pour une bonne cause, pourtant, ajouta-t-elle en souriant avec résignation à Katy. Ou du moins je l'espère.

— Vous voulez encore du café ?

— Charles vous aime vraiment, Katy ; jamais je ne l'ai vu comme ça.

— Oui, murmura Katy en baissant les yeux.

— Souriez, Katy. Levez un peu le menton. C'est bon. Ne bougez surtout pas !

Il avait fallu deux semaines de tractations pour obtenir cette séance de pose avec Derek Singleton. Portraitiste renommé, Derek demandait des délais considérables. Charles l'avait sélectionné pour peindre un portrait de Katy. Bien qu'ayant réussi à le persuader, Charles savait que Derek n'aurait pas fini avant des mois. Il n'avait consenti qu'à une faveur : le rendez-vous initial, pour les photos, serait pris dans les trois semaines qui suivraient l'accord entre les parties.

— Vous aimez les animaux ? demanda brusquement le peintre, après avoir appuyé sur le déclencheur.

— Les oiseaux, les chats, les chiens, oui... Mais pas spécialement les petits machins rampants.

Depuis le début, il l'avait soumise à un interrogatoire

très serré pour mieux la connaître. Il savait que Katy était guettée par la mort. Charles avait dû le lui dire pour obtenir d'accélérer le processus. C'était peut-être ce qui avait convaincu Derek, alors qu'il était submergé de travail. Cela n'en serait que plus dur et plus intéressant.

— Bon, essayons une autre position, pour que M. Cameron puisse mieux choisir.

Duncan observait la séance dans un coin avec un calme remarquable : il ne ratait pas un geste de Singleton, et lançait de temps à autre des plaisanteries qui les faisaient sourire. Il était habillé, comme son père, dans un costume prince-de-galles du plus grand chic. Charles avait en effet décidé de les emmener dîner tous deux chez Jean-Louis, le grand restaurant français de la capitale.

— Tournez votre tête un petit peu vers la gauche, s'il vous plaît. Le menton plus haut... Oui. Ne bougez plus.

— Le petit oiseau va sortir ! lança Duncan.

Dans cette position, elle pouvait plus facilement voir Charles et son fils. Elle croisa le regard de Charles et lui sourit le plus naturellement du monde : avec tout son amour. Ce fut à ce moment que l'appareil photo capta son expression, et ce fut certainement le plus beau cadeau qu'elle pouvait faire au commanditaire du tableau.

CHAPITRE VI

— Entrez !

Evelyn Thatcher leva les yeux : sa secrétaire entra dans le bureau avec un petit sourire déférent.

— Je vous apporte le rapport budgétaire que j'ai fini de taper, madame Thatcher. J'ai aussi l'emploi du temps pour la semaine prochaine.

Nancy Baldwin tendit les documents et Mme Thatcher lui adressa un grand sourire de remerciement. Elles s'entendaient bien toutes les deux. Nancy était docile, d'humeur égale, et plutôt jolie fille, ce qui plaisait beaucoup à Mme Thatcher ; elle aimait travailler avec elle, sentir sa présence à ses côtés quand elles devaient discuter d'un document à envoyer au conseil d'administration. Nancy avait de beaux cheveux blonds et un parfum agréable. Elle s'habillait avec goût et discrétion, et sortait d'une famille très bourgeoise de Lafayette.

— Bonne nouvelle, reprit Nancy en souriant à pleines dents. Il n'y a pas de modifications, cette fois-ci. Mme Dunleavy a téléphoné pour dire qu'elle pourrait travailler trois jours par semaine à partir du mois prochain...

— C'est une bonne chose : avec ces vacances enfin terminées, nous allons pouvoir revenir à un roulement plus régulier. Voyons un peu ce budget...

Nancy s'approcha de Mme Thatcher pour suivre plus facilement.

— C'est très bien, magnifique... Un excellent travail, Nancy. Nous pouvons envoyer ça à M. Mason et espérer qu'il s'apercevra de nos efforts pour ne pas dépasser le budget, cette année, fit Mme Thatcher en caressant légèrement la joue de sa secrétaire. Faites partir ça immédiatement, voulez-vous ?

— Bien, madame Thatcher. Oh, c'est nouveau ? fit-elle en indiquant le porte-stylo de cristal en forme d'oiseau tropical.

— Oui, il m'a été offert par les infirmières au dîner d'hier, répondit Evelyn Thatcher toute fière. C'est joli, n'est-ce pas ?

Nancy, qui aimait bien sa supérieure, n'osa pas dire que c'était un peu trop voyant pour son goût et sourit avec approbation :

— C'est un très beau cadeau, mais vous ne craignez pas qu'il soit volé, ici dans ce bureau ? Les choses ont tendance à disparaître dans cet hôpital, même les objets les plus anodins.

Evelyn prit le bras de Nancy et le serra d'un geste apaisant :

— Rassurez-vous, ce bureau reste toujours fermé.

Une fois seule, Evelyn Thatcher pensa un instant à sa secrétaire, puis revint à l'emploi du temps de la semaine. La liste des volontaires s'était allongée. Son humeur s'assombrit quand elle parvint au nom de Paine. Elle repoussa le papier et tourna la tête vers la fenêtre. Elle n'arrivait pas à se faire à l'idée que Grace s'était inscrite ici, au bureau des bénévoles. Après toutes ces années, il avait fallu qu'elle choisisse cet endroit pour venir proposer ses services.

Pour l'instant, Grace n'avait pas parlé, mais elle savait, et en cela elle constituait une menace pour Evelyn. Un jour, elle évoquerait son passé, et... Non, ça ne pouvait continuer ainsi. La tension que sa présence lui imposait était trop grande : elle ne pensait même plus à son travail, parfois. Elle perdait même tout plaisir à observer les évolutions gracieuses de sa secrétaire... Il fallait qu'elle se débarrasse de Grace Paine. A n'importe quel prix, sous n'importe quel prétexte, et vite !

— Tu l'as cherchée, celle-là ! s'exclama Charles après que sa boule de neige eut frappé Duncan un peu au-dessous de l'épaule, lui éclaboussant le cou.

L'air était vif, par cet après-midi ensoleillé de janvier. Ils venaient de finir de construire un château avec de la neige, quand Duncan avait lancé cette attaque à l'improviste, à laquelle son père avait tout de suite répliqué. Tous les deux couraient maintenant à travers le jardin en riant aux éclats.

Sous les arbres, un peu plus loin, Katy, tout emmitouflée dans un anorak et des foulards, les mitraillait avec son appareil photo. Ces photos devaient constituer, avec d'autres, son cadeau à Charles : un projet qui lui tenait à cœur. Elle avait trouvé un album relié en cuir pour contenir les épreuves. Ces photographies seraient en même temps l'aboutissement de sa carrière, son chant du cygne, en quelque sorte... Elles devaient exprimer l'amour de Charles pour son fils, et son amour à elle pour tous les deux. Elle aurait dû y penser plus tôt : elle avait perdu de précieux moments, et laissé passer des occasions uniques. Il lui restait si peu de temps. La frustration fit naître la colère en elle, comme dans les premiers moments de sa nouvelle existence, quand elle s'était mise à vivre avec sa tumeur. Elle haussa imperceptiblement les épaules : ce qui était perdu, nul ne pouvait le retrouver...

L'autre problème que posait son projet, c'était le secret : Duncan et Charles adoraient venir dans son labo, et à tout moment ils pouvaient découvrir quelque chose. Aussi avait-elle pris des douzaines de photos sans intérêt pour dissimuler son travail, en leur montrant que la partie anodine de sa création.

C'était une aventure passionnante, qu'elle vivait au maximum de son intensité.

— Alors, vous commencez à vous sentir mieux, à présent, cria-t-elle, quand Charles et Duncan décidèrent d'une trêve.

— Tu as vu celle que papa a reçue dans le cou, Katy ? s'exclama Duncan, tout essoufflé.

— Non, j'étais en train de regarder la maison, mentit-elle.

— Qu'a-t-elle donc de si passionnant, cette maison, pour que tu n'aies rien vu de notre combat de titans ? sourit Charles. Comment ça va ? On va prendre le thé ?

— Je vais très bien, et un bon thé chaud nous fera du bien à tous, messieurs les combattants. La maison est si belle, sous la neige, continua-t-elle faussement innocente. Tu sais, je n'ai jamais trouvé assez de temps pour photographier les maisons. Et comme j'aime beaucoup ça...

— Je pourrai t'aider, pour les développer ? demanda Duncan en s'approchant.

— Oui, bonne idée, fit Katy avec résignation.

A présent, il lui faudrait photographier des maisons pour justifier son mensonge. Ils se dirigèrent lentement vers la véranda, et sur les marches Katy se tourna vers Duncan :

— Tu as rempli le questionnaire pour le concours ? Il faut le renvoyer au Rotary le plus vite possible. Au cas où tu gagnerais, le journal en tirera un article.

— Ouais... Je t'ai mise à la ligne « mère ».

Katy sentit Charles se contracter, et elle-même ne savait pas trop quoi répondre.

— Ce n'est pas la vérité, mon chéri, fit-elle aussi apaisante qu'elle le put.

Duncan baissa la tête, n'osant pas regarder son père :

— J'avais rien d'autre à mettre à cet endroit, expliqua-t-il.

Katy se pencha et prit Duncan dans ses bras :

— Okay, mais on mettra « meilleure amie » à côté, d'accord ?

Duncan hocha la tête. Quand Katy se tourna vers Charles, elle vit également son regard attristé. Mais Duncan avait une autre nouvelle qui ne semblait pas le remplir de joie :

— J'ai aussi découvert que Jeremy s'était inscrit. Il a changé d'avis.

— Eh bien, c'est parfait, rétorqua Katy. Il pourra mieux juger de ta supériorité.

Duncan n'était pas convaincu, mais il marmonna d'un air mauvais :

— Il fera bien de ne pas s'asseoir à côté de moi...

Charles posa sa main sur l'épaule de son fils :

— Jeremy te fiche la paix, à présent, tu devrais oublier tout ça.

Duncan, avec un sourire espiègle, ignora la proposition de son père et changea de conversation :

— Demain, on finira le château, dis ? Je ferai une tour, au centre...

Duncan n'était pas un grand amateur de thé. Charles et

Katy s'installèrent donc seuls dans le salon pour cette importante cérémonie quotidienne.

— Dans quoi nous l'entraînons, Charles ? soupira Katy. Ça devient si compliqué. Il ne sera pas capable de faire face à...

— C'est trop tard pour les remords, Kate. Et puis il s'en tirera très bien, tu verras, fit Charles d'une voix rassurante qui cachait le doute dans lequel il était...

— Il nous faut faire quelque chose pour ce questionnaire.

— Laisse, ça n'a pas d'importance.

Katy fronça les sourcils :

— Charles, on ne peut pas envoyer ce questionnaire comme ça. C'est inexact, et qu'est-ce que les gens vont penser ?

Il plissa le front :

— Penser ? Quoi ? A propos de nous ?

— Oui.

— Je me fiche bien de ce que pensent les gens.

— Eh bien, tu ne devrais pas. Ta position dans la ville ne te permet pas de jouer avec ta vie personnelle.

Il la fixa pendant un instant, puis se mit à sourire :

— Oo-oh, Katy Barrows est bégueule, à présent ! C'est vrai, ça. Qu'est-ce qu'ils penseraient, les voisins, s'ils savaient qu'elle couche dans le même lit que Charles Cameron ?

Katy se mit à rire :

— Arrête.

— Je n'aurais pas pensé ça de toi.

— Charles, je ne suis pas bégueule, protesta-t-elle en riant. J'aimerais seulement protéger ta réputation le mieux possible.

— Laisse-moi m'occuper de ma réputation, ma chérie. Ce n'est pas ce que tu feras qui lui portera préjudice, et je tiens à ce que tout le monde sache ce que tu es pour moi. Peut-être même que je vais faire une annonce à la télé locale. En tout cas, s'il doit y avoir des potins à notre sujet, c'est un peu tard pour s'en soucier.

— Je voulais seulement...

— Oublie tout ça, dit-il avec brusquerie. Un type du journal m'appellera peut-être un jour ou l'autre pour me demander des éclaircissements. Je verrai à ce moment quelle sera ma réponse. En attendant, laisse Duncan exprimer ce qu'il ressent à ton sujet.

Elle n'était pas du tout convaincue, mais, comme elle avait trop chaud dans ses vêtements de sortie, elle décida de monter se changer, sans insister.

Elle s'excusa et s'engagea dans l'escalier. Charles avait des coups de téléphone à donner et partit s'enfermer dans son bureau. Ce fut en haut de l'escalier qu'elle sentit le vertige lui envelopper soudain la tête. Elle posa la main sur le mur. La nausée remonta de son estomac. Elle sentit une impression aigre dans la gorge et se mit à déglutir frénétiquement. Elle serra plus fort l'appareil photo. *Ne pas le lâcher.* Elle le ramena contre sa poitrine, puis se mit à frissonner. Elle allait être malade. Ça se sentait. Elle se baissa peu à peu, s'appuyant contre le mur, la tête enfouie dans son bras libre.

Il fallait atteindre la chambre. Une fois couchée, elle pourrait, sans crainte d'être découverte, récupérer son équilibre. Les crises ne duraient jamais longtemps. Elle espérait que Charles sortirait de son bureau, et, montant la retrouver, pourrait l'aider à marcher jusqu'à leur chambre. Duncan était dans sa chambre, pas loin... Elle ne pourrait pas appeler Charles sans alerter son fils...

Elle ne voulait pas offrir ce tableau horrifiant pour un enfant de dix ans à peine. Sentant le vertige s'apaiser, elle releva lentement la tête.

Au fond du couloir de l'étage, la porte de Duncan était ouverte, et, dans l'encadrement, le jeune garçon était là qui regardait, la bouche déformée, le visage blême et les yeux hagards.

CHAPITRE VII

Evelyn Thatcher entra dans le bureau des bénévoles à huit heures quarante-cinq, avec trois quarts d'heure de retard. C'était une matinée maussade et l'éclairage lugubre de l'antichambre n'en était que plus déprimant. Elle enleva son manteau et ajusta son col de laine, avant de jeter un coup d'œil sur son agenda. Au claquement de talons hauts à l'entrée, Evelyn se retourna. C'était Nancy qui faisait gracieusement son entrée, un dossier à la main.

— Bonjour, fit Evelyn avec un bref sourire.

— Bonjour, madame Thatcher.

Nancy Baldwin arrivait tous les jours à huit heures quinze, déposée par son père qui se rendait à son bureau. Depuis deux ans et demi, elle ne s'était servie que trois fois de son jeu de clés pour ouvrir les locaux. D'habitude, Mme Thatcher était ponctuellement installée dans son fauteuil à huit heures précises.

— Je suis un peu en retard, fit la directrice du service avec un petit air mielleux que Nancy ne lui connaissait pas. J'ai dû faire changer un pneu en chemin.

— Oh, il n'y a rien eu de particulier : tout le monde est en place, et personne n'a appelé.

— Bien, fit Evelyn en ouvrant la porte de son bureau personnel. Il y a du pain sur la planche, aujourd'hui : j'ai une réunion à dix heures trente avec le directeur du budget, et une autre cet après-midi. Il faut que nous envoyions les demandes de subvention avant ce soir.

— Voulez-vous du café ? demanda Nancy en haussant la voix, car Mme Thatcher avait disparu dans l'autre pièce.

— Non, merci.

Nancy se rassit et considéra avec découragement la pile de papiers devant elle. C'était une bonne chose que Mme Thatcher ne se fût pas aperçue de la durée de son absence. Curieux comme parfois deux minutes de conversation avec une personne pouvaient se transformer en une demi-heure de bavardage inconsidéré...

Elle avait repris son travail à la machine à écrire, quand elle entendit les pas de Mme Thatcher et se tourna vers elle. Son visage avait tout à coup changé.

— C'est vous qui avez déplacé mon porte-stylos ? demanda-t-elle d'une voix coupante.

— Non, bien sûr que non...

Les lèvres d'Evelyn Thatcher se pincèrent et elle disparut à nouveau dans son bureau. Un peu tendue, Nancy se leva et se précipita chez la directrice. Celle-ci était déjà au téléphone, et regardait par la fenêtre.

— La dernière fois que je l'ai vu, il était là, sur la table.

— Et quand l'avez-vous vu pour la dernière fois ? rétorqua Mme Thatcher, la voix sévère.

— Je ne sais pas... hier, je suppose.

— Eh bien, il n'est plus là. Allô, la Sécurité ? Ici, Evelyn Thatcher, bureau des bénévoles. Je voudrais que vous m'envoyiez quelqu'un immédiatement. Il y a eu un vol...

Katy venait de passer une heure délicieuse avec un de ses enfants préférés, Tim Logan. Le pauvre petit, atteint de leucémie, faisait preuve d'un courage tel, devant le mal qui le rongeait, qu'il provoquait l'admiration de Katy. Elle aimait beaucoup Tim, peut-être parce que, comme à elle, les docteurs ne lui donnaient plus qu'un an à vivre. Elle essayait toujours de lui trouver des jeux.

— Qu'aimerais-tu faire comme modèle réduit ?

— Un avion.

— Je vais voir ce qui reste.

Le placard à jouets ne contenait plus de modèles réduits d'avions. Déçue, elle ressortit et tomba sur une autre bénévole, Ann Wilbers, qui lui demanda :

— Tu cherchais quelque chose ?

— Un modèle réduit d'avion, mais il n'en reste plus.

— Va voir dans les placards du bureau des bénévoles : elles gardent toujours des foules de choses, là-bas. On se demande pourquoi, d'ailleurs. Peut-être que la mère Thatcher s'amuse toute seule dans son bureau !

Katy sourit, puis prévint Tim qu'elle allait revenir avec son avion. Quand elle arriva en bas, la porte était fermée. Surprise, elle frappa discrètement, mais n'obtint aucune réponse. Elle se décida à actionner la poignée et entra. Nancy se tenait debout devant sa machine et scrutait nerveusement le rouge de ses ongles, la tête tournée vers le bureau de Mme Thatcher. Une querelle de harengères semblant s'y tenir, Katy se figea à son tour, comme la secrétaire, et écouta :

— ... Je ne vois aucune autre explication !

La directrice du service vociférait d'une voix de virago. Katy sentit ses jambes se dérober sous elle.

— Mais comment pouvez-vous affirmer ça sans la moindre preuve ? rétorqua Grace Paine, sur un ton beaucoup plus calme, bien que chargé de colère.

Une voix d'homme les interrompit, apaisante :

— Mesdames...

— J'ai la feuille de présence à la main ! brailla Evelyn Thatcher, ignorant l'intervention. Vous étiez la première arrivée ce matin après Nancy. Vous avez inscrit l'heure vous-même.

— Et alors ? répliqua Grace. Si j'avais voulu de votre stupide machin en verre, je l'aurais pas signé, vot' papier. N'importe qui aurait pu faire ce coup dans l'hôpital : c'est un vrai hall de gare.

— D'abord ce n'est pas un stupide machin en verre. C'est une récompense des auxiliaires féminines. Un honneur, pour moi, de l'avoir reçu, un honneur que des gens comme vous ne peuvent pas comprendre, lança méchamment Mme Thatcher. Et c'était un objet ravissant. En tout cas il était encore ici hier soir quand je suis partie, et mon bureau était fermé jusqu'à ce matin quand Nancy l'a ouvert. Le porte-stylos a donc été pris après son arrivée. Vous y êtes venue, et Nancy m'a dit que vous y étiez toujours quand elle est revenue du distributeur de café, et vous étiez seule ! Vous n'allez pas le nier, ça ?

— Bien sûr que non. J'étais en train d'accrocher mon

manteau, soupira Grace. Je suis partie quelques secondes après elle...

— Et où êtes-vous allée ?

— Je vous l'ai dit, nom d'une pipe ! Aux toilettes.

— Quelqu'un était avec vous ? Quelqu'un vous a-t-il vue là-bas ?

— Non, répondit Grace avec lassitude. Je vous l'ai déjà dit : je n'ai pas l'habitude d'aller à cet endroit en compagnie. Et il n'y avait personne là-bas.

Nancy mordait nerveusement sa lèvre inférieure. Elle rencontra le regard sévère de Katy.

— J'ai simplement dit ce qui s'était passé, gémit la secrétaire. Mais je ne voulais pas mettre quelqu'un en difficulté. Je ne sais pas si elle a pris quoi que ce soit.

La voix de Grace s'était faite conciliante :

— Ecoute, Phyllis...

— Thatcher ! Mme Thatcher ! tonna Evelyn.

— Madame Thatcher, corrigea Grace. Y a personne qui peut dire qui est venu après moi. Et si ce porte-stylos était si précieux, quelle idée de l'avoir laissé sur ce bureau. A part l'envie que vous aviez que tout le monde le reluque !

— Ça suffit !

— Mesdames !

Encore une fois, Evelyn Thatcher ignora l'appel au calme.

— Aucune bénévole n'a signé avant huit heures trente.

— Et alors ? Qu'est-ce qui vous fait dire que c'est quelqu'un de chez nous qui a pris votre satané machin ? demanda Grace. Il y a des gens qui traînent partout dans cette taule. Comme des mouches en été. Ça pouvait être n'importe qui : une des femmes de ménage, hier soir, aussi bien.

— Ce sont des gens parfaitement dignes de confiance.

— Parce que les gens qui travaillent avec vous ne le sont pas ?

A cette repartie, Mme Thatcher répondit en jetant son stylo sur son bureau :

— Je vois qu'on n'avancera pas. Mais il n'y a aucun doute dans mon esprit : c'est vous qui êtes responsable de ce vol, mais bien sûr vous ne l'admettrez pas. Je ne peux pas le prouver, pas encore en tout cas, mais je peux vous renvoyer et je le fais. A cet instant. Il n'y aura pas de voleuse dans mon service. Et vous avez intérêt à tenir votre langue, parce que je pourrais bien vous faire poursuivre en justice. Maintenant, fichez-moi le camp !

— Je ne resterai certainement pas une minute de plus avec cette folle, tonitrua Grace Paine avant de jaillir du bureau, les yeux lançant des éclairs.

Elle arracha son manteau de son cintre et disparut en claquant la porte. Toute la pièce en vibra. Elle n'avait même pas vu Katy, qui s'était écartée de son chemin.

— Mon Dieu ! je ne voulais pas créer tout ce drame, se mit à pleurnicher Nancy en s'affaissant sur sa chaise.

Katy baissa la tête et soupira très fort :

— Ne dites pas ça, ma petite Nancy : vous n'êtes pour rien dans cette histoire, fit-elle entre ses dents.

Elle était surprise de pouvoir parler : sa colère l'aurait facilement conduite à donner immédiatement sa démission, après avoir dit à Mme Thatcher ce qu'elle pensait d'elle. Elle savait pourtant qu'elle n'était pas là pour complaire à cette mégère, mais pour Tim. C'était cela qui importait, aussi se mit-elle à chercher le modèle réduit. Elle regagna le service de pédiatrie, une grande boîte multicolore sous le bras.

Avant de partir, elle s'était approchée de Nancy et lui avait posé la main sur l'épaule.

— Ne vous faites pas de souci, Nancy : nous allons faire quelque chose pour ça... croyez-moi.

CHAPITRE VIII

Les deux heures et demie passées en compagnie de Tim parurent interminables à la pauvre Katy que la colère et le ressentiment rongeaient. Son sens de la justice était profondément heurté.

Quand elle arriva dans la salle d'attente du bureau des bénévoles, le cœur battant, elle constata que les locaux étaient complètement désertés et ouverts à tout vent. Prise d'une inspiration subite, elle se précipita au fichier de la secrétaire et chercha l'adresse de Grace. Elle la trouva, mais fut déçue de ne pas y voir figurer de numéro de téléphone. Elle se mit à chercher dans l'annuaire, mais, là encore, en vain...

La seule solution qui lui restait était de passer sans prévenir. 14, Kayler Avenue... Elle ne connaissait pas cette rue, mais ce ne devait pas être bien difficile à trouver.

Katy fronça les sourcils. Cette expédition allait lui faire perdre tout l'après-midi, alors qu'elle avait tant à faire au labo, avant que Charles vienne la chercher. Enfin, elle pouvait bien sacrifier quelques heures à une amie.

Une fois sa décision arrêtée, elle ne s'attarda pas à l'hôpital. Dehors, il avait commencé à neiger légèrement et, une fois installée au volant, elle sentit poindre la migraine. Rien ne pouvait cependant la décourager.

Il lui fallait passer par le centre ville et, à midi, le trafic était très dense. Elle longea donc l'îlot de hauts immeubles ultra-modernes, puis s'engagea dans une série de grandes avenues, constatant que peu à peu la qualité des constructions baissait. Ce fut presque une fois arrivée à destination qu'elle se rendit compte qu'elle se trouvait à Braywood. Elle se souvint alors de tout ce qu'on lui avait dit à propos de ce quartier, et elle eut envie de faire demi-tour. Après tout, elle n'avait que bien peu de chances de trouver Grace chez elle. Non : ce n'était tout de même pas la première fois qu'elle menait des expéditions dans des secteurs chauds pour son travail. Et puis, après avoir fait tout ce chemin, c'était ridicule de repartir. Kayler Avenue était particulièrement sale et Katy regretta de ne pas porter de bottes.

Frissonnant un peu, elle releva le col de son manteau, sortit de sa Jaguar et s'engagea dans le petit passage qui conduisait au 14, en évitant les poubelles étalées par terre et à moitié enfouies sous la neige.

— Asseyez-vous, fit Grace en lui montrant une chaise, près de la table de la minuscule cuisine qui lui servait aussi de salon.

— Merci.

La pièce était toute propre et les meubles astiqués. Katy posa son manteau sur le dossier de sa chaise et se frotta les mains.

— Vous voulez du thé ? J'allais en faire. Il fait un froid...

Grace posa la bouilloire sur la vieille cuisinière.

— Bonne idée, murmura Katy avec un peu de retard sur le geste de Grace.

— Alors, qu'est-ce que vous venez faire là ? demanda son hôtesse sans aménité.

— Je suis venue vous voir pour parler de cette scène absurde de ce matin.

Le visage de Grace s'assombrit.

— Quelle garce, cette Thatcher ! Je vous ai bien vue, mais j'avais pas le cœur à discuter.

— Oh, je m'en suis bien doutée. Moi-même, j'étais furieuse contre elle. Je suis désolée de n'avoir pas téléphoné avant, mais votre numéro n'était mentionné nulle part.

— Vous prenez du lait ? demanda Grace. Vous pouviez pas me trouver dans l'annuaire parce que je n'ai plus le téléphone : je n'arrivais pas à payer mes notes. Je vais à la cabine publique, là-bas dans l'allée. C'est pas plus mal ! Vous voulez pas un petit coup de whisky, là-dedans, pour vous réchauffer ?

— Non, Grace, c'est gentil, mais l'alcool m'est interdit.

— Ah, ouais ?

— C'est une longue histoire, mais je ne suis pas venue pour parler de moi. J'ai été stupéfaite de la manière dont Mme Thatcher vous a traitée, ce matin. Et... la façon cavalière dont elle vous traite en général.

— Ouais. On ne peut pas dire qu'elle se conduise très bien, malgré tout son beau linge et ses robes de luxe.

— Mais elle ne peut pas vous renvoyer ainsi. Je veux dire qu'elle n'a absolument aucune preuve contre vous.

Grace prit un ton cynique :

— Vous êtes drôlement rapide à prendre ma défense, Kate. Comment vous savez qu'c'est pas moi qui ai volé ce machin ?

Katy soutint son regard avec franchise.

— Parce que je sais que vous ne feriez pas ça. Vous n'êtes pas ce genre de personne, c'est tout. Je commence à vous connaître un peu, Grace. Vous ne l'avez tout de même pas pris, son porte-stylos ?

— Heulà ! Non ! Qu'est-ce que vous voulez que je fiche de c't'horreur, avec en plus son nom dessus ? Elle voulait simplement se débarrasser de moi et elle y est arrivée.

Grace plongea son nez dans sa tasse et son sourire s'évanouit. Elle n'avait pas digéré cette affaire. Le silence retomba tandis que Katy buvait son thé à petites gorgées.

— Mais, vous savez, je ne vais pas m'en tenir là, faut pas croire. J'vais aller voir M. Mason, son patron, quoique j'aie pas trop d'illusions : y a aucun moyen que j'rentre en piste dans son service. Elle y a installé sa petite bande et elle veut pas m'y voir fourrer le nez ! Curieux que j'm'entête après tout ça... Vous comprenez, Kate : j'ai ma fierté. Après l'arrangement pour David, je voulais les aider... surtout avec les mômes, et j'aimerais bien retourner dans ce service.

Katy tripotait nerveusement l'anse de sa tasse. Finalement, elle leva le nez et demanda :

— Grace, je sais bien que ça ne me regarde pas, mais y a-t-il quelque chose entre vous et Evelyn Thatcher ? Je veux dire que j'ai eu l'impression que ça dépassait le cadre de... enfin que...

— De quoi ?

— ... parce que vous venez de...

— Braywood ? Ah ! Et que je n'ai pas de mari pour aller avec mon gosse ?

Katy avait légèrement rosi, et Grace n'essayait pas de la mettre à l'aise.

— Ce n'est pas une...

— Faut toujours dire c'qu'on pense, Kate. Y a pas de honte à avoir. Moi, j'en ai pas, en tout cas. Ouais, c'est ça qu'elle me reproche, la Thatcher, c'est vrai, mais y a pas que ça, parce que vous voyez, Kate, Mme Bon Chic Bon Genre, elle a grandi dans ce quartier. Je le sais. Evelyn Thatcher s'appelait alors Phyllis Searles... ou Phyllis Evelyn Searles, corrigea Grace avec une moue de mépris. Et elle habitait pas plus loin qu'un pâté de maisons plus bas, dans une grande cabane en bois. Nos vieilles étaient copines, à l'époque. Phyllis, enfin... Evelyn... et moi, on gardait les petits mioches ensemble. Son paternel était un sac à vin, qui s'est fait la malle, abandonnant tout son petit monde du jour au lendemain.

— Mais, si elle est aussi de Braywood, comment peut-elle vous regarder de haut, comme ça ?

— Ecoutez, ma chérie, vous n'avez jamais rencontré des gens qui ont honte du milieu d'où ils sortent ? Y deviennent les pires contre ceux qui sont restés en bas. Elle a toujours cru qu'elle méritait mieux, la Phyllis. Quand elle a quitté l'école, elle a commencé par trouver un job de secrétaire-dactylo chez Simmer. Après, elle a déménagé et jamais elle n'est revenue à Braywood, même pas pour l'enterrement de sa maman. Je ne savais pas ce qu'elle était devenue ! Vous savez : vivre ici, à Braywood, c'est comme vivre sur une autre planète. Skelly, où je travaille, n'est qu'à deux pâtés de maisons, et y a des gens d'ici qui n'ont jamais mis les pieds dans le centre. Maintenant, je sais qu'elle s'est trouvé un mari tout ce qu'il y a de plus rupin, et qu'elle s'est installée dans un quartier chic... Tout ce qu'elle désirait le plus quand elle était gosse.

— En somme, elle craignait que vous ne révéliez un beau jour que la grande Evelyn Thatcher connaissait Braywood comme sa poche.

— Plus simplement : je lui rappelais beaucoup trop son passé.

— Je ne parviens pas à comprendre comment elle ne s'est

pas doutée qu'elle rencontrerait fatalement une personne au courant de ses origines. Elle aurait dû quitter la ville définitivement pour se mettre à l'abri d'une telle éventualité.

— Comme j'disais, Braywood est un tout en lui-même. Elle pouvait compter là-dessus. Il faut vivre ici pour comprendre. Les gens ont d'autres soucis que de penser à ce genre de choses. Phyllis était une solitaire. Elle a toujours eu un caractère spécial et très peu d'amis. Elle devait compter là-dessus. Et puis, elle en voulait aux gens de Lafayette. Un jour, elle est allée dans une pharmacie, en dehors de Braywood, et elle s'est fait jeter. Elle n'a pas digéré ce coup-là, et elle a eu sa revanche... au moins dans sa tête.

— Je ne peux pas croire que de telles révélations auraient intéressé quiconque... soupira Katy.

— Qui sait ? Les petites villes, vous savez. Moi, de toute façon, je n'aurais rien dit. Qu'est-ce que j'en ai à fiche de ce qu'elle prétend être ? L'idée ne m'en était même pas venue. Mais, comme vous dites, y a qu'elle que ça intéresse. Moi, je suis ce que je suis, et je laisse les autres être ce qu'ils veulent. Je voulais voir M. Mason juste pour lui dire qu'il n'y avait aucune raison de me renvoyer parce que je n'ai rien volé, et qu'il n'y a aucune preuve contre moi.

— Hum... répondit distraitement Katy. Je voulais justement vous dire que j'allais moi-même parler à Mme Thatcher...

— Oh, pourquoi ?

— Parce que vous êtes une amie, et que je défends mes amies quand elles sont injustement traitées.

Grace ne chercha pas à cacher qu'elle tenait cette initiative pour saugrenue.

— J'ferais pas ça, si j'étais vous. Elle vous aurait dans le nez, et dès cet instant, elle trouverait la première excuse pour vous virer. Je vous ai observée depuis quelque temps. Vous aimez ce que vous faites et les enfants vous adorent. Votre place est auprès d'eux.

Katy sourit :

— Vous êtes vraiment une très chic fille, Grace.

Grace haussa les épaules en souriant à son tour :

— Vous n'êtes pas mal non plus, dans vot' genre. On peut vous inviter à déjeuner ? Vous avez dû venir directement du travail ! David ne va pas tarder à rentrer de l'école. Vous ferez connaissance.

— J'aimerais bien, et je vous remercie de me le proposer, mais il faut que je rentre, répondit Katy en regardant sa montre qui marquait deux heures et demie. Une autre fois...

— Euh... je voulais vous dire : j'apprécie ce que vous m'avez dit, Katy... Merci...

— De rien, vraiment, Grace : c'est naturel !

CHAPITRE IX

Installé au téléphone de Katy, Charles discutait avec son architecte de Washington :

— J'arrive à une heure et demie... Oui, c'est ça, prends rendez-vous pour trois heures. Je voudrais que nous puissions parler un moment ensemble... Oui... Bon, je serai chez toi à deux heures. Après, je vous emmène tous au restaurant... Ah, et réserve-moi une chambre au Hay-Adams pour la nuit. D'accord, vieux... Oui... Salut, Ben !

Il raccrocha et se dressa immédiatement sur ses pieds. Il était en tenue de cheval, prêt à retourner aux haras. Il jeta un coup d'œil à sa montre et s'empara encore une fois du combiné.

— Horace ? Oui, c'est Charles... Je suis toujours chez Katy. Je ne serai pas de retour pour l'arrivée du vétérinaire. Il faudra que tu t'en occupes... Tu lui diras qu'Ansala boite depuis qu'on l'a descendu du camion, hier... S'il y a quelque chose d'urgent, je suis chez Katy, tu as le numéro. Sinon, je te verrai tout à l'heure, à mon retour...

Ayant raccroché pour la seconde fois, il s'approcha de la fenêtre et soupira d'un air furieux. Seule sa voiture était parquée devant la maison. Irène Lincoln entra dans la pièce, après avoir rangé la cuisine.

— Vous voulez du café ? J'en ai fait, monsieur Cameron.

— Oui, merci, Irène.

— Ne vous en faites pas pour Katy, monsieur Cameron : elle va arriver. Elle a dû s'arrêter pour faire des courses. Elle est très indépendante, vous savez.

— Ouais, marmonna-t-il en allant s'installer près de la cheminée.

Si cela devait se passer ainsi, après le départ de Katy en juin, il allait sacrément souffrir. Passerait-il tout son temps à se demander à quoi elle ressemblait la dernière fois qu'il l'avait vue ? Aussi bien pourrait-il ne plus la revoir vivante : elle pouvait avoir eu un accident. Avec ces maudits malaises.

Katy avait décidé de partir après le concours de Duncan. Il avait donc du temps devant lui pour reparler de tout ça avec elle. Pour lui, cela n'avait pas de sens : il ne pouvait pas comprendre que les convictions de Katy puissent résister à leur amour. Heureusement, plus ils resteraient ensemble, plus elle aurait de temps pour le réaliser.

Il pianota sur le marbre de la cheminée pour exprimer son anxiété. Il était temps de téléphoner à la police, et à l'hôpital. Soudain, il entendit le gravier crisser sous les pneus d'une voiture. C'était la Jaguar de Katy.

— Quelle surprise de te voir ici, s'écria Katy en entrant dans son salon, encore emmitouflée dans son manteau. Un temps de chien pour conduire...

— Katy, où étais-tu ? demanda Charles en se précipitant à sa rencontre.

Elle déroula son écharpe et constata qu'Irène, comme Charles, la regardait avec étonnement. C'était à craindre : plus les gens en savaient sur sa santé, plus ils essayaient de contrôler ses allées et venues...

— Oh là... J'ai dû oublier quelque chose, c'est ça ? Nous devions nous retrouver quelque part ?

Charles se détendit un peu :

— Non, pas vraiment.

— Eh bien, alors ? Quoi ?

— Je crois que je vais y aller, à présent, intervint Irène. Je suis contente de voir que vous allez bien, Katy.

Sur ces mots, elle leur adressa un petit sourire aimable et fila vers la sortie. Katy se débarrassa de son manteau et le jeta sur une chaise.

— Mon chéri, pourquoi es-tu si soucieux ? Et d'abord, que fais-tu ici ?

— Ecoute, Katy, la prochaine fois qu'il neige comme ça, attends que je vienne te chercher. J'ai appelé à l'hôpital pour te dire que je voulais te ramener, mais tu étais déjà partie. C'est pour ça que je suis venu jusqu'ici. Je voulais être sûr que tu étais bien rentrée.

— Charles ! s'exclama-t-elle en s'écartant de lui avec exaspération. Tu ne crois pas que tu en fais un peu trop ?

— Tu as peut-être raison, mais tu sais que je n'aime pas que tu conduises par ce temps.

— Je conduis depuis des années, et il y a souvent plus de neige dans le Connecticut, s'écria-t-elle en tapant du pied.

— Okay, je veux bien, mais avant, c'était avant ! Que tu le veuilles ou non. Tu pourrais avoir un malaise à tout moment et...

— Merci de me le rappeler ! Et qu'est-ce qu'il faudrait que je fasse pour te complaire ? Que je reste assise dans un coin à attendre la mort ?

Katy, en fait, était très inquiète : elle sentait que de jour en jour son courage se dérobait. Elle n'acceptait plus son destin aussi facilement qu'avant. La colère du tout début la reprenait de plus en plus souvent. Et elle savait pourquoi : Charles, à sa façon, en était responsable. La vie était si douce à présent. Si difficile à abandonner, maintenant qu'elle le connaissait. Il s'approcha d'elle et la prit par la taille :

— Non, ce n'est pas ce que je voulais dire non plus, Katy...

— Tu as réussi à inquiéter Irène.

Il l'embrassa.

— Je sais. J'en suis désolé... Katy : tout ce que j'essaie de faire, c'est de prendre soin de toi.

— Je n'ai pas besoin d'une infirmière, et encore moins d'une duègne. En tout cas, je ne veux pas d'aide paramédicale avant d'y être obligée. Bon, on ne pourrait pas arrêter cette conversation ? Tu sais que je conduis prudemment. Je suis plus consciente encore que toi de tous les problèmes que pose ma situation.

Il posa son doigt sur les lèvres de Katy et lui fit un clin d'œil :

— Où t'es-tu arrêtée ? demanda-t-il en plongeant sa main dans la poche de son jodhpur.

— Oh, quelle journée ! s'exclama-t-elle en riant. Tu te

souviens de mon amie, Grace, à l'hôpital ? Je suis allée la voir, chez elle, à Braywood.

— Quoi ?

Il l'avait fait sursauter. Elle écarquilla les yeux :

— Je...

— Fais-moi ce plaisir, Katy, ne remets plus les pieds là-bas ! s'écria-t-il en se frappant le front de la paume. Si j'avais su où tu étais !

Katy leva la main pour essayer de le calmer. Où avait-elle la tête ? Bien sûr. Charles ne pouvait pas réagir autrement en apprenant où elle était allée.

— Charles...

— Je vais te dire une chose une bonne fois pour toutes : tu ne retourneras plus à Braywood toute seule... Tu comprends ? Tu n'as pas la moindre idée de ce qui se passe là-bas. Si tu veux voir cette femme, c'est d'accord, libre à toi. Mais demande-lui de venir ici ou à Railspoint. Et si tu tiens absolument à aller chez elle, je t'y ferai accompagner. Mais tu ne...

— C'est ça, par quatre ou cinq gardes armés de Winchesters. J'ai compris. Tais-toi donc un peu et écoute ce que je veux te dire. C'est quelque chose d'important. On peut s'asseoir une minute sans beugler comme des ânes ?

Charles se détendit un peu et s'assit sur un coin de chaise.

— Je ne plaisante pas au sujet de Braywood, ma chérie.

— Et moi, j'ai l'air de plaisanter ? Ecoute-moi un instant, Charles.

Elle raconta à grands traits l'histoire de Grace Paine et du porte-stylos fétiche de Mme Thatcher.

— ... ainsi, tout ce que Grace a enduré à l'hôpital vient des préventions de cette bonne femme et de la petite mascarade à laquelle elle se livre. J'ai du reste dit à Grace que je ne pouvais pas croire qu'une révélation aussi anodine pourrait compromettre la position de Mme Thatcher à l'hôpital. Je me trompais ?

Charles, maintenant calmé, avait rejoint Katy sur le sofa.

— Bien sûr que non. Son action est appréciée et le sera toujours. Nous ne jugeons les gens que sur leurs capacités. Toi-même, tu dois admettre que c'est une femme efficace et travailleuse...

— Dans son service uniquement...

— Oui, d'accord, mais ce qui importe pour nous ; ce

qu'elle a apporté dans le fonctionnement de cette institution. Maintenant, que sa vie privée puisse être affectée par des indiscrétions sur ses origines, je n'en ai pas la moindre idée. J'imagine que certaines personnes en feraient mauvais usage. C'est toujours comme ça. Peut-être ment-elle à son mari ? Qui sait ? Mais elle ne perdrait certainement pas son job à cause de ça.

— Tout de même, Charles, je ne suis pas vraiment convaincue de sa valeur professionnelle, quand je considère son côté mesquin, fit remarquer Katy.

— Oh, c'est seulement à cause de ta loyauté à l'égard de Grace Paine. C'est une qualité remarquable chez toi...

— Oui, je suis loyale, et je le suis encore plus maintenant que j'ai appris à mieux la connaître. Charles, comprends-moi bien : Evelyn Thatcher ne peut la renvoyer comme ça.

— Elle a toute autorité dans son service.

— Sans aucun fondement, un chef ne peut pas agir ainsi ! s'emporta Katy. Pas la moindre preuve ! En plus, nous savons maintenant qu'elle était guidée par d'autres considérations. Grace n'a pas volé ce ridicule objet : tu aurais vu la mocheté que c'était ! conclut-elle en riant.

— Tss, tss, ne sois pas mauvaise langue !

— Tu as raison. En tout cas, Grace va aller voir M. Mason.

— Bonne idée, fit Charles en prenant la main de Katy pour la caresser doucement. Je ne voulais pas dire qu'Evelyn Thatcher est une sorte de dictateur dans la place, mais je crois que Stanley Mason est exactement l'homme qu'il faut aller voir dans cette situation. C'est le supérieur direct d'Evelyn et il saura écouter ton amie.

— Hum... J'ai l'intention quant à moi de parler à Evelyn, et peut-être irai-je voir Stanley Mason également, murmura-t-elle. Cela étant, Grace a probablement raison : Evelyn pourrait bien me rendre la vie difficile, si je m'accroche à elle comme ça. Elle pourrait même trouver un prétexte pour me renvoyer.

Elle s'interrompit pour considérer en silence toutes les conséquences qu'elle entrevoyait. Les gens qu'elle côtoyait à l'hôpital, infirmières, bénévoles comme elles, avaient pris une importance croissante dans sa vie. Les enfants qu'elle voyait, et qui lui survivraient pour la plupart, étaient les piliers de son existence actuelle.

— Kate, mon amour, pourquoi te laisser entraîner dans

cette histoire ? Je ne sais pas si tu cours des risques avec Mme Thatcher, et je ne pense pas qu'elle tenterait un autre renvoi dans ces conditions. D'ailleurs, crois-moi : je ne le tolérerais pas. Mais tu vas au-devant d'ennuis dont tu n'as pas besoin. Suppose qu'elle affirme que tu es incapable de faire ton travail pour des raisons de santé. Tu vois, ce n'est vraiment pas le moment.

— C'est ce que m'a dit Grace... sans qu'elle sache rien de mes problèmes.

— Eh bien, elle a raison, et je commence à la trouver sympathique, ajouta-t-il en lui prenant le menton.

Katy baissa néanmoins la tête en s'obstinant :

— Je ne voudrais pas détruire ce que j'ai construit là-bas, mais c'est une question de principe.

— Oh, toi et tes principes.

— Oui, j'ai des principes, Charles, fit-elle, légèrement blessée. Et tu en as aussi quelques-uns, quoi que tu en dises. J'ai toujours défendu mes amis quand ils en ont eu besoin.

— C'est très bien, Kate, mais aujourd'hui tu devrais un peu t'occuper de toi.

— J'apprécie l'intérêt qu'on me porte, mais aujourd'hui, comme tu dis, Grace Paine a été injustement accusée de vol, et privée de quelque chose qui était important aussi pour elle. Non, je ne peux pas laisser passer cette histoire comme ça. Quelles qu'en soient les conséquences, j'irai voir Evelyn dès demain matin, et Stanley Mason après.

Charles avait la certitude que rien ne pourrait la faire changer d'avis et décida donc de détourner la conversation. Après tout, lui-même était aussi en droit de prendre des décisions...

— Je voulais te dire une chose, ma chérie : je dois aller à Washington demain après-midi. Je rencontre Ben et nos entrepreneurs. Je passerai la nuit là-bas. Veux-tu venir avec moi ?

Un après-midi et une soirée pour travailler sur ses photos ! Katy se frotta la tempe pour cacher sa satisfaction.

— Vous allez parler affaires ? demanda-t-elle d'un air morne.

— C'est plus que probable.

— Alors, non, mon chéri.

— Tu vas me manquer.

— Tu seras bien trop occupé pour ça, vilain menteur ! répliqua-t-elle en lui tirant l'oreille. C'est très bien comme ça : j'aurai le temps de passer un moment avec ton fils. Cela fait des semaines que nous n'en avons pas eu l'occasion. Tu es toujours dans mes pattes, grand séducteur !

— Il va adorer ça. Passe la nuit à Railspoint : il sera plus tranquille pour dormir.

— Et toi aussi ! On verra... Dis donc, je croyais que tu avais rendez-vous avec le vétérinaire, cet après-midi ?

Il attira Katy vers lui et murmura :

— Effectivement, mais je me faisais plus de soucis pour toi que pour Ansala. C'est très mal : tu vas ruiner mon affaire ! Je ne faisais que passer m'assurer que tu étais saine et sauve.

— Et j'ai maintenant l'impression que tu vas t'incruster, dit-elle, le regard chargé d'allusions.

Il la contempla un moment et sourit, l'œil séducteur :

— Tout comme j'ai le sentiment que tu n'y tiens pas...

— Oh, tu te trompes, répondit-elle en riant. Mais je ne veux pas corrompre un homme d'affaires. Encore mes principes...

— D'accord, fit-il en souriant. En d'autres termes, tu m'envoies au diable !

Sa main, qui lui caressait doucement la nuque, glissa jusqu'à sa hanche et se faufila sous son pull-over.

— Il le faut, murmura-t-elle en rejetant la tête en arrière.

Elle ferma les yeux en sentant les doigts de Charles approcher de ses seins. Son soupir fut à la mesure du talent de Charles pour allumer ses sens.

— Et... Ça ne te fera rien de mettre fin à notre petit tête-à-tête... comme ça... demanda Charles, que le désir gagnait rapidement.

— Rien...

— Je vois.

Au même instant, il fit sauter l'attache de son soutien-gorge, et lentement baissa la tête pour embrasser le bout durci de ses seins.

— Charles...

— Tu veux toujours que je parte ?

Katy bondit comme un chat et se jeta dans le fauteuil, face à Charles, qui resta stupéfait, encore penché sur l'endroit qu'elle venait de quitter. D'un geste brusque, sans un sourire, mais les yeux brillants de désir, elle enleva son pull-over et son soutien-gorge.

— Qu'est-ce que tu en penses ? souffla-t-elle, sa poitrine

se soulevant rapidement, au rythme de sa respiration haletante.

— Tu es une bien voluptueuse personne, Katy Barrows ! s'écria-t-il en riant aux éclats.

Elle se jeta sur lui, comme un tigre sur sa proie...

CHAPITRE X

Katy poussa la porte du bureau des bénévoles à neuf heures précises. Elle s'était habillée avec soin et portait quelques bijoux discrets. Convaincre était un art et l'apparance comptait pour beaucoup dans le succès d'un diplomate...

Elle avait une certaine appréhension : l'entrevue serait certainement animée. Evelyn Thatcher pouvait se montrer redoutable, surtout quand le nom de Grace serait prononcé. Charles était parti très tôt le matin et lui avait laissé ainsi le loisir de bien se préparer. A présent, elle ressentait une certaine allégresse à agir ainsi. Encore une fois, elle allait avoir l'occasion d'être Katy Barrows, et de proclamer son point de vue. Elle n'aurait certainement pas beaucoup d'autres occasions de partir en croisade.

Le regard de Nancy venait de se lever sur elle, quand la porte de la directrice s'ouvrit brusquement, et Mme Thatcher fit son apparition. Elle était visiblement très tendue, et sans prêter attention à Katy se planta devant la table de Nancy Baldwin :

— Nancy, vous voudrez bien vous mettre en relation avec Miss Paine, ordonna-t-elle. Vous lui direz qu'elle peut revenir travailler immédiatement, si ça lui convient. Vous lui direz également qu'elle est réaffectée en pédiatrie. De façon permanente...

Elle venait de s'exprimer à la vitesse d'une mitrailleuse, ce qui déconcerta complètement Katy. Elle resta bouche bée pendant un instant, tout en se demandant ce qui avait bien pu la faire changer d'avis en une nuit. Puis elle s'aperçut qu'une autre personne était apparue dans le passage, sortant du bureau de Mme Thatcher. C'était Charles, un imperméable passé sur son costume bleu à gilet. Il hocha la tête à l'adresse de la directrice, encore toute pâle, et prit Katy par le bras, lui faisant faire demi-tour dans le même mouvement.

— Viens... Sortons d'ici avant que tu n'aies la mauvaise idée d'ouvrir la bouche...

Une fois dans le couloir, à bonne distance du bureau, Katy fronça les sourcils et s'arrêta un court laps de temps pour lui demander :

— Que se passe-t-il ? Que faisais-tu dans ce bureau ?

— J'ai eu une petite conversation avec Evelyn Thatcher, répliqua-t-il avec douceur. Pour t'éviter des ennuis... Nous en parlerons quand nous serons dehors, d'accord ?

Il adressa des sourires polis à plusieurs personnes qu'ils croisèrent dans les couloirs. La Jaguar était garée près de la porte de derrière. Charles fit monter Katy du côté passager, puis s'installa au volant. La journée était très belle : après les chutes de neige de la veille, les routes et les trottoirs étaient parfaitement dégagés et propres.

— Charles, peux-tu me dire enfin ce qui se passe ?

Il pivota légèrement sur lui-même pour faire face à Katy :

— Hier soir, j'ai vu que je n'arriverais pas à te convaincre, mais je voulais te voir rester à l'écart de cette triste histoire... pour ton bien. Je suis donc venu voir ce qui se passait avant que tu ne te fasses incendier par cette furie ! J'ai donné l'ordre à Mme Thatcher de reprendre Grace Paine, sans discussion, et nous avons parlé de son comportement cavalier. Je l'ai enfin informée que si des problèmes se présentaient dans l'avenir au sujet de Grace elle devrait me tenir au courant avant de décider quoi que ce soit, pour qu'elle fiche la paix à Grace une fois pour toutes. Je sais que c'était important pour toi.

La colère de Katy était prête à éclater. Ses yeux étaient devenus d'un vert plus profond encore.

— Et le passé d'Evelyn ? En as-tu parlé ? Lui as-tu dit pourquoi elle persécutait Grace ?

— Non ! D'abord, je ne suis pas certain que c'était bien là son motif de mettre Grace à la porte, pas plus qu'elle n'avait de preuve solide contre elle. Je sais que c'est probablement l'origine de cet imbroglio : je ne mets pas en doute les dires de ton amie. Mais je n'ai pas non plus le droit, ni le désir, de divulguer des informations sur le passé des gens. Tant qu'elle fait son travail correctement, elle peut vivre comme elle l'entend, si elle respecte les autres. Je voulais te mettre en dehors de tout ça et si j'avais évoqué ce que je savais sur ses origines, j'aurais été obligé de dévoiler mes sources. Ça n'aurait fait que compliquer les choses.

Kathy bouillait de rage :

— Et comment as-tu justifié ta connaissance de l'incident ? Il est difficile de croire que tu t'occupes de ce genre de choses, ici !

— Tout simplement, elle n'a pas à savoir d'où je tiens mes informations. Je suis en droit de donner des ordres sans justifications. Ce que j'ai fait. Ensuite, je lui ai dit que j'avais vu le rapport chez Stan Mason. Ce n'est pas un mensonge : j'y suis passé avant d'aller la voir.

— Ah ! Tu as quand même emprunté des voies plus ou moins normales ! s'exclama-t-elle sur un ton sarcastique.

Il s'attendait bien à ce qu'elle soit perturbée par son intervention surprise, aussi était-il prêt à faire face.

— Oui, j'ai vu Stan et nous nous sommes arrangés. Il n'était pas trop content du rapport de Mme Thatcher : elle poussait le bouchon un peu loin. Je lui ai donc dit que je m'en occupais personnellement... Avant que tu me le reproches sur tous les tons, je voudrais te dire que je ne tire pas les ficelles comme ça pour tout le monde et à propos de n'importe quoi. C'est l'avantage d'être important. Mais je n'ai pas l'habitude d'abuser de mon pouvoir. Je ne fais pas ça pour n'importe qui...

Il lui caressa la joue du revers de la main, mais elle se raidit en arrière comme un chat sauvage, et toute sa colère explosa d'un seul coup :

— Tu crois vraiment que tu m'as sortie d'un mauvais pas ? Tout le monde est au courant de ce qu'il y a entre nous depuis longtemps ! Et Evelyn la première, qui adore, comme tous les gens de son espèce, les cancans ! Elle sait bien que je suis dans les meilleurs termes avec Grace. Tu crois sérieusement qu'elle ne va pas faire le rapprochement ? Tu te prends pour un dieu descendu de l'Olympe pour rétablir le bon droit ! C'est ridicule ! J'aurais mieux fait d'y aller moi-même !

— Si Evelyn Thatcher veut faire le rapprochement, libre à elle. Mais elle comprendra aussi très vite que si je me déplace pour faire réintégrer Grace Paine de Braywood, j'agirai de même pour toi... Ecoute, ma chérie, je comprends que ça t'ennuie...

— Que ça m'ennuie ? Ah ! mais non, Charles, tu n'as rien compris ! Je suis enragée, furieuse ! J'explose ! De quel droit viens-tu contrôler mon existence de cette manière ? Sans me demander mon avis ! Tu es peut-être une grosse légume dans ce pays, Charles Cameron, mais tu ne régenteras pas mon existence !

— Je t'en prie, calme-toi. Tu ne comprends pas ! Ecoute-moi...

— Non ! C'est toi qui te tais, pour une fois ! s'emporta-t-elle encore. Tu vas arrêter de me chaperonner tout le temps. Je ne veux pas de ta protection. Tu n'as aucun droit à m'imposer ta loi et à usurper mes prérogatives. Je suis peut-être malade, mais je suis toujours un être humain. J'ai besoin d'exprimer mes sentiments sans que personne n'intervienne. Je voulais aider Grace moi-même. C'était important pour moi. Tu n'avais aucun droit à ne pas respecter ça.

— Et je ne suis pas moi aussi un être humain ? rétorqua-t-il avec hauteur. Tu ne t'es jamais demandé si j'avais des sentiments qui doivent être respectés ?

— Tes sentiments, s'écria-t-elle, tu as toute une vie pour les exprimer, tes sentiments ! Moi, je n'ai que quelques mois !

— Et ça fait que les miens comptent moins que les tiens ? Tu sors l'argument de ta maladie quand ça t'arrange, Katy. Ce n'est pas juste.

— Tu ne me traiterais pas ainsi si je n'étais pas malade et condamnée...

La colère de Katy s'était soudain dissipée. Elle se sentait comme accablée.

— Tu parles que si ! Tu n'as pas remarqué que je prends soin des gens autour de moi, qu'ils soient intimes ou simplement dignes d'intérêt ?

— Ah ? En les dressant ?

— Tu trouves que je te dresse ? demanda-t-il en soulevant les sourcils.

Elle ne répondit pas, mais détourna la tête pour marmonner :

— Je ne veux pas qu'on prenne soin de moi.

— C'est ce que je vois, en effet.

Après un pénible silence, Katy finit par grogner :

— Je veux rentrer chez moi...

— Bonne idée ! répliqua-t-il sans la regarder. Il descendit de la Jaguar et claqua la portière. Sans se retourner, il fit signe à son chauffeur d'approcher et disparut dans le fond de sa grosse limousine noire.

CHAPITRE XI

— Je te rappelle dès que je rentre ! C'est un gros projet ! Je suis si excitée à cette idée, tu ne peux pas t'imaginer ! Ça fait des mois qu'on traîne ça et nous allons enfin en voir les fruits. Excuse-moi de t'avoir appelée si tôt, mais tu n'étais pas chez toi hier soir et je voulais te parler avant de reprendre l'avion.

La voix de Robin, à l'autre bout du fil, était pleine de jubilation. Il était huit heures et demie, et le soleil brillait déjà dans la chambre de Katy, allongée sur son lit. Elle s'efforça de paraître ravie :

— Je suis contente pour toi, Robin. Et ne t'en fais pas : j'étais debout depuis un moment déjà.

— T'as pas changé ! Bon, il faut que j'y aille. Je suis déjà en retard. Tu embrasses tout le monde pour moi. J'aimerais avoir plus de temps pour parler. Je te rappelle à mon retour. Oh, Katy, attends : comment vas-tu ?

— Comme ça...

Katy considéra le combiné, une fois reposé sur son réceptacle, avec un sourire las. Elle aurait aimé montrer plus d'enthousiasme devant ce grand bond en avant que venait de faire Robin. Son amie avait reçu commande de la décoration d'une grosse firme de Washington. C'était une promotion magnifique. Le commanditaire était un holding asiatique qui voulait une décoration orientale authentique, et Robin partait pour Singapour le matin même.

Mais Katy ne pensait pas à Robin et à sa réussite. Sans cesse Charles et leur désagréable querelle de la veille lui revenaient en tête.

Tous les deux avaient eu des torts, mais elle avait vraiment exagéré. Bien sûr, elle n'en avait rien laissé paraître au téléphone avec Robin. Elle avait tellement honte de son comportement...

Elle était allée voir Duncan pendant la soirée, et s'était un peu détendue en sa compagnie. Il était devenu très attentif avec elle, depuis qu'il l'avait surprise en haut de l'escalier. Jamais elle n'avait réussi à lui expliquer cette crise de vertige. Consciemment ou non, Duncan devait soupçonner quelque chose.

Charles n'avait pas essayé de la joindre durant la journée, après la scène de l'hôpital. Appellerait-il à son retour de Washington ? Peut-être ne téléphonerait-il plus du tout... Cela n'avait guère d'importance : elle avait bien l'intention de réagir la première et de s'excuser. Sans succès, elle avait essayé de l'avoir à son hôtel, mais il n'était pas encore rentré.

Pouvait-elle le blâmer d'avoir réagi ainsi ? Il n'avait pas besoin, avec toutes les difficultés que posaient déjà leurs relations, de supporter en plus ses manifestations intempestives d'indépendance. Elle se plongea dans les tirages qu'elle avait faits de Duncan et de Charles, mais c'était bien difficile de réfléchir à son travail avec le visage de Charles continuellement sous les yeux...

Son physique était si parfait... Elle sourit en laissant tomber les épreuves. Sa préférée était une photo de Duncan et de son père endormis auprès du feu dans le grand salon... Celles de la bataille de boules de neige étaient inestimables... Et si elle n'avait plus d'autres occasions de le photographier... ? Elle avala difficilement sa salive. Elle lui donnerait ces photos, de toute façon. Elle savait qu'il les voudrait.

La porte d'en bas s'ouvrit. Le cœur de Katy se mit à battre plus fort. Irène ? Peu probable : elle travaillait en ville, le matin. Katy bondit au pied de son lit et se précipita dans l'escalier. Elle savait bien, sans oser y croire, qui était en bas.

— Katy ?

Charles ! Elle se figea et jeta un coup d'œil horrifié vers son lit : les photos ! Elles étaient répandues partout sur la couverture. Elle courut, en pleine panique, jusqu'au pied de son lit, regarda à droite et à gauche en quête d'une cachette et finalement fourra le tout pêle-mêle entre le matelas et le sommier. Peu importait que les tirages fussent froissés. Les négatifs étaient demeurés, bien à l'abri, dans son labo...

— Je suis ici ! s'écria-t-elle sur un ton allègre.

Elle dévala les marches pour se jeter littéralement dans ses bras. Avec l'adresse d'un joueur de rugby, il la réceptionna sans un mouvement de recul.

— Oh ! Charles, je suis vraiment désolée. Je suis si... désolée... pleurnicha-t-elle dans son cou.

— Kate... souffla-t-il en fermant les yeux.

— Je t'ai appelé et tout... Je ne pensais pas que tu viendrais...

— Nous avons terminé vers une heure et demie. Je ne voulais pas te réveiller...

Elle s'écarta légèrement et sourit d'un air vaguement coupable.

— Je n'étais pas vraiment endormie...

— Katy...

— Non, laisse-moi parler avant. Pardonne-moi, fit-elle. J'ai été horrible !

— Ça m'a rendu malade, Katy...

— Je me suis comportée comme une ingrate. Je ne pensais pas réellement ces choses atroces que je t'ai dites. Charles ! Ce que j'ai dit sur ton influence en ville... et tes sentiments ! Bien sûr, ils comptent. Je t'ai menti, Charles : je la veux, ta protection. Je la désire. J'adore que tu prennes soin de moi, mais pas quand tu essaies de me...

— Dresser ?

— Non... de me limiter... me confiner... J'ai eu tort de m'emporter comme je l'ai fait, de ne penser qu'à moi-même, et de mépriser ton point de vue. Mais il faut que tu comprennes, Charles, que les instants qui me restent à vivre doivent m'appartenir entièrement. Je veux en être responsable. Tu ne peux pas ignorer ça. Là où tu avais tort, hier, c'était d'avoir agi sans m'en parler auparavant.

Il la serra plus fort contre lui. Il avait eu un mal fou à se concentrer sur son travail, et ensuite à s'endormir dans ce lit trop grand pour lui seul. En dépit des mots injustes de Katy, elle disait vrai aussi :

— Peut-être ne sais-je pas trop comment maîtriser ces histoires, après tout...

Savait-elle s'en sortir, également ? Depuis qu'il était entré dans sa vie, elle n'en était plus très sûre. Elle avait besoin de lui...

— Je t'aime, souffla-t-elle contre son épaule.

— Je t'aime aussi...

Elle se dégagea un petit peu et reprit la conversation avec un calme retrouvé :

— Il faut que j'apprenne à respecter tes sentiments, Charles, et que toi tu me laisses un peu de liberté.

— Que je te laisse aller... comme ça ? murmura-t-il. Ne sais-tu pas que ce que je désire le plus au monde, c'est te protéger à tout moment ?

— Oui, mais tu ne le peux pas. Tu dois reconnaître mon autonomie.

— Katy, je ne peux pas complètement changer d'un seul coup.

— Je ne te le demande pas et je ne veux pas que tu changes. Je t'ai dit hier que tu ne me chaponnerais pas autant si je n'étais pas malade. Je l'ai dit avec méchanceté mais je pense que, dans le fond, j'avais raison. Agirais-tu de la même manière si j'étais parfaitement d'aplomb ? Réponds-moi honnêtement...

— Non... Peut-être un peu, quand même, ajouta-t-il ensuite avec un sourire espiègle.

— Bon, alors, dans ce cas, conduis-toi de cette façon.

— Katy, ce n'est pas possible ! Et je ne suis pas sûr que ce soit vraiment ça que tu désires. Comment pourrais-je ignorer ton problème ? Comment supporterais-tu une telle attitude ? Je veux bien essayer de... me retenir, d'accord, mais...

Elle lui sourit et ils s'embrassèrent longuement. Quand leurs bouches se séparèrent à nouveau, Charles baissa un peu les yeux :

— Katy, je voulais te dire autre chose. Tu étais si enragée hier dans cette croisade en faveur de Grace que j'ai eu l'impression que tu avais un peu oublié la principale intéressée. Ta démarche auprès d'Evelyn Thatcher n'aurait fait que monter la directrice contre Grace Paine et contre toi en même temps, et sans aucun bénéfice. Mason t'aurait écoutée poliment, mais ça n'aurait eu aucun effet concret, à part montrer ta générosité. Mason l'aurait appréciée, mais ça se serait arrêté là. J'étais le seul à avoir le pouvoir de faire réintégrer ton amie sans conditions et sans scandale. Tu comprends ?

Katy hocha d'abord lentement la tête avant de répondre laconiquement :

— Oui... mais tu aurais quand même dû m'en parler avant ! s'exclama-t-elle avant de sourire, en se détendant peu à peu. Tout ce que tu avais à faire, c'était de discuter avec moi. Je suis raisonnable, Charles. Il ne me faut pas si longtemps que ça pour me faire comprendre mes erreurs...

Il porta sa main à son front et soudain éclata d'un rire franc et joyeux.

— Tu es trop forte, Katy Barrows ! On pourrait passer des heures à argumenter ainsi, sans que tu te lasses ! Katy, ma chérie, si nous prenions quelques jours ensemble, loin d'ici. Juste toi et moi...

Elle approuva immédiatement la proposition, ressentant le même besoin de prendre du recul.

— Où ?

Il recula un peu et prit place dans un des fauteuils de Katy, pour réfléchir un instant :

— J'ai une idée : as-tu déjà été à La Nouvelle-Orléans pour le mardi gras ?

— Le carnaval ?

— Exactement ! Allez, nous partons tout de suite ! Monte faire ta valise. Emmène tout ce que tu as de plus affolant dans ta garde-robe ! Nous allons danser, aimer, manger ! Pendant ce temps, je passe quelques coups de fil. Dan Williams pourra nous emmener dans son jet.

Katy était emballée par ce projet. Elle allait s'élancer dans l'escalier, quand une pensée l'arrêta :

— Mais Duncan ?

— J'appelle Claudia. Il pourra rester avec eux. Nous nous arrêterons à l'école pour le lui dire. Va vite !

Elle l'embrassa et grimpa précipitamment dans sa chambre. En un quart d'heure, elle était prête, et ce fut presque en courant qu'ils franchirent le seuil de la maison.

CHAPITRE XII

Ils atterrirent à La Nouvelle-Orléans au milieu de l'après-midi. Charles avait réservé une suite au Hilton, sur le bord du Mississipi. Malgré la saison touristique, il avait pu obtenir une très jolie suite dominant le fleuve turbulent. Du balcon, ils pouvaient voir la ville entière et son port. Mardi gras était passé, mais l'animation restait encore à son comble. Le soir, Katy et Charles dînèrent chez « Antoine », puis partirent à l'aventure dans le quartier de Bourbon Street, pour finir la nuit dans une boîte de jazz débordante de vie. Ce ne fut qu'à l'aube, dans l'aurore flamboyante du golfe du Mexique, qu'ils s'endormirent, étroitement enlacés.

Le lendemain soir, ils prirent l'apéritif sur leur terrasse, regardant passer les ferry-boats et les pétroliers, qui avaient bien du mal à réduire l'apparence du grand fleuve. Ils s'étaient promenés tout l'après-midi dans le Carré Français, après avoir mangé créole. Charles avait prévu une soirée plus tranquille : ils devaient faire une courte croisière sur le *Mark Twain*, un bateau à aubes, où ils auraient l'occasion de dîner aux chandelles.

— C'est vraiment merveilleux, ici, murmura Katy, qui était déjà prête pour la soirée, alors que Charles portait encore ses vêtements de sport. Si nous y restions ?

— Venant d'une femme qui ne veut considérer que la réalité et elle seule, voilà qui m'étonne ! fit-il en souriant. En plus, il y a tellement d'endroits où j'aimerais t'emmener, Katy. En Europe par exemple. Tu n'as jamais été là-bas et je ne voudrais pas que tu manques ça. Tu n'aimerais pas ?

— Oh, bien sûr, j'aimerais beaucoup, mais tu as des obligations, chez toi...

Il fronça les sourcils :

— Et bien entendu, tu ne me permettrais jamais de les négliger, fit-il ironiquement.

— Enfin, Charles, il y a quand même des choses que tu ne peux pas éviter.

— Et mes obligations envers toi ?

— Tu n'en as aucune !

— Ah, non ? Je croyais pourtant t'avoir fait comprendre le contraire. A ton avis, qu'est-ce que ça signifie, quand je te dis que je t'aime ?

— D'accord, d'accord, capitula-t-elle avec un sourire. Nous avons tous les deux des obligations vis-à-vis de l'autre, mais ce n'est pas le moment de voyager, tu le sais bien. Ne fais pas l'enfant !

— Mais...

— Charles, fais-moi penser à prendre ma boîte à bijoux dans le coffre, avant le dîner. Je voulais le faire en rentrant, tout à l'heure, mais je n'y ai plus pensé. Je vais y descendre pendant que tu prends ta douche. Du reste...

Charles fit semblant de ne pas s'apercevoir du volontaire détournement de conversation :

— Non, reste ici bien tranquille : je vais y aller. Okay... ? Je ferai vite...

Ils se sourirent et Katy se détendit. Charles la prit dans ses bras et ils échangèrent quelques baisers. Jamais Katy n'aurait pensé que leur amour pût croître encore. Ils étaient parvenus à un degré de compréhension profond. Charles retourna sur la terrasse :

— Il faut téléphoner à Duncan, avant de partir : on pourra lui dire à quelle heure nous arrivons, demain. Peut-être que Claudia pourra l'amener à l'aéroport pour nous accueillir... Ça lui fera plaisir.

Katy s'approcha de lui :

— A propos de Claudia, je me demande ce qu'elle a fait avec le tableau. Tu es au courant ?

Charles se renfrogna immédiatement :

— Oh, Paul a trouvé le moyen de tout gâcher, comme d'habitude. Il est bien allé chez Christie, mais il a insisté pour commencer la mise à prix à deux millions de dollars, répondit-il en marquant son mépris. Bien sûr, il ne les a pas eus ! Il est reparti avec sa toile sous le bras, et l'a fourguée à un marchand de tableaux. Il avait besoin d'argent rapidement, paraît-il. S'il avait pris son temps, il en aurait obtenu ce qu'il voulait, ou pas loin, mais monsieur est un impatient. J'espère qu'il ne veut monter qu'une roulotte à glaces, parce qu'au train où il va c'est bien tout ce qu'il pourra financer !

Il passa devant Katy en ricanant, et alla se verser un nouveau bourbon.

— Tu as fini par savoir ce qu'il projette ?

— Non... Et je ne veux pas le savoir non plus. En fait, je m'en fiche totalement. Tu bois quelque chose ?

Elle se rapprocha de lui, toute pensive :

— Tu sais, Charles, après la soirée de Noël, Claudia et moi avons parlé un moment... et j'avais raison : Paul essaie de rivaliser avec toi. On dit bien que l'imitation est la forme la plus sincère de la flatterie...

— Et c'est ça qui doit me rendre plus supportable son incurable stupidité ?

— Ta sagesse, Charles, devrait te donner plus de compréhension. Quel est réellement ton problème, avec Paul ?

— C'est très simple, ma chérie : je n'aime pas les gens stupides...

— Paul n'est pas un quelconque individu parmi d'autres, pour toi ! Toute cette histoire date de très loin !

— Oh, je connais le fond de ta pensée, Kate : tout individu a quelque chose à proposer et le tout, c'est de le trouver. Je suis sincèrement désolé, mais je ne pense pas comme ça...

— J'aimerais bien qu'il te rende un jour la monnaie de ta pièce. Qu'il te résiste un peu, pour voir !

— Merci, Kate. Je t'ai déjà dit que ce sont là mes affaires. Et maintenant, laissons tomber cette histoire, tu veux ? Ne gâchons pas notre séjour en discutant de Paul Sherbourne. Il y a autre chose dont je voudrais te parler. Du mois de juin.

Brusquement, Katy se contracta, essayant en vain de se dérober à l'étreinte de Charles.

— Il n'y a pas de discussion à avoir sur ce...

— Tu ne t'attendais pas un peu à ce que ça revienne sur le tapis ? demanda-t-il. Katy, comment pourrais-tu décemment t'en aller, comme ça ?

— Il le faut, Charles. J'y suis obligée, souffla-t-elle en évitant son regard.

Il la prit par le menton et plongea ses yeux dans les siens :

— De quoi as-tu peur, Katy ? demanda-t-il avec douceur. Que je te trouve moins attirante, quand tu commenceras à dépérir ?

Comment pourrait-elle supporter qu'il perde son attirance pour elle ?

— Ma chérie, ne sais-tu pas que tu seras toujours belle à mes yeux, murmura-t-il tendrement. Je sais qui tu es, ce qu'il y a en toi...

L'émotion la saisit. Elle se pressa contre lui :

— Oh, Charles !

— Tu ne peux pas partir. Nous nous aimons trop pour ça.

Elle resta dans ses bras, mais elle ne voulait pas modifier son point de vue.

— Nous avons passé un accord ensemble sur ce sujet pour certaines raisons, et ces raisons sont toujours valables, lança-t-elle d'une voix tremblante.

— Des raisons ! lâcha-t-il avec mépris. Des raisons qui consistent à vouloir mourir comme les guerriers indiens, toute seule dans ton coin, forte et solitaire. L'union fait la force, pourtant, non ?

— Oui, mais...

— Est-ce que ma présence à tes côtés, à cet instant, enlève quoi que ce soit à ton intégrité morale et à ta conception de la vie ?

— Non...

— Alors, si ma présence ici n'altère en rien ton opinion de toi-même, pourquoi cela changerait-il à l'heure de ta mort ? continua-t-il en lui coupant la parole. Et si notre union est plus forte que ta solitude, tu l'as admis, comment pourrais-tu être faible ? Après tout, c'est ce que tu veux, Katy, une image forte de toi-même à la fin. Cette idée que tu seras plus forte seule dans ton lit n'a aucun fondement. C'est une conclusion irréaliste sortie d'un esprit encore marqué par une vie de célibataire quelque peu puritaine. Ce n'est plus le moment d'être inflexible, mon amour.

Elle était ébranlée par la force de son argumentation, d'autant qu'elle était mal préparée à cette attaque.

— Ce n'est pas la seule...

— Oh, je sais, l'interrompit-il à nouveau. Tu t'inquiètes au sujet de Duncan. A mon sujet. Tu as beaucoup de sollicitude pour nous deux, même si je t'ai dit ce que je veux vraiment. Je veux te poser une question : que comptes-tu faire en juin ? Nous n'avons jamais vraiment parlé de ça. Je serais intéressé de voir comment tu vas procéder. Tu prévois de déménager ? De vendre la ferme et de partir ailleurs ? Ou tu te proposes de vivre à côté, et de prétendre qu'on ne se connaît pas ? Qu'on ne s'est jamais aimés comme nous nous aimons ?

Elle avait pensé à ce dilemme de nombreuses fois sans trouver de solution. Elle n'avait aucune idée de ce qu'elle allait faire.

— S'il te plaît ! Tu me fais mal.

Elle essaya de se dégager en grimaçant, mais Charles était lancé et rien ne pouvait l'arrêter, à présent.

— Et Duncan ? Il va bien falloir que tu lui dises quelque chose, mais quoi ? Oh, tu as toujours ton histoire de voyage, mais ça tiendra deux ou trois semaines. Après, que feras-tu quand tu le croiseras en ville ? Un petit signe de la main en passant ?

Elle se mit à pleurer, le visage tout décomposé par l'horreur de cette image.

— Je ne sais pas. Arrête !

Pendant quelques instants, il la tint dans ses bras tandis qu'elle se serrait contre lui, secouée par les sanglots. Il la réconforta, l'embrassa dans le cou, puis reprit, implacable :

— Il y a autre chose : tu me dis que tu n'as pas peur de la mort, mais je crains que devant elle tu aies moins de courage que tu ne le crois aujourd'hui. Jusqu'à cette heure, tu n'as subi aucune lésion majeure qui t'entraverait dans tes mouvements. Au-delà de tous les choix moraux que tu veux t'imposer et nous imposer, Kate, comme ta propre intégrité et la volonté de m'épargner, je pense que tu auras peut-être besoin de moi à ton chevet.

Elle avait cessé de pleurer, mais elle se sentait très déprimée :

— Peut-être n'ai-je pas été capable d'imaginer ce que la mort me réserve. Je ne sais pas. J'ai toujours aimé l'idée que ma foi me soutiendrait.

— Nous aimons tous penser beaucoup de choses, Katy.

Elle repoussa une mèche de cheveux qui lui barrait le front.

— Ne pourrions-nous pas nous en tenir là pour le moment ?

Elle était épuisée, et Charles ne pourrait plus en tirer quoi que ce fût sur ce sujet. Il ne voulait pas non plus perdre le terrain qu'il avait gagné.

— Je t'aime, dit-il en lui embrassant le creux de la main. Habillons-nous, maintenant...

CHAPITRE XIII

Paul Sherbourne, assis au bar de son club, scrutait le fond de son verre, comme s'il y cherchait des présages. Malgré l'affluence, il s'était installé dans un coin et n'avait pas adressé trois mots aux gens qu'il connaissait.

L'heure approchait où il allait affronter les trois hommes sur lesquels tout son projet et tout son avenir reposaient. D'un geste lent, il essuya la moiteur de ses mains avec la serviette en papier qui se trouvait près de son verre. Il avait fixé le rendez-vous à une heure. C'étaient des hommes très occupés... enfin, il fallait le supposer. Peut-être avaient-ils renoncé à l'écouter ?

Steve, le barman, vint se planter devant lui avec son éternel sourire commercial :

— Un autre verre, monsieur Sherbourne ?

— Oui, merci...

— Ginger ale encore, ou whisky ?

— Ginger ale...

Plus que toute autre chose, il aurait eu besoin d'un grand verre de whisky, mais il devait rester sobre. Il avait décrété l'abstinence pour la journée : il fallait qu'il garde la tête la plus claire possible. Il se regarda dans la glace, sur le côté, mais n'osa pas analyser les traits qu'il voyait trop bien. Il savait à quoi il ressemblait, après dix ans d'échecs successifs.

Il n'avait pas réussi à rassembler assez d'argent avec le tableau de Claudia. Neuf cent cinquante mille dollars... C'était la meilleure offre que lui avait proposée le marchand d'Alexandria. Le temps lui avait manqué. Il avait dû accepter. En fait, tout le monde lui avait dit qu'il aurait dû baisser son prix, chez Christie, et qu'il en aurait obtenu plus d'un million de dollars. Pourtant, il était sûr qu'il aurait pu en tirer le double.

Plus d'erreurs... Paul grimaça : une pensée le rongeait depuis des années. Il se méprisait tellement pour avoir gaspillé l'argent de Claudia. Rien n'y faisait : il ne pouvait pas, une bonne fois pour toutes, le refuser. Il n'avait même pas été capable de lui faire comprendre de ne pas le lui proposer. C'était comme l'alcool, pour lui. Il en souffrait, mais ne pouvait se passer de son soutien... Ça allait changer !

Il n'avait pas pensé, au début, à dépendre de l'argent de Claudia pour se faire un nom aussi respecté que celui de Charles. Tout homme qui voulait se faire apprécier de Charles Cameron devait se montrer au moins aussi astucieux que lui et le prouver. Evidemment, quand il avait commencé à utiliser le capital de Claudia, il ne voulait que reconstituer ses propres forces, déjà usées dans des opérations mal menées. A présent, il n'y avait plus vraiment moyen de lui rendre ce qu'elle avait investi en lui... Du moins pas avant longtemps, et en aucun cas s'il n'arrivait pas à monter cette affaire.

Depuis son enfance, il avait toujours admiré Charles, et donc toujours recherché son approbation. Sa sortie de Noël lui avait échappé, à cause de l'alcool et de l'entrevue avec Pearson et Elliott. A partir d'aujourd'hui, Paul allait aussi oublier Charles et se débrouiller tout seul, sans chercher à concurrencer les succès de son beau-frère, à présent qu'il était tombé au plus bas et qu'il avait même réussi à gâcher ses relations avec Claudia.

Une grande tape sur l'épaule le ramena à la réalité.

— Tu voulais nous parler, fit Pearson sans chaleur. Désolé d'être en retard, mais je conduisais ces messieurs et j'ai été retenu au bureau.

Paul était tendu à l'extrême. Il avait déjà essayé de présenter son idée à Pearson, mais s'était proprement ridiculisé. Cette seconde chance était inespérée :

— Oui... J'ai réservé une salle à part. Venez.

— ... Voilà où on en est : Amtech veut installer son quartier général juste à l'extérieur d'Elkins. C'est du top secret, bien sûr. Les prix doivent rester le plus bas possible, jusqu'à ce qu'ils aient tout le terrain dont ils ont besoin pour leur projet : ce sont les éclaireurs de la firme que j'ai entendus à l'aéroport de Richmond. L'option sur les terrains a été prise pour un an. Ça n'a pas été facile pour moi d'en obtenir une copie, mais je savais que vous voudriez une preuve de ce que je disais. La voilà.

C'était une photocopie de l'option d'Amtech sur quatre-vingts hectares de terrain. Le document était signé de la main du propriétaire et de celle de Gregory Anderson, le président d'Amtech.

— Comment as-tu mis la main sur ce papier ? demanda Pearson. Les gens ne distribuent pas ce type de document comme ça. Surtout si Amtech, comme tu le prétends, veut rester discret.

Paul sourit. Les trois hommes étaient suspendus à ses lèvres. Tous les trois l'observaient, le jugeaient. Paul se rejeta en arrière dans son fauteuil sans lâcher Bill Loomis des yeux.

— Un ami a fait quelques recherches pour mon compte : il connaît certains fermiers, là-bas. J'ai évidemment payé pour tout ça...

— Et ce que tu nous suggères, c'est de racheter des parcelles constructibles pour des logements dans le voisinage du complexe d'Amtech ?

— Ça ne peut pas rater. Il n'y a que des fermes. Ce n'est pas très loin de Richmond. Des tas de sociétés s'installent dans cette partie du pays. Nous savons aussi qu'une firme comme Amtech ne va pas engager beaucoup de monde sur place. Ils vont devoir déménager en même temps une grande partie de leur personnel. Tous ces gens vont avoir besoin d'un toit, de commerces plus pratiques que ceux d'Elkins. Nous leur donnerons ce qu'ils voudront. C'est du tout cuit ! C'est une mine d'or, si nous achetons les terrains et si tout est en route avant que quelqu'un d'autre n'ait vent de la chose.

— Mais est-ce qu'il y a du terrain à acheter ? demanda Frank. Ce n'est pas parce que tu veux te procurer une partie de leurs terrains que les fermiers vont t'en vendre. A prix raisonnable, je veux dire...

— J'ai déjà mis la main dessus, répondit Paul avec beaucoup de calme. A bon prix. J'ai pris ma propre option sur trois cents hectares, qui appartiennent à un certain Jenkins, à deux mille cinq cents dollars l'hectare. C'est à peu près à trois kilomètres du terrain convoité par Amtech, et j'ai jusqu'en mai pour faire toutes les études.

Il se retint d'essuyer la transpiration qui perlait sur son front. Il était allé très loin dans cette affaire : l'option lui avait coûté cher, mais il lui avait fallu sauter sur l'occasion. Il ne manquait plus que le financement, c'est-à-dire la participation de ces trois hommes.

— Dans ce cas, pourquoi as-tu besoin de nous ?

— Je n'ai pas d'argent pour exploiter l'affaire. L'achat du seul terrain m'a coûté tout ce que j'avais de disponible. Je ne sais pas exactement encore combien il faudra pour la construction des maisons et d'un centre commercial de taille convenable, mais on peut prévoir plusieurs millions... facilement. Le terrain m'est inutile si je ne peux rien y mettre dessus. Ce que je propose, c'est une association dont je serais le manager et le coordinateur. Je sais que vous préférez rester des commanditaires. Moi, j'investis le terrain et mon temps, vous le capital pour le développement.

Bill se pencha un peu en avant :

— Et tu crois que tu seras à la hauteur ?

Paul soutint son regard avec intensité :

— J'en ai bien l'intention.

Les trois hommes échangèrent des regards glacés. La présentation de Paul avait eu le mérite d'être concise, et surtout sobre. Incapable de soutenir la tension de cette minute de vérité, Paul se mit à observer ses ongles.

La voix de Bill Loomis lui fit lever la tête :

— Paul... Voici mon opinion : je n'ai pas tellement confiance en toi. Tout ce que tu as réussi à faire jusqu'à présent, c'est de maintenir l'usine de ton père à flot. Pour le reste... Pourtant, tu as raison : c'est une affaire intéressante, avec des profits potentiels importants, et je voudrais te donner un nouveau départ. Je marche... sous réserve des résultats de l'étude technique, bien sûr.

Bill avait toujours été un joueur, et dans les fréquentes collaborations financières, c'était lui qui donnait le ton.

— Messieurs ? fit le gros minotier.

— D'accord. Tu as tes associés, Paul, mais ne nous fous pas tout en l'air !

Paul aurait voulu danser la gigue sur la table et faire des claquettes sur le bar, mais il se contenta de sourire. Tout allait changer. Les quatre hommes se levèrent en même temps :

— Merci, dit-il. On se revoit dès que j'aurai un chiffrage plus précis du capital nécessaire. Je vais faire établir les papiers et les plans.

Un par un, ils se serrèrent la main avant de se quitter.

CHAPITRE XIV

— Voilà ton verre de lait. Si tu veux autre chose après tes biscuits, tu n'as qu'à prendre une pomme... Tu la mangeras dans ta chambre.

Lydia rangea la bouteille de lait dans le réfrigérateur et la boîte de biscuits dans le placard.

— Je ne peux pas avoir un morceau de ce gâteau au chocolat ? fit Duncan en grimaçant un sourire d'espoir.

— Rien du tout ! C'est pour le dîner ! gronda Lydia. Tu sais parfaitement que ton papa n'aime pas que tu manges trop de choses sucrées entre les repas. C'est mauvais pour les dents... Comment ça s'est passé, l'école, aujourd'hui ?

— Okay... répondit-il distraitement entre deux bouchées de biscuit.

— Il faudrait que tu t'entraînes un peu, pour le concours, fit remarquer Lydia. Ça va arriver plus vite que tu ne le penses. Tu as reçu une liste de mots, je crois ?

— Katy m'aide à les apprendre. Ils sont durs.

— Oh, tu t'en sortiras très bien. Il faut que tu te concentres, c'est tout. Tu as le trac ?

— Ouais...

Duncan imaginait la foule de gens assis devant lui, lorsqu'il serait bien en évidence sur l'estrade. Charles et Katy lui avaient promis d'être aussi près que possible, pour le soutenir.

— Allez, tout se passera bien, tu verras.
— Ouais... Je monte, à présent...
— Tu ne veux pas ta pomme ?
— Nân...

Dans le hall d'entrée, il ne manqua pas de prendre son cartable et sa veste, qui étaient posés sur une chaise : son père n'aimait pas que ces objets traînent trop longtemps à cet endroit. Duncan monta l'escalier en songeant au cadeau qu'il avait préparé pour Katy : une photo d'elle encadrée par lui-même.

Il était toujours hanté par cette scène de l'escalier, quand elle lui avait dit qu'elle avait dû attraper froid dans la neige. Il avait souvent eu froid dans le passé, mais jamais une chose pareille ne lui était arrivée.

Parvenu en haut, il entendit des murmures en provenance de la chambre de son père. Katy devait déjà être là. Son petit cœur se mit à battre plus fort et il s'approcha. Son père lui avait dit de ne pas entrer à l'improviste, comme il le faisait souvent, quand ils étaient tous les deux seuls. Aussi avança-t-il jusqu'à la porte et attendit-il une pause dans la conversation avant de frapper à la porte. Les paroles échangées étaient à présent tout à fait perceptibles.

— ... Et je pense que ça serait gentil de donner une soirée pour l'anniversaire du mariage de Claudia et Paul, disait Katy. Après tout, quinze ans de vie commune, ça compte, non ?

— Tu parles...

— C'est le mois prochain. Nous aurons donc le temps de préparer tout ça.

Charles reposait sur le lit, et occupait ses mains en mettant ses boutons de manchettes.

— D'accord. On fera ça, consentit-il. Mais je le fais pour Claudia... et pour toi. Il est du reste temps que les gens apprennent à te connaître. Je préviendrai Lydia d'envoyer les invitations. Bon, il faut que je me dépêche. Je suis déjà en retard, Nat m'attend avec Hal Gorman, mon conseiller fiscal.

Katy n'en avait pourtant pas fini : elle voulait aussi aborder un sujet épineux qu'elle n'avait aucun plaisir à soulever.

— Je ne voulais pas te retenir en débarquant comme ça.

Elle avait passé la journée à faire des courses en ville,

et en rentrant elle n'avait pu se retenir de prendre le chemin de Railspoint, simplement dans l'intention de dire bonjour.

— Tu peux passer quand tu veux, mon amour.

— Il y a quelque chose dont je voulais te parler, pourtant... Je ne voudrais pas te retarder, mais il s'agit de Duncan. Je m'inquiète : il ne cesse de m'épier.

— C'est parce qu'il t'aime ! fit remarquer Charles en souriant. Moi aussi, je ne cesse de te contempler !

Il enfila sa veste grise et se tourna vers Katy, qui s'était assise sur le bord du lit. Il se demanda si le portrait progressait bien. Il avait téléphoné à Derek Singleton, trois semaines auparavant, et le peintre lui avait dit qu'il venait de se mettre au travail. Charles glissa son portefeuille dans sa poche intérieure, et un peu d'argent dans son pantalon.

Katy se leva pour se promener dans la pièce :

— Ce n'est pas ce que je voulais dire. Ça ressemble surtout à une sorte de surveillance, depuis qu'il m'a vu avoir une crise de vertiges, une fois.

Charles sauta presque en l'air :

— Quand ?

Avait-elle eu une crise sans l'en avoir averti ? Il ne se souvenait pas d'épisode récent de vertiges ou de maux de tête depuis leur voyage à La Nouvelle-Orléans, trois semaines auparavant.

— Oh, il y a longtemps. Tu te souviens de ce jour où vous avez fait ce château dans la neige ?

Il baissa la tête, pestant intérieurement contre la légèreté de son amie.

— Pourquoi ne m'en as-tu pas parlé ? C'était en janvier, Katy. Nous sommes en mars !

— Oui, je sais, répondit-elle un peu sur la défensive. Je ne voulais pas que tu t'inquiètes inutilement. Il m'a vue à Noël, aussi, quand j'ai eu ce mal au crâne, le soir où Claudia et Paul sont venus dîner...

— Kate !

— Je ne t'en ai pas parlé parce que j'ai très bien maîtrisé les choses, essaya-t-elle de se justifier. Je lui ai expliqué que j'avais mal à la tête, et ça a paru lui suffire.

— J'aurais cru que tu respecterais notre accord, Katy. Nous devions tout nous dire à propos de tes crises et de Duncan. C'est sacrément important.

— Je suis désolée, marmonna-t-elle.

— Okay, dis-moi ce qui s'est passé.

Elle raconta les deux épisodes en détail, et quand elle eut fini Charles avait l'air encore plus furieux.

— Tu es imprudente, Katy. C'est quand même phénoménal que tu n'aies pas trouvé le moyen de m'avertir de ça !

— Je sais que je ne l'ai jamais vraiment convaincu qu'il n'y avait rien de grave, ce jour-là, après la bataille de boules de neige. Et depuis, il est devenu d'une vigilance fatigante à mon égard.

— Pourquoi ne m'en as-tu rien dit, même par la suite ?

— Bon, c'est trop tard, maintenant. Je te le dis aujourd'hui, voilà tout ! s'énerva-t-elle. Tu sais combien il est sensible à tout ce que je fais et je dis. Je le surprends parfois en train de m'observer furtivement, comme s'il attendait une nouvelle crise. Tu n'as jamais rien remarqué ?

— Franchement non, répondit Charles, un peu calmé, et qui après tout ne trouvait pas vraiment matière à s'alarmer. Peut-être est-ce toi qui réagis trop vivement. Tu sais que tu es malade. Mais Duncan n'en a pas la moindre idée. Je suis persuadé que tu imagines des choses... Ne te crée pas de soucis supplémentaires et superflus : il y en a déjà bien assez.

— Que vas-tu lui dire, le jour où je partirai ? demanda-t-elle brutalement, contrariée de le voir prendre les révélations qu'elle venait de faire avec une philosophie inhabituelle chez lui.

— Allons, Katy. Nous n'allons pas recommencer. Nat et Ben m'atten...

— Chut ! commanda-t-elle soudain, en tendant l'oreille vers le couloir.

Elle venait d'entendre un bruit sourd, comme si quelqu'un s'était cogné à une table ou une chaise, dans le couloir de l'étage. Etait-ce Duncan ? Elle sentit une sueur froide la parcourir, et fixa le regard sur la porte entrebâillée.

— Tu n'as rien entendu ? demanda-t-elle.

Charles était sur le point de sortir :

— Non, pourquoi ?

— Oh, je ne sais pas... C'était juste...

Elle ouvrit la porte et jeta un coup d'œil à droite et à gauche. Personne. Elle eut pourtant l'impression très vive que l'endroit venait d'être abandonné quelques secondes auparavant. Elle chassa néanmoins cette idée. Charles avait raison : son imagination lui jouait des tours. Elle se tourna vers la console qui ornait le côté gauche du mur, presque à l'entrée de la chambre de Charles. Elle était légèrement écartée du mur, et de travers. C'était quand même curieux... Elle s'approcha et la remit en place. Charles apparut à ce moment.

— Qu'est-ce qu'il y a ? Quelqu'un écoutait ?

— Non...

Cette table mal placée ne pouvait pas vraiment constituer une preuve. N'importe qui pouvait l'avoir heurtée à un moment quelconque. Et puis Charles trouvait déjà qu'elle délirait !

— Allons, cesse de t'inquiéter, dit-il en posant sa main sur l'épaule de Katy. Et pense à autre chose. Tu te fais du souci pour rien.

— Hum...

— Tu ne veux pas aller danser, ce soir ?

Le monde aurait pu crouler à cet instant, elle ne s'en serait pas préoccupée. Quand Charles lui faisait une proposition de ce genre, il avait une façon de la regarder qui lui faisait totalement perdre le sens de la réalité.

— Oh oui ! répondit-elle en glissant ses bras autour du cou de Charles. A quelle heure passes-tu me prendre ?

— Mettons sept heures et demie. J'imagine que Ben nous tiendra la jambe jusqu'à six heures et demie, et il me faudra passer ici pour me changer. Je crois que ça ne commence pas avant dix heures, mais je ne voudrais pas y passer la nuit... Il faut se lever tôt demain... Tu as ton rendez-vous avec Philbin.

— On pourrait aussi bien rester ici ensemble, cette nuit... suggéra-t-elle avec un sourire aguichant.

— Continue comme ça et je vais renoncer à ma réunion, chuchota-t-il en la tirant vers la chambre, avant de se pencher sur ses lèvres. En fait, je crois même que je vais tout annuler. Après tout, je n'ai pas besoin de voir Hal aujourd'hui. Demain fera aussi bien l'affaire... Ou plus tard...

Le bouillonnement intérieur qui les avait saisis ne fut pas assez puissant cependant pour lui faire renoncer à son rendez-vous. D'autre part, Katy voulait, quant à elle, mettre à profit la fin de l'après-midi pour poursuivre son travail au laboratoire. Elle avait maintenant fait son choix, après avoir passé des heures à éliminer les photos les moins intéressantes à la visionneuse, pour s'éviter le travail fastidieux d'en développer une grande quantité. Peu à peu, le bouquet final s'était dessiné et Katy sentait une profonde exultation de professionnelle s'emparer d'elle. C'était vraiment son chef-d'œuvre. Elle repensa à tous ces négatifs qu'elle avait laissés sur la table en partant faire ses courses et qui l'attendaient encore. Elle avait très envie de retourner travailler. En tout cas, l'idée de cet album sur le point d'être terminé étouffa son désir immédiat. Elle repoussa donc Charles :

— Tu ne peux pas faire ça ! objecta-t-elle. Nat et Hal sont probablement déjà en train de t'attendre. Annoncer que finalement tu ne viens pas, ce serait un peu cavalier... Et puis j'ai moi-même encore des choses à faire, et je ne voudrais pas y renoncer. On se voit ce soir, en tout cas, hein ?

Il se détendit peu à peu et sourit.

— La gardienne de ma probité : Katy Barrows ! Okay, mais viens quand même jusqu'en bas : le moins que tu puisses faire, à présent, c'est de m'accompagner jusqu'à la voiture...

CHAPITRE XV

Lorsque Katy baissa le bras qu'elle avait levé dans un geste d'adieu à Charles, la belle humeur qu'elle avait toujours avec lui dans ces moments d'intense passion la quitta rapidement. Sous cette surface d'optimisme et de gaieté, trop de points restaient mal résolus. Allait-elle partir en juin... ou à un autre moment ? Lequel ? Comment le justifierait-elle aux yeux de Duncan ? De Charles, qui n'était pas d'accord avec elle ?

Elle monta dans sa voiture en soupirant de lassitude. Charles n'avait plus soulevé le sujet depuis La Nouvelle-Orléans. Après l'avoir si violemment prise à partie, plus aucune allusion n'avait été faite à leur désaccord. Le dîner et la croisière sur le Mississipi avaient été plaisants, bien qu'un peu tristes.

Elle posa sa tête sur le volant. Comment pourrait-elle le quitter ? Comment faire autrement ? Elle ne luttait plus avec la conviction qu'il lui fallait mourir seule pour préserver son intégrité. Charles avait détruit ce point de vue en un seul assaut. Même si elle voulait s'accrocher à cette idée, simplement parce qu'elle était sienne, elle savait que Charles avait raison. Son opinion était arbitraire, et surtout caduque. Quand elle avait prévu sa fin, elle ne connaissait pas encore Charles et Duncan. Elle ne connaissait encore rien de la vie, à cette époque.

Il était certain à présent qu'entre ses convictions intimes et son amour pour Charles, son choix était fait. Elle ne pouvait donc pas lui infliger son agonie. Pour elle, aimer Charles, c'était lui épargner cette épreuve. Oui, c'était ça, aimer Charles.

Comment supporterait-elle la rupture ? Elle leva la tête et mit le contact. Honnêtement, elle n'en savait rien. Quitter Railspoint, c'était aussi quitter Lafayette : elle devrait renoncer à sa ferme et trouver un autre endroit pour mourir, faire de nouveaux arrangements avec les médecins et les infirmières. Et à un moment encore plus critique qu'en juillet de l'an dernier. Mais comment rester à côté de Railspoint sans y venir ? Et que diraient-ils à Duncan ?

Mais ne le savait-il pas déjà ? Non, c'était idiot. La fatigue, la tension créaient en elle des craintes non fondées.

En arrivant, Katy avait pris la décision de ne plus penser à tous ses problèmes et de se consacrer à ses photos. Elle monta dans sa chambre pour se mettre en jean. Sur le miroir de sa coiffeuse, elle remarqua pour la deuxième fois de la journée la carte de rendez-vous du docteur Philbin.

Elle avait une certaine appréhension pour l'examen du lendemain. Le scanner voyait tout, même ce qui ne produisait pas encore de symptômes. Cet engin terrible pouvait contredire tout ce que lui avait dit Philbin sur la stabilité de son état.

Certaines tumeurs, après un développement initial, restaient inchangées pendant des années, sans provoquer plus de dommages. Cela arrivait parfois, elle l'avait lu.

Cet espoir l'envahit, au point de lui faire perdre pied. Elle s'appuya sur l'angle de sa coiffeuse pour reprendre son équilibre. De plus en plus souvent elle était sujette à ces vagues d'optimisme sauvage, et autrefois elle savait comment les réprimer, mais sa vie actuelle était si différente, si riche. Et surtout c'était aussi une torture.

Toutes ces pensées l'épuisaient. Elle avait l'impression d'être hachée menu par les sentiments contradictoires qui la saisissaient depuis une heure. Ce combat interne avait fini par lui provoquer un violent mal de tête, pour la première fois depuis plusieurs jours. Elle prit donc le chemin de la salle de bains, avala quelques cachets et finit de s'habiller.

Une fois en bas, elle se prépara du thé, posa une tasse

pleine sur un plateau et se rendit à la cave. Quand elle ouvrit la porte, elle entendit tout de suite un bruit étouffé, qu'elle eut d'abord du mal à identifier. C'était une sorte de cri, un gémissement de douleur ou de rage sourde, qui sortait du noir. Katy posa son plateau sur le sol de la cuisine et descendit, sur le qui-vive.

Elle se demandait si un animal blessé ne s'était pas introduit dans la cave, mais ces suppositions ne tinrent pas, une fois arrivée en bas. Si toute la cave était plongée dans le noir, de son laboratoire, dont la porte était entrouverte, sortait de la lumière.

Elle se souvenait parfaitement avoir éteint avant de quitter la pièce : elle était même revenue sur ses pas pour cela. Le gémissement se rapprochait maintenant. Après avoir hésité un moment, Katy avança à pas de loup et poussa doucement la porte.

Duncan ! Katy se figea sur le seuil, saisie par l'horreur et la consternation. Le garçon, recroquevillé sur le tabouret trop grand pour lui, était en larmes, le visage déformé par la douleur.

Katy comprit immédiatement ce qui s'était passé. Duncan avait entendu sa conversation avec Charles. Elle essaya tout de suite de se remémorer ce qu'elle avait dit. Ils en avaient tellement parlé depuis des semaines que tout se brouillait dans son esprit.

En tout cas, sous le choc, il avait dû se précipiter chez elle en courant à travers les champs enneigés. Ses yeux à elle aussi commençaient à se remplir de larmes, et elle était sur le point de le prendre dans ses bras pour le réconforter.

Mais son regard erra d'abord sur la paillasse et elle réalisa l'ampleur de la catastrophe. Ces petites bandes noires de tailles inégales, ces fragments de plastique répandus partout... Tous ses négatifs étaient là quand elle avait quitté la pièce... C'étaient eux que Duncan, avec une paire de ciseaux qui était posée à côté de lui, avait déchiquetés. Les photos de Charles. C'étaient les seules qu'elle avait sorties. Les autres étaient enfermées dans son classeur métallique. Katy fut soudain horrifiée. Tout son travail ! Son cri d'effroi surprit Duncan.

— Oh, non !

Elle bondit jusqu'à la table en même temps qu'il sautait en arrière, les yeux brillants de peur.

— Oh ! Duncan ! Qu'est-ce que tu as fait ?

Le corps de Katy était pris de tremblements incoercibles dus à la colère et au choc, tandis que ses mains rassemblaient frénétiquement les débris inutilisables de son plus beau travail de photographe. Aucun négatif n'était intact. Tous, sur la table, sur le sol, n'étaient que fragments cisaillés, froissés, cassés. Son cadeau à Charles, son chef-d'œuvre... réduit à néant. D'abord désespérée, elle sentit bientôt la colère bouillir en elle. Elle coinça Duncan dans un angle de la chambre noire, le traquant comme une bête malfaisante.

— Espèce de sale gamin ! hurla-t-elle, les yeux hors de la tête.

Il leva le coude pour se protéger, mais rien ne pouvait plus arrêter Katy dans sa fureur.

— Comment as-tu pu ? Sais-tu ce que tu as fait ?

Brusquement, il se redressa, et toute la peur l'abandonna. D'un air victorieux, il ricana :

— Ouais ! J'ai cisaillé tes photos !

C'était clair : il avait essayé de répondre au coup qu'elle lui avait infligé en parlant de le quitter. Il ne pouvait pas vraiment se rendre compte de l'énormité de son geste, mais il savait bien que toutes les photos de Katy étaient importantes, que s'attaquer à l'une d'entre elles seulement aurait suffi à la blesser.

C'est elle-même qui lui avait appris à découper les négatifs, à ne pas rater son geste. La vengeance était complète, bien qu'instinctive...

— Et ça te fait plaisir ! cria-t-elle.

Sa respiration était devenue haletante, son regard plein de haine.

— Ouais !

Elle allongea le bras pour le frapper, mais il était agile ; il parvint à esquiver le coup et courut vers la porte. Elle se lança à sa poursuite.

— Viens ici !

Lancée à ses trousses, elle le rattrapa dans l'escalier, mais, dans la confusion, il se saisit du plateau à thé posé sur le sol de la cuisine, juste à l'entrée. En chancelant, il entraîna la théière pleine et le sucrier qui accompagnaient la tasse. Duncan, suivi de toutes les pièces de porcelaine, tomba à grand fracas dans la cave.

Cette chute ramena Katy à la raison. Se rendant soudainement compte de ce qu'elle venait de faire, elle s'agenouilla auprès de lui

— Oh, mon petit garçon ! Je suis désolée. Je ne voulais pas te...

Elle essaya de le prendre dans ses bras, mais l'enfant, qui n'avait rien de grave, sauta sur ses pieds et s'esquiva à nouveau. Katy se lança à sa poursuite, mais cette fois-ci dans l'intention de le ramener à la raison.

Elle le trouva près de la cheminée. Il portait un bleu au-dessus de l'œil et quelques contusions un peu partout sur le corps.

— Duncan, je t'en prie, viens ici. Je ne pensais pas te faire mal comme ça. Il faut que nous parlions.

Elle s'était arrêtée au milieu de la pièce et lui tendait une main amicale.

— Non ! hurla-t-il en reculant d'un pas.

D'un coup de pied violent, il envoya promener une petite table ronde sur laquelle était posée une photo encadrée des parents de Katy et une petite lampe en limoges. Le tout se brisa en tombant.

— Duncan ! s'enragea Katy en s'avançant sur lui, la colère reprenant le dessus.

— Je les déteste, tes sales photos ! s'exclama-t-il d'une voix suraiguë. Et je déteste ta maison ! Je te déteste ! Tu vas partir !

Elle essaya encore de l'approcher, mais il se défendit comme un chat sauvage, lui portant des coups douloureux avec ses poings et ses jambes.

— Ne me touche pas ! Je te hais ! Tu es comme ma mère ! Tu vas me laisser comme elle !

Bondissant jusqu'à la petite bibliothèque, il la renversa d'un coup violent. Comme un livre lui était resté entre les mains, il le jeta sur la fenêtre de toutes ses forces. Dans un fracas de verre brisé, le volume relié plein cuir passa dans le jardin.

Il n'avait plus du tout le contrôle de lui-même. C'était exactement ce qui avait dû se passer quand il s'était introduit dans la chambre noire. Charles lui avait dit qu'il pouvait rentrer dans des rages voisines de la folie. Au fond, elle avait ressenti la même chose, quelques minutes auparavant... Il était cependant difficile d'avaler sans broncher la destruction de son travail de plusieurs mois.

Dans l'immédiat, il fallait cependant trouver un moyen

de le stopper, avant qu'il n'ait détruit la maison entière. Elle se releva lentement et s'appuya sur un dossier de fauteuil.

— Duncan, je ne suis pas comme ta mère, commença-t-elle d'expliquer pour le calmer.

— Si, tu es comme elle. Tu ne m'aimes pas plus qu'elle. Si tu m'aimais vraiment, tu ne t'en irais pas.

Il criait et pleurait en même temps, ponctuant ses vociférations sauvages de hoquets. Il courut jusqu'au pied de l'escalier et s'empara d'une assiette de collection qu'elle avait suspendue là. Il s'apprêtait à la lancer à travers la pièce, quand Katy tenta sa chance et plongea sur lui, l'agrippant par la taille. Ils roulèrent ensemble par terre, et heureusement l'assiette glissa sur le tapis sans se briser. Mais Duncan n'arrêtait pas de donner des coups de pied et de poing, en rugissant de colère.

— Duncan ! Tu vas cesser cette comédie !

Katy ne savait que faire et la colère l'aurait elle-même reprise si elle n'avait pas senti qu'une telle attitude conduirait Duncan à l'hystérie la plus incontrôlable. Dans le combat, Duncan parvint à dégager un bras et, bousculant Katy, s'empara d'une statuette représentant un oiseau avec un bec long et effilé. L'objet était en bronze et constituait une arme redoutable.

Katy sentit bien que Duncan était déterminé à s'en servir. Voyant l'attaque venir, elle leva le bras pour se défendre.

— Duncan ! Non !

Elle roula sur elle-même en criant, mais ne fut pas assez rapide. La statuette la toucha au revers de la main, le bec pointu déchirant la chair depuis le poignet jusqu'à la première phalange de l'index. Elle resta immobile un instant, stupéfaite. Le sang coulait abondamment sur la manche de sa chemise.

Duncan lâcha l'oiseau de bronze instantanément et recula, les yeux comme hypnotisé par la vue du sang. Il se reprit soudain, et la toisa d'un air mauvais :

— Je m'en fiche de t'avoir blessée ! Je te hais ! cracha-t-il.

Sans qu'elle ait le temps de réagir, il la frappa encore de la main puis s'enfuit par la porte de devant qu'il laissa ouverte. L'air froid s'engouffra dans le salon et sortit Katy de sa stupeur.

— Duncan...

Elle s'était mise à trembler comme une feuille et à claquer des dents. S'aidant de sa main valide, elle se releva. Un peu penchée en avant pour protéger son poignet blessé, elle se dirigea vers la porte d'entrée. Elle n'eut pourtant pas la force d'aller plus loin. Le froid, le choc, la douleur l'emportèrent sur sa détermination. Elle tomba à genoux sur le seuil de la porte et ne put retenir ses sanglots...

CHAPITRE XVI

— ... Et nous sommes tous les deux devenus comme fous !

Katy était assise sur le sofa de son salon et racontait le drame à Charles, installé en face d'elle. La main de la jeune femme était bandée, et elle la tenait posée sur ses genoux.

Charles secoua la tête en silence. Il avait abrégé sa réunion afin de retrouver Katy le plus vite possible, et au lieu de passer à Railspoint pour se changer, il était allé directement chez elle. Son premier choc avait été de voir la maison dans l'état où l'avait laissée Duncan. Personne ne répondait, mais les portes étaient ouvertes, des carreaux cassés. Suivant les traces de la bagarre, il s'était rendu dans la cave et avait découvert le chaos de la chambre noire. Persuadé que Katy avait été agressée par un voleur, Charles était remonté comme un fou dans le salon pour téléphoner. Irène était survenue à cet instant, suivie de Katy. Toutes les deux, lorsque Katy avait appelé chez les Lincoln pour demander du secours, étaient parties à l'hôpital pour faire recoudre la plaie tout de suite.

Charles se leva et passa la main dans ses cheveux. Il était encore sous le coup de l'émotion.

— Pourquoi ne m'as-tu rien dit de tes soupçons, dans la chambre ?

Elle haussa les épaules. Son calme était complètement revenu, et son accablement se traduisait par un flegme qui lui aurait été plus utile auparavant.

— Je te l'ai dit, Charles, mais tu ne m'as simplement pas prise au sérieux. Qu'importe, d'ailleurs, maintenant. Nous sommes tous les deux responsables de ce qui est arrivé. De toute façon, je n'étais pas sûre d'avoir vu quelque chose. Comme tu pensais déjà que j'avais trop d'imagination, je n'ai pas insisté...

— Katy, il est très important que tu me tiennes au courant des petits faits qui concernent tes rapports avec Duncan. Cela doit m'aider à le comprendre, à prévoir ses réactions. Si j'avais su qu'il y avait un risque d'avoir été entendus, je ne serais pas parti en ville...

Charles était furieux contre elle à présent, mais il exprimait aussi un sentiment qu'il avait vis-à-vis de lui-même.

— Je suis désolée... C'était une erreur de ma part, Charles, mais il faut me comprendre. Ma position n'est pas facile...

— Mais pourquoi ne m'as-tu pas appelé, après le départ de Duncan ?

— Chéri, tu ne te rends pas compte. J'avais la main tailladée. Il fallait que je fasse quelque chose. Quand les secours sont arrivés, ils ne m'ont pas laissé le temps de dire ouf. J'étais du reste plutôt mal en point. Tu as vu cette pièce ?

— Mais, de l'hôpital, tu aurais pu téléphoner.

— Arrête donc de vouloir refaire l'histoire. Tu ne t'es jamais trouvé blessé dans une salle d'urgences ?

— Pourquoi n'as-tu pas demandé à Irène de le faire à ta place ?

— Parce que... parce que je n'y ai pas pensé, monsieur Je-sais-tout ! Oui, je me suis débrouillée comme un manche ! Mais arrête de me faire des reproches.

— Peu importe... Oublions ça, soupira-t-il. Où est Duncan, maintenant ?

— Je n'en sais rien, soupira-t-elle. J'allais appeler Railspoint dès mon retour pour m'assurer qu'il était là-bas...

Elle l'observa en silence pendant qu'il composait le numéro. Dans quel drame son intrusion dans leur vie les avait plongés ? Il se tourna vers Katy :

— De quelles photos s'agissait-il ? Elles devaient certainement être importantes.

Katy baissa les yeux : elle ne pouvait lui dire. Comment divulguer maintenant ce qui devait être une surprise...

— Des photos que j'avais faites... Mais je t'ai dit : c'est simplement le fait même, le choc de voir ce désastre sous mes yeux, qui m'a mise dans cet état ! Quelle tête ferais-tu si tu découvrais Nazrah tué dans son box, avec son assassin, un pistolet encore tout fumant à la main ? Dans ma rage, mes gestes ont dépassé la correction que je voulais impulsivement lui donner !

Charles s'entretint un court instant avec Lydia puis raccrocha sèchement. Il contempla le téléphone quelques secondes.

— Alors ?

— Il est chez Claudia, répondit-il en reprenant le combiné en main. Elle a appelé Lydia. Il a donc dû s'y rendre directement.

Charles imagina son fils courant sur les chemins glacés de la propriété, alors qu'il faisait déjà nuit...

— Claudia ?

Il prévint sa sœur de son arrivée imminente et reposa l'appareil.

— Tu viens ? demanda-t-il en se levant.

Katy quitta le sofa avec peine, sous le regard froid de son ami.

— Charles, il faut que je te dise : Duncan pense que je vais vous quitter... comme l'a fait sa mère autrefois. C'est cela qu'il ressent comme une trahison.

— Que veux-tu dire ? Je sais cela...

— Oui, mais il ignore que je ne pars pas pour aller vivre ailleurs. Il ne sait pas que je vais disparaître, que je vais mourir.

Il leur fallut cinq minutes pour atteindre Meadowvale. Cette maison géorgienne en brique était abritée des vents dominants par un rideau d'ormes de haute taille. Les lumières étaient allumées dans l'allée quand ils arrivèrent, et Claudia sortit aussitôt que Charles coupa le contact.

— J'ai prévenu Duncan que vous arriviez, prévint-elle. Il ne m'a rien dit de ce qui s'est passé, mais il est dans un de ces états ! Paul pense qu'il vaudrait mieux ne pas le pousser à bout, et plutôt essayer de le calmer. C'est ce qu'on est en train de faire... sans trop de résultats...

Paul apparut à cet instant et aida Katy à enlever son manteau.

— Que peut-on faire pour vous ? demanda-t-il à Charles. Il a l'air complètement abattu.

— Je n'en ai pas la moindre idée, répondit Charles sombrement.

Puis Paul signifia qu'il devait partir. Il prit la main de Claudia en franchissant la porte :

— Il faut que je file. Je ne pense pas rentrer trop tard. Si tu veux m'attendre...

— Duncan est à l'étage, annonça Claudia quand son mari eut disparu. Il ne veut pas descendre.

Elle dirigea la lente procession dans l'escalier et dans le petit couloir qui conduisait à la chambre de Duncan quand il restait à Meadowvale. Charles passa devant et frappa à la porte. Il n'y eut aucune réponse. Sans plus attendre, il fit jouer la poignée de cuivre.

Duncan était assis sur un des lits jumeaux, la tête baissée, les mains sous ses cuisses, pour les tenir au chaud. Ses yeux étaient rouges et gonflés, et le coup qu'il avait reçu ressortait vivement sur sa peau blanche. Quelques sparadraps çà et là attestaient des petites contusions que Claudia avait dû soigner. Son père s'approcha de lui et s'accroupit sous son nez.

— Comment ça va, petit bonhomme ? demanda-t-il en soulevant le menton de son fils pour jeter un coup d'œil sur le cou.

Duncan avait l'air encore plus lamentable et plus frêle qu'avant, maintenant que sa rage était retombée. Apercevant Katy, sa fureur le reprit :

— Laisse-moi tranquille ! Je te hais !

— Duncan ! aboya Charles en lui attrapant le poignet pour le maintenir en place. Ça suffit pour aujourd'hui ! Tu ne crois pas que tu as fait assez de mal à Katy comme ça ? On a dû lui recoudre la main à l'hôpital.

— Je m'en fiche, marmonna l'enfant après avoir jeté un coup d'œil sur le bandage de Katy.

— Tu t'es conduit comme un barbare, gronda Charles en lui reprenant le menton pour qu'il lève la tête.

Katy s'était adossée contre le mur, tout près de la porte, hors de la vue de Duncan. Elle ne pouvait plus supporter cette haine et cette tension qui émanaient du gamin.

— Je... Je descends... Je t'attendrai dans la voiture...

Claudia essaya de la retenir, mais Katy se déroba et disparut dans l'escalier. Charles tenait toujours la main de Duncan :

— Je sais que tu as du chagrin, mon petit, et je te comprends parfaitement, fit Charles. Mais ça ne te donne pas le droit d'agir comme tu l'as fait... en détruisant tout ce qui te tombe sous la main et en blessant Katy. Je ne le tolérerai pas. Okay ?

Duncan bondit du lit, se libérant de son père.

— Je m'en fiche, répéta-t-il d'une voix éraillée, les larmes débordant de ses yeux bleus. Et je te hais aussi ! Tu savais !

Charles se redressa lentement, les muscles de ses mâchoires se contractant spasmodiquement.

— Oui, je le savais, mais toi, tu ne sais encore rien. Tu l'as vue plusieurs fois quand elle était malade, je crois ? Il se trouve qu'elle est très malade... Elle est si malade, mon chéri, que les médecins ne peuvent pas la soigner. Elle a une tumeur au cerveau, et pour cela elle est condamnée. Elle va mourir... Comprends-tu ça ? Elle ne part pas volontairement... Elle ne nous abandonne pas ! Si elle pouvait rester, elle le ferait. Crois-moi, mon petit, ça me fait autant souffrir que toi. Sans doute plus, même...

— Pourquoi ne me l'as-tu pas dit ? fit-il entre deux sanglots.

— Parce que Katy avait prévu de nous quitter en juin, après ton concours, et avant que son état n'empire... Tu sais que Katy t'aime beaucoup. Elle voulait tout simplement te protéger, nous épargner des souffrances inutiles. Elle ne voulait pas que nous ayons mal à cause d'elle, que nous la regardions s'éteindre. Tout cela, je te l'aurais dit un jour, quand je t'aurais senti assez fort pour entendre la vérité.

— Elle ne m'aime pas plus que maman ne m'aimait, s'obstina Duncan. Jamais elle n'a pensé rester avec moi.

— Tu te trompes, Katy t'aime vraiment, répondit Charles en choisissant ses mots avec soin. Ce n'est pas du tout comme ta mère : elle ne s'en irait jamais de Railspoint, si elle avait le choix. Si tu savais comme j'aimerais qu'elle ait ce choix, Duncan ! Ecoute, mon garçon, je crois que le mieux serait de rentrer à la maison, où nous pourrions parler de tout ça, tous ensemble. Nous...

— Non !

Duncan sauta en arrière, se heurtant à une commode en acajou.

— Duncan, nous rentrons, reprit Charles plus fermement.

— Non ! cria Duncan, en se réfugiant dans un coin de la pièce. Je ne veux plus revoir Katy. Jamais je ne rentrerai à la maison.

Charles commençait à s'impatienter. Voyant cela, Claudia prit son frère par le bras et le tira vers la porte.

— Laisse-le passer la nuit ici. Tout ira très bien. Nous serions ravis de l'avoir ici pendant un moment... s'il en a envie... Dans quelques jours, il ira mieux ; il aura eu le temps de réfléchir à toute cette journée, à ce que tu lui as dit...

Charles, bien qu'à contrecœur, se laissa convaincre.

— Il doit aller à l'école, objecta-t-il.

— Je m'occuperai de tout ça, Charles : nous l'avons déjà fait plusieurs fois dans le passé. En tout cas, ça ne mènerait à rien de le forcer. Surtout ce soir. Qu'il reste un peu seul, okay ?

— Hum... Tu as peut-être raison.

— Il a beaucoup de mauvaises nouvelles à digérer, et de se trouver en terrain neutre peut lui faire du bien, pour ça...

Charles finit par céder : il soupira un grand coup et embrassa sa sœur.

— Très bien, faisons comme ça. Pendant ce temps, nous pourrons réfléchir, nous aussi, avec Katy. Duncan sera peut-être mieux ici.

— J'en suis sûre, Charles.

— Je passerai un coup de fil à Mme Beale demain matin.

Claudia hocha la tête, mais garda la main de Charles dans la sienne :

— Charles, je n'y comprends rien, à cette histoire. Qu'est-ce que Katy...

Charles baissa la tête et s'éclaircit la gorge.

— Tu m'as entendu ? J'ai dit la vérité...

— Oh, Charles... C'est horrible... Je suis comme... C'est...

— Je ne t'ai rien dit, Claudia : ce n'est pas à moi, mais à Katy, qu'il appartient de dévoiler son état. Elle n'aime pas embarrasser les gens avec ça. Surtout comme elle ne prévoyait pas de rester avec nous après le mois de juin...

— Combien de temps a-t-elle encore ?

Charles lui rapporta les entretiens qu'ils avaient eus avec les médecins qui suivaient Katy.

— Duncan nous a donc entendu parler du départ de Katy. C'est à cause de ça qu'il est parti de Railspoint pour la ferme.

Il expliqua encore ce qui s'était passé là-bas. Claudia ferma les yeux et murmura :

— Quand je pense qu'un jour j'ai parlé avec Katy de votre avenir... Comment va sa main ?

— C'est certainement pas très joli à voir. Duncan n'y est pas allé de main morte. Avec la statuette qu'il a utilisée, il aurait pu la tuer. Il faut que j'y aille, Claudia : Katy m'attend dans la voiture et il ne fait pas chaud. Je t'appellerai demain matin pour savoir comment va Duncan.

Il jeta un dernier coup d'œil vers l'escalier et ouvrit la porte.

— Paul est parti ?

— Oui, une réunion avec Bill, Frank et Pearson, dit-elle en souriant. Ils sont sur l'affaire qu'il a mise en train... Le projet d'Elkins...

— Ah oui ? répondit Charles distraitement. Je me doutais bien qu'il n'irait pas loin avec le tableau que je vous ai donné...

Claudia ignora ce sarcasme :

— Il nous a beaucoup aidés, Charles. Tu sais, Paul est devenu un homme différent. Il est si enthousiaste, si... sobre. Je ne me souviens pas d'avoir vécu aussi heureuse avec lui depuis des lustres.

— J'en suis content, Claudia, fit-il en s'efforçant de sourire. Vraiment...

— Je suis si triste pour vous, Charles. Je n'avais aucune idée du calvaire que...

— Eh oui.

Sans se retourner, Charles rejoignit sa voiture dans la nuit.

CHAPITRE XVII

— C'est vraiment le pompon ! Maintenant, il te déteste aussi, pour avoir été complice, soupira Katy quand ils entrèrent dans son salon.

Irène, la femme de ménage, avait un peu rangé après leur départ. Elle devait avoir vu la Lincoln passer dans le chemin et s'était précipitée pour éviter à Katy le désagrément supplémentaire d'avoir à ramasser les débris de la lutte.

Katy se laissa tomber sur le sofa et pencha la tête en arrière.

— J'ai fait un beau gâchis, n'est-ce pas ? Ta vie, celle de Duncan... Jamais je n'aurais dû accepter de rester avec vous jusqu'en juin. Il m'aurait fallu disparaître en novembre, avant que tout commence à prendre ce tour confus.

— Tu vas arrêter un peu ce cinéma ! Je t'ai déjà dit qu'il était trop tard pour se sentir coupable. C'était trop tard, déjà, quand nous avons pris la décision de vivre ensemble. Tu le sais. Duncan n'avait pas attendu ce jour pour s'attacher à toi. Le choc serait venu plus tôt, mais il n'aurait pas été moins rude. Nous étions parfaitement conscients de ce qui allait arriver.

— Je sais. Mais ce que j'aurais dû faire, c'était fuir dès le début, insista-t-elle.

Charles l'attira vers lui.

— Nous nous en sortirons, ma chérie. Malgré la douleur que Duncan peut ressentir aujourd'hui à cause de toi, il faut que tu penses à tout le bien que tu lui as fait, à tout ce que tu lui as donné. Un jour, il se souviendra de tout ça. Et puis, il ne te déteste pas réellement.

— Non, mais il croit qu'il me déteste. Je ne sais pas ce qui m'a pris d'agir ainsi, cet après-midi.

Il la réduisit au silence en l'embrassant :

— Allons, tu n'as pas frappé Duncan par plaisir. Il t'a fait du mal aussi, en massacrant tes photos. Je sais ce qu'elles signifient pour toi. Alors, stop ! N'en parlons plus, fit-il en lui caressant amoureusement le visage. Tu as eu une journée de chien, pas vrai ?

Elle haussa les épaules.

— Hum...

— Entre Duncan et moi, tu ne savais plus où donner de la tête. C'est qu'on peut être vraiment méchant, chez les Cameron. Je suis très mal placé pour te faire des reproches : quand je suis arrivé, j'ai fait preuve aussi d'une totale incompréhension pour ce que tu avais enduré. Mais c'était l'anxiété. Et j'étais en colère aussi contre moi pour avoir sous-estimé tes inquiétudes dès le début... Ta main te fait mal ?

— Ça va... Tout n'a pas été rose pour toi non plus. Je t'aime, Charles. Tu es formidable.

— Je sais que tu m'aimes, ma chérie. C'est pour ça que tu dois rester, même après juin. J'espérais que tu soulèverais toi-même le problème. Duncan n'est plus une raison pour rompre avec moi. Il sait ce qui risque d'arriver, maintenant.

Katy réagit avec vivacité :

— Je ne suis sûre de rien, Charles. Et je pense que c'est au contraire une raison de plus pour partir. Il ne peut plus supporter de me voir. Et si tu crois que ça constituera un problème négligeable dans nos relations, tu ne fais que t'abuser.

Il ne voulait pas croire à cette interprétation :

— Je te l'ai dit : il ne te déteste pas du tout. Ce son des sentiments temporaires.

— Comment peux-tu savoir ça ?

— Je compte là-dessus, répliqua-t-il. Et je ne peux pas imaginer que le meilleur moyen que tu puisses trouver pour résoudre le problème soit simplement de t'enfuir, sans essayer de l'aider à surmonter ses sentiments. Tu n'es pourtant pas du genre à filer à la première alerte !

— Ses sentiments sont si confus. J'avais espéré qu'après tout ce que nous avons vécu ensemble il réaliserait la différence entre ma mort et la désertion de Véronica...

— Il doit être en train de ruminer tout ça. Lui aussi a sa fierté : il ne peut pas faire machine arrière comme ça. Et puis, la mort, le départ, tout ça est un peu confus dans sa tête. Il n'était pas grand, quand Véronica nous a abandonnés. Et c'est précisément cette déchirure qu'il faut cicatriser. Qui est mieux placé que toi pour l'aider ? Personne. Tout devrait t'amener à rester. Quand comprendras-tu ça ?

— N'essaie pas de me donner mauvaise conscience encore une fois, Charles.

— Je voulais simplement te faire revenir sur cette idée de solitude.

— C'est déjà fait. Je suppose que j'exagérais un peu le fond de ma pensée. Je ne sais pas.

— Ayant vécu seule pendant longtemps, tu as peut-être du mal à te donner un peu aux autres, conclut-il avec douceur.

— Ne dis pas ça.

— Pourquoi ? Je suis sûr que c'est une bonne part du problème. Tu n'as pas été élevée de cette manière. Ton caractère est indépendant, au plus profond de toi.

— On a l'impression, à t'entendre, que tout ce que je fais ou dis est mal ou exagéré. Ce n'est pas vrai.

— Non, je ne te dis pas ça, rectifia-t-il précipitamment. C'est juste que de temps en temps...

— Il n'y a rien de mal à être indépendante, à ne compter que sur soi-même !

— Non, jusqu'à un certain point...

Katy voulait cesser cette querelle.

— Tu avais raison dans tout ce que tu as dit. Je veux bénéficier de ta force. Je veux rester avec toi aussi longtemps qu'il nous sera donné de le faire. Mais tu ne comprends pas que c'est parce que je t'aime que je veux partir, fuir, pour que tu n'aies pas à souffrir. Ce serait une véritable torture pour toi.

— Je ne comprends pas ? Mais toi, ne réalises-tu pas que la réciprocité de ce sentiment me force à rester à tes côtés jusqu'au bout ?

— Tu ne peux pas savoir ce que c'est. J'ai vu comment...

— Oui, tu me l'as déjà dit. Ta mère. Mais de toute façon je mourrai dès l'instant où tu rendras ton dernier souffle, que tu meures ici ou de l'autre côté de la terre. Rien de ce que tu pourras faire pour me protéger n'empêchera ça. Nous avons dépassé le point de non-retour. Je t'aime trop, et il faut que tu acceptes le fait que je vais souffrir, quelles que soient les circonstances. Cela ne te plaît peut-être pas, mais c'est comme ça. L'amour n'est pas fait d'un seul sentiment : c'est un tout. Ma douleur en fait partie, inséparablement. Cette douleur, je la ressentirai plus tôt que d'autres, mais ta disparition dans cinquante ans aurait eu les mêmes conséquences. Ce que tu crois être de la considération pour mes souffrances n'est que de l'égoïsme. Tu ne t'attaches qu'à ce que tu *crois* être bon pour moi. Mais tu ignores en fait mes besoins et mes sentiments. J'ai besoin de te soutenir autant que je le pourrai. C'est tout ce que j'aurai pour être sûr, après ton départ, que tu saches combien je t'aimais, et que je t'aurai apporté tout le réconfort possible. Ne me dis pas que ta mère n'a pas eu les mêmes sentiments pour ton père. J'ai besoin de toi, de t'avoir avec moi.

Toute la frustration accumulée ressortait d'un seul coup et, qu'il le voulût ou non, elle le conduisait à traiter Katy avec la violence qu'il ressentait au tréfonds de lui-même. Il la prit par les épaules et la secoua frénétiquement.

— Je ne peux pas croire que ce soit l'altruisme qui domine ton amour. Je ne sais pas comment tu comptes t'en sortir toute seule, mais si tu peux me regarder droit dans les yeux et me dire que tu préfères, malgré tout, rester seule, alors, d'accord. Ce sera entendu. Je passerai cette porte à jamais. Et tout de suite ! s'exclama-t-il soudain transporté par son envolée un peu lyrique. Allez ! Dis-le-moi ! Dis-le et je pars !

Les paumes contre la poitrine de Charles, Katy leva les yeux et observa son visage. Etait-il sérieux ? Elle le voyait déjà passer la porte, sans se retourner. Elle entendait sa voiture démarrer. Elle ferma les yeux. Il n'y aurait plus rien. Rien que le noir. Charles était son soleil, sa vie. Il résumait en quelques moments merveilleux toute la beauté de l'existence humaine.

— Non ! s'écria-t-elle en se jetant contre lui en larmes. Ne me quitte pas. Ne t'en va pas.

Le corps entier de Katy fut secoué de sanglots et, sans forces, elle se laissa porter par Charles.

— Ça va, Katy. Ça va... Chut... fit-il en la berçant. Je ne te quitterai pas... jamais... Je suis ici... pour toi !

Elle continua longtemps à pleurer, tandis qu'il la prenait dans ses bras et gravissait l'escalier qui conduisait à sa chambre. Doucement, il la posa sur son lit, enleva ses chaussures et la recouvrit d'une couverture. Après avoir ôté lui-même sa veste, il se lova contre elle et la serra très fort dans une attitude protectrice et passionnée.

Caressant ses cheveux, il lui murmura son nom dans l'oreille jusqu'à ce qu'elle s'arrêtât de pleurer. Epuisée par la tension que les événements lui avaient imposée, elle grelottait de froid. Elle se retourna et enfouit son visage dans la poitrine de Charles.

— Charles... Je l'ai vue pendant une fraction de seconde... la mort... fit-elle dans un souffle à peine audible. Tout était fini... J'ai peur ! Je veux que tu sois là parce que j'ai peur...

Il posa la main sur la nuque de Katy :

— Je serai là, dit-il d'une voix douce et apaisante. Calme-toi. Je serai là.

— Ne les laisse pas me mettre à l'hôpital, Charles. Ça, je ne pourrais pas.

— C'est promis, mon amour. Mais il ne faut pas que tu abandonnes ta foi. Elle t'aidera, aussi, tout comme moi.

Oui, pensa-t-elle en tremblant encore. Elle avait sa foi et la présence de Charles. Peut-être qu'alors la peur ne serait pas aussi terrifiante que celle qu'elle venait d'avoir et où elle avait entrevu sa fin. Qu'avait-elle vu ? Ce n'était pas la mort : elle ne se montrait pas. Non, Katy avait vu la perte, les pertes qu'elle subirait du même coup.

— Tu me tiendras comme ça, quand je mourrai ? demanda-t-elle d'une voix plaintive

Il lutta contre les larmes qui lui mouillaient les yeux.

— Tout comme ça, répondit-il d'une voix étranglée.

Ils restèrent ainsi pendant assez longtemps. Ce fut finalement Katy qui, en se redressant, rompit le silence.

— Je ne voulais pas ignorer tes besoins, dit-elle d'une voix encore mal assurée. Simplement je n'avais pas analysé la situation sous cet angle.

— Oui, c'est bien ce que je pensais, mais il faut que tu admettes que ce n'est pas en me tenant à l'écart que tu parviendras à éliminer la douleur que ta perte me causera, répéta-t-il avec une douceur égale. Au moins, donne-moi la possibilité de la diminuer le plus possible.

— Oui... Je ne sais pas ce que j'aurais fait, si j'avais essayé de te quitter.

— Bien sûr que non... il n'y avait pas d'autre solution réaliste que de rester avec moi le maximum de temps.

Elle resta immobile pendant un moment et le silence retomba. Il était si dense, si palpable, ce silence, après le bruit et la fureur de la journée.

— Tu voulais vraiment partir ? Tu l'aurais fait ? questionna-t-elle, ne pouvant plus résister au désir de savoir.

— Qu'en penses-tu ? fit-il en souriant. Après t'avoir beuglé dans les oreilles combien j'avais besoin de toi ? Sous le coup de l'émotion, je crois que j'en ai un peu rajouté... Quelle soirée !

— Oui... Et je vais te dire une chose, Charles : finalement, j'étais bien tranquille avant de te connaître !

— Eh bien, moi aussi !

Katy effleura la joue de Charles. Peu à peu, ses doigts se firent plus caressants, et le désir s'éveilla en elle. Elle se rapprocha de lui, prenant toutefois garde à protéger sa main blessée, et murmura :

— Faisons l'amour...

Dès le petit déjeuner, le lendemain matin, Charles aborda un autre point qu'il voulait absolument éclaircir. Ils avaient peu de temps devant eux, car le Dr Philbin les attendait, et Charles devait passer se changer à Railspoint.

— Katy, je voudrais que tu t'installes chez moi...

Elle ne pouvait nier le problème : comment maintenant se séparer, après cette nuit de passion ? Mais, d'un autre côté, elle ne voulait pas abandonner totalement cette maison, à laquelle elle tenait.

— Charles, je voudrais bien, mais je ne peux pas.

— Je ne parlais pas de fermer ta maison définitivement. Je connais ton attachement pour elle, et tu dois garder la liberté d'y venir quand tu en ressens l'envie.

— Oui, je veux pouvoir y venir de temps à autre. Mon laboratoire est installé ici, fit-elle remarquer, avec une pensée pour ses photos détruites. Mais il reste un problème majeur : Duncan. Je ne peux pas m'installer à Railspoint tant qu'il aura cette attitude. Ce serait trop dur pour nous de maintenir une apparence de bonheur au mépris de ses sentiments. La situation deviendrait intenable pour lui aussi. Nous ne pouvons pas nier sa présence, et il ne veut plus du tout me voir. Si j'envahis son territoire comme ça... il le ressentirait comme une véritable agression. Cela impliquerait qu'il n'a aucune importance, et ce n'est pas la vérité. Nous ne pouvons pas faire ça, Charles...

Il se balança pensivement sur sa chaise en regardant au-dehors. C'était si facile de ne s'occuper que d'elle, d'oublier Duncan, mais il ne pouvait pas faire ça. Elle avait raison. Il songea à son fils et se demanda quelle nuit il avait passée avec ses angoisses et ses craintes, et s'il allait bien. Il appellerait Claudia dès qu'ils seraient rentrés de l'hôpital.

— Tu as raison. Il nous faudra attendre qu'il surmonte tout ça.

S'il y arrive, pensa Katy. Elle n'avait pas la confiance qu'avait Charles dans la maturité de son fils. Mais avait-il si confiance que ça, ou était-ce juste une façade ? Duncan finirait-il par lui pardonner ? Ses sentiments, ses émotions étaient si imprévisibles...

— Viens. Nous allons être en retard.

CHAPITRE XVIII

— Duncan ?

Elle poussa la porte du chenil et ouvrit sa veste d'anorak. L'endroit était bien chauffé et le froid était intense dehors. Elle leva la main pour calmer les aboiements frénétiques des animaux. L'élevage de Claudia était de taille modeste et elle faisait ça plus par plaisir que pour le profit. Elle avait une demi-douzaine de bêtes, en ce moment. Deux mâles et quatre femelles, gardés dans des cages spacieuses, avec chacune une ouverture sur l'extérieur. Plus loin se trouvaient les emplacements pour les chiots et leur maman.

Elle avait eu la certitude que Duncan se trouvait dans le chenil. Lorsqu'elle était montée dans sa chambre, vers huit heures et quart, elle avait trouvé le lit vide, mais encore chaud. La visite aux animaux était une de ses activités favorites quand il venait passer une journée chez sa tante.

Millie lui avait confirmé qu'elle l'avait vu se diriger par là. Il n'avait pas touché au petit déjeuner préparé à son intention.

Claudia n'avait pas cessé de s'inquiéter pour son neveu si sensible. Il n'avait montré aucune lueur d'enthousiasme à l'idée de passer quelques jours à Meadowvale, et elle se demandait même s'il avait dormi.

Elle le trouva près de la niche d'une chienne très douce, à qui il caressait le museau à travers le grillage. Il ne leva pas les yeux à l'approche de Claudia, et la laissa s'asseoir à côté de lui sans broncher.

— Tu t'es levé tôt, ce matin, fit-elle en souriant légèrement. Tu aurais dû rester à la maison. Nous aurions pris un bon petit déjeuner ensemble.

— Je n'ai pas faim.

Elle observa son visage plus en détail. Le coup qu'il avait reçu était devenu très noir, à présent, et ses yeux étaient gonflés et rouges. Il avait pleuré toute la nuit. C'était l'évidence.

— Si on lâchait Tyra ? proposa-t-elle en montrant la chienne du doigt.

Une fois libre de manifester toute sa joie, la chienne colley bondit autour d'eux et finit par vouloir monter sur les genoux de Duncan.

— Descends ! ordonna Claudia.

Quand Tyra se coucha aux pieds de l'enfant, celui-ci la caressa doucement, sans quitter des yeux son pelage si doux. Claudia posa la main sur son épaule.

— Tu ne te sens pas mieux, aujourd'hui ?

— Non.

Elle resta silencieuse pendant un moment. Elle avait très envie de prendre la défense de Katy. Surtout pour Katy elle-même. Une fois, cette dernière avait plaidé pour elle, et Claudia ne connaissait pas l'ingratitude. En plus, elle avait encore du mal à réaliser ce que lui avait dit Charles, à son propos.

— Je voudrais te parler de Katy, Duncan. Tu ne dois pas lui en vouloir, sais-tu ? Elle n'y peut rien si elle est malade.

Le visage de Duncan se durcit, mais il ne leva pas les yeux.

— Je la déteste, Katy !

— Oh, non, Duncan. Ce n'est pas vrai...

— Si ! Elle ne m'aime pas. Sinon, elle ne s'en irait pas comme maman.

Claudia fronça les sourcils et sa bouche se tordit de dépit.

— Ce n'est pas du tout la même chose, répondit-elle en rassemblant toute sa patience. Katy n'est pas malade volontairement. Quand tu es enrhumé, tu ne l'as pas décidé, que je sache...

Duncan ne broncha pas. Il restait immobile, aussi communicatif qu'une pierre. Son trouble était-il donc si grand qu'il n'avait plus comme seule ressource que de se braquer de la sorte ? On pouvait comprendre le rapport qu'il établissait, mais cela n'avait pas de sens bien longtemps. Il devait faire la différence entre la mort et le départ volontaire de sa mère. Plus probablement, il était trop frappé par l'inéluctable disparition de Katy pour penser logiquement. Claudia resta songeuse pendant une minute, avant d'avoir une inspiration.

— Tu te souviens de Brandy ? demanda-t-elle.

Il hocha la tête, et jeta même un furtif coup d'œil vers elle.

— ... Tu me disais tout le temps combien Brandy t'aimait, et c'était vrai. Elle t'était totalement dévouée. Ce fut bien triste et douloureux quand elle est tombée malade et qu'elle est morte, mais tu ne l'en as pas blâmée pour autant. Tu ne t'es pas dit qu'elle était partie intentionnellement.

Duncan serra les lèvres et baissa encore plus la tête, cachant totalement son visage. Le coup avait peut-être porté...

Claudia allongea la main et caressa à son tour la tête de sa chienne Endora, qui la suivait partout où elle allait.

— Pourquoi serait-ce différent pour Katy ? demanda-t-elle au bout d'un instant.

— Parce que c'est comme ça, murmura-t-il.

— Pourquoi ? insista-t-elle.

— Parce que c'est comme ça ! répéta-t-il plus fort.

Il se leva et regarda Claudia bien en face. Pourtant sa lèvre inférieure tremblait un peu.

— Tu crois qu'il en est ainsi parce que tu as été choqué, blessé, expliqua Claudia. Je peux comprendre cette réaction, mais elle n'est pas juste vis-à-vis de Katy. As-tu songé à ce qu'elle a dû ressentir, elle, quand on lui a annoncé ça ?

Elle pouvait voir que son visage se décomposait à nouveau très vite, et décida de s'en tenir là pour le moment. Elle se releva à son tour.

— C'est bon, fit-elle en souriant avec un petit air complice en direction de Duncan, n'en parlons plus, mais attention, Duncan : n'oublie jamais que tu n'es pas le seul à qui ça fait mal. Il y a Katy ; il y a ton père ; il y a moi et tous ceux qui la connaissent. Pour cette épreuve, elle a besoin du soutien de tous ceux qui l'aiment, et qu'elle aime. Toi comme les autres...

— ...

Claudia ne s'attendait pas vraiment à un résultat miraculeux. Duncan ne dit rien et continua à scruter le plancher du chenil.

— Je vais à Railspoint chercher quelques vêtements pour toi. Tu veux m'accompagner ?

Elle avait déjà remonté la fermeture de son anorak, et posé ses mains sur ses hanches en attendant la réponse.

— Non. Je ne retournerai pas à la maison, fit-il sans lever les yeux. Je ne veux pas voir papa.

— Comment vais-je savoir ce qu'il te faut ?

— Lydia te le dira.

Elle soupira doucement. La fierté de ce gosse avait grandi plus vite que son corps.

— D'accord. Tu as des désirs spéciaux ? Un jouet que tu voudrais plus particulièrement ? Ou un jeu ?

Il secoua la tête avec obstination, et Claudia s'en alla, Endora sur ses talons.

Charles se laissa glisser du haut de Nazrah et lui flatta l'encolure. Les chevaux étaient si simples, comparés aux humains, si petits fussent-ils... Il fit signe au garçon d'écurie, qui vint prendre le cheval en main, et alla rejoindre Horace Devlin, adossé contre le mur, près de la sortie.

— Il est au mieux de sa forme, fit Charles.

— Il faudrait que vous l'emmeniez au Chesapeake Show. Il se comporte beaucoup mieux avec vous qu'avec Will...

En revenant de l'hôpital où il avait déposé Katy, Charles avait décidé de seller Nazrah et de faire un tour. Il n'était venu faire travailler son cheval que pour se détendre, et il ne pensait pas du tout à l'exposition. Il ouvrit largement sa parka.

— J'aimerais bien, mais je n'ai pas le temps, répondit-il avec un bref sourire. L'an prochain, peut-être...

Horace hocha la tête : c'était un homme souple, qui acceptait tout de son patron.

— Vous verrez les Brokaws, cet après-midi ? demanda le régisseur. Ils viennent voir la fille de Cicada, n'oubliez pas.

C'était une vente importante : les Brokaws étaient de

vieux clients du Texas, qui avaient monté leur écurie uniquement à partir des bêtes de Railspoint. Le yearling valait cent soixante-cinq mille dollars.

— Oui, je les accueillerai, répondit-il en pensant à l'autre rendez-vous qu'il avait dans l'après-midi.

Ben avait appelé pour réunir tous ceux qui travaillaient sur le centre de conférences. De nouvelles complications avaient surgi, et ils s'étaient entendus pour se retrouver à Washington vers quatre heures. En soi, cet emploi du temps surchargé aurait eu quelque chose d'excitant, si d'autres problèmes ne s'étaient pas présentés entre-temps, l'accaparant beaucoup plus que ses affaires. En somme, la journée serait seulement énervante, et il rentrerait à coup sûr de mauvaise humeur.

— S'ils s'éternisent, il faudra peut-être que tu me remplaces en cours de route. J'ai un rendez-vous à quatre heures à Washington.

Voyant Claudia apparaître à la porte du bureau, Charles fit un petit signe de main à son régisseur et fila au-devant de sa sœur.

— Bonjour. Je ne voulais pas t'interrompre.

— On a fini. Comment va Duncan ? demanda-t-il d'une voix pressante et tendue. J'ai essayé d'appeler il y a un moment, mais tu étais sortie.

— J'avais quelques courses à faire en ville, et je voulais de toute façon passer en revenant. Il est... la même chose. Je viens chercher quelques vêtements pour lui.

— Et la dernière chose qu'il voulait, c'était t'accompagner...

C'était plus une constatation qu'une question. Claudia se contenta de sourire.

— Il m'a dit que Lydia pourrait m'indiquer ce qu'il faut lui amener.

Charles se sentait complètement rejeté, et se retrouvait dans la même situation qu'avant l'arrivée de Katy. L'après-Katy serait-il aussi pénible ?

— Non, je vais faire ça moi-même.

Ils se dirigèrent ensemble vers la maison et montèrent dans la chambre de Duncan. Charles sortit une petite valise de son placard.

— Je lui donne jusqu'à la fin de la semaine pour résoudre son problème, dit-il en posant les vêtements de son fils avec soin dans la valise. Je voulais que tu le saches. J'ai parlé à Mme Beale et il n'est pas question qu'il manque plus que ça ses cours. Et en tout cas, il aura des devoirs à la maison.

Claudia hocha la tête.

— J'espère qu'il ira mieux d'ici là. Il est encore très buté, mais je lui parle beaucoup. Il est possible que ça fasse effet.

Charles resta totalement impassible : l'espoir vacillait un peu en lui.

— Il faut que tu saches aussi autre chose, dit-il. Si Duncan modifie son attitude à l'égard de Katy, ou plutôt quand il changera ses sentiments à son égard, corrigea-t-il, Katy viendra habiter à Railspoint.

Claudia s'assit sur le bord du lit de Duncan, une chemise à la main. Elle sourit.

— Je m'en réjouis. Donc ce que vous avez dit à propos de son départ en juin...

— C'est annulé.

Un petit sourire cynique se dessina sur les lèvres de Claudia.

— Ça mettra fin à toutes les spéculations sur votre couple, fit-elle remarquer.

Charles souleva les sourcils :

— Ah ? Qui est intéressé ? Tu n'es pas la première à m'en parler, du reste.

— Oh, tout le monde dans cette ville. Tu as toujours été et tu seras toujours l'objet de commérages. Pearson a essayé un jour de me faire parler, et ce n'est pas le seul... Enfin, ça n'a aucune importance : tu es un beau parti, c'est tout, conclut-elle en riant.

— Tu as tout à fait raison : ça n'a pas la moindre importance, parce que je veux que tous, dans cette ville, dans le monde entier, sachent ce que j'éprouve pour Katy, s'exclama-t-il en ne plaisantant visiblement qu'à moitié. Du reste, j'ai pour ça quelques projets.

Elle l'interrogea un court instant du regard, mais comme rien ne venait elle passa à autre chose.

— C'est gentil à toi de nous donner cette soirée d'anniversaire.

Charles s'assit à son tour sur le lit. Il se rendit compte tout à coup que Paul avait été étrangement réticent avec lui, la nuit d'avant. C'était si peu habituel de sa part.

— Je fais ça pour toi, répondit-il. Mais, dis-moi, on dirait que Paul mène le jeu sur son projet Elkins, et que les autres ont décidé de le suivre.

— Oui.

Si sa réponse était laconique, c'est que l'amélioration de ses relations avec son mari était toujours dépendante de la réussite de cette affaire. S'il échouait pour une raison ou une autre, tout serait fini. Elle ne pourrait en supporter les conséquences. A ce moment, elle regretterait même de n'avoir pas fait ses valises avant, évitant ainsi la perte du tableau. Il était malheureux que son mariage dépende tant de questions financières, mais elle était aussi indifférente vis-à-vis de cela que Paul y était attaché. Ce pauvre Paul était prisonnier du complexe de la réussite. Peut-être avait-elle tort, après tout, de penser que leurs liens étaient si étroits. Paul avait l'air vraiment transformé. Il était cependant à craindre que cette revitalisation de son comportement ne vînt pas du projet lui-même mais du fait que ses anciens amis avaient accepté de le soutenir. Cette influence lui avait redonné un peu de quoi redorer le blason de son amour-propre. S'il perdait son pari... Pourvu seulement qu'il se débrouille correctement...

— Espérons qu'il ne va pas tout gâcher, lança Charles. Frank et Pearson ne sont pas des idiots et ils vont vite en besogne. Bill, en tout cas, est un dur. A la moindre alerte, ils le laisseront tomber.

Claudia ne répondit rien : Charles avait raison, mais il le faisait durement sentir. Ils passèrent la chambre en revue pour s'assurer qu'il ne manquait plus rien à Duncan.

— Charles ? demanda brusquement Claudia avant de partir.

— Hum ?

— Y a-t-il quelque chose à faire pour Katy ?

— Prier... Non, il n'y a rien à faire, pour le moment en tout cas. Les traitements possibles seraient plus destructeurs encore que la tumeur. Tout ce que nous pouvons espérer, c'est qu'elle ait plus de temps qu'initialement prévu. Nous avons vu le docteur, ce matin. Il n'y a eu aucun changement depuis la découverte de la tumeur.

— Je vais passer chez elle et lui parler. Tu crois qu'elle pourrait me recevoir tout de suite ?

— Oh, ça lui ferait très plaisir. Elle a besoin de toute l'aide possible pour faire front. Elle doit être chez elle, en ce moment. Vraisemblablement en train de réparer les dégâts dans sa chambre noire.

Ils redescendirent en parlant, et Charles accompagna sa sœur jusqu'à sa voiture.

— Embrasse Duncan pour moi, fit-il enfin. Tu n'as pas besoin de lui dire de qui ça vient.

Il lui fit un petit signe de la main, mais son sourire d'adieu était plutôt morose.

CHAPITRE XIX

Duncan resta toute la semaine chez sa tante, passant le plus clair de son temps avec les chiens dans le chenil. Il se promena longuement sur la propriété voisine de Railspoint, mais chaque fois qu'il apercevait les barrières blanches il détournait son chemin. Heureusement, le soleil de mars avait eu raison de la neige, et avec de bonnes bottes on pouvait se promener longtemps sans avoir froid.

On était maintenant vendredi. Duncan se sentait profondément seul. Il s'installa à l'aube sur le bord de la rivière qui traversait la terre des Sherbourne. Le ciel était gris, et il avait dû mettre un bonnet de laine enfoncé jusqu'aux oreilles pour se protéger de l'humidité. Pendant une heure, il lança des cailloux dans le courant comme si cela le passionnait.

Il avait du mal à rester furieux contre son père et même contre Katy. Ce n'était d'ailleurs pas vraiment étonnant, à son âge. A la longue, il ne savait plus très bien quels étaient ses sentiments, et son animosité initiale avait tourné au simple chagrin. Il en était même arrivé au point de ne plus savoir quoi faire. C'était bien le problème d'être encore un petit garçon. Les grandes personnes, elles, pouvaient avoir une constance beaucoup plus grande dans leurs ressentiments.

Son oncle et sa tante lui avaient encore parlé de Katy,

le mercredi soir. Son père avait appelé, ce soir-là, mais il avait refusé de prendre l'appareil. Cette fois, pourtant, il savait que c'était uniquement l'appréhension de faire un pas.

Son oncle, comme sa tante, avaient évoqué la mort de Brandy, et Duncan savait bien que sa chienne n'était pas morte exprès. A l'époque, il avait beaucoup pleuré, mais, malgré les explications de Charles, il n'avait pas bien compris où elle était allée ensuite. Il ne lui en avait pas voulu, pourtant. Il ne pouvait pas vraiment donner tort à Katy, s'il en était ainsi, mais pourquoi devait-il souffrir de la sorte ? C'était injuste. C'était même beaucoup plus injuste qu'elle dût s'en aller, plutôt elle que sa mère.

Contre cette douleur si profonde, seule la colère lui procurait un soulagement. Il cassa avec rage une petite branche de l'arbre sous lequel il s'était installé après avoir quitté la rivière.

D'autres réflexions le hantaient. Quelle était la maladie de Katy ? Il savait, pour l'avoir vu par deux fois, qu'elle avait d'étranges maux de tête et qu'elle vomissait parfois, mais il ne comprenait pas ce que c'était. Cela signifiait-il qu'elle allait beaucoup souffrir ? Dans combien de temps devait-elle mourir ?

Il ne pouvait s'empêcher d'imaginer des scènes d'agonie épouvantables, ce qui le ramenait à la lutte qu'ils avaient eue, quand il l'avait blessée à la main. Il laissa échapper un petit cri de désespoir. Fuyant l'horreur de ce terrible moment, il se mit à courir jusqu'à en avoir le souffle coupé.

Finalement, il se laissa tomber au pied d'un autre arbre, non loin de Railspoint. Il savait qu'à la fin de la semaine il devrait rentrer chez lui. En vérité, sans se l'avouer, ses après-midi avec Katy lui manquaient. Il languissait de revoir sa chambre, de sentir l'approche de son père, vers cinq heures, ou lorsqu'il ouvrait silencieusement sa porte, le soir, pour s'assurer que son fils dormait bien. Les gâteaux de Lydia, et les blagues qu'il pourrait faire impunément.

Mais tout ça était fini. Il ne rentrerait pas à Railspoint, et il ne pourrait plus être question de bonheur, de gaieté, de plaisir là-bas. Ni ailleurs.

En retournant vers Meadowvale, tous ses souvenirs ne cessaient de danser dans sa tête : le cirque, les photos, les séances de travail dans sa chambre, le concours. La colline, aussi, lorsqu'il l'avait rencontrée pour la première fois, puis qu'il allait en grand secret la retrouver. Il s'assombrit de plus en plus, prisonnier qu'il était de sa résolution de ne plus l'aimer.

Lorsqu'il entra dans le hall de la maison de brique, il entendit sa tante Claudia dans le salon.

— ... Je ne sais pas : il se promène quelque part, disait-elle.

— Tu devrais peut-être aller le chercher, répliqua son oncle Paul.

Duncan s'approcha en silence de la porte sans la pousser. Claudia poussa un soupir de découragement.

— Non, il ne vaut mieux pas. Il viendra quand il le voudra. Il rentre toujours avant la nuit. J'aimerais surtout savoir si ce que nous lui avons dit a eu un effet quelconque. J'ai toute la bonne volonté du monde, mais vraiment je ne sais plus quoi dire pour lui faire comprendre.

— Oui, je sais. Bon, il est l'heure : il faut que je parte. J'ai dit à Bill et à Pearson de passer au club à cinq heures. Ils vont sûrement aimer ces premiers projets de centre commercial.

— J'espère. Tu ne vois pas ce que nous pourrions encore faire pour Duncan ? demanda-t-elle, revenant à son neveu. Il serait si désespéré s'il arrivait quelque chose à Katy avant qu'il ne se soit réconcilié avec elle. Il n'a aucune idée de l'importance de ce genre de choses... Dire adieu ou « je t'aime » une dernière fois. Ensuite, ça pourrait lui rester sur le cœur pour le reste de sa vie.

Duncan resta figé, tapi derrière la porte, bien après la fin de cette conversation. Paul et Claudia étaient sortis par la porte de la cuisine et ne le virent pas. Au bout d'un moment, il leva la tête et croisa son regard dans le grand miroir, en face de lui. Quelques instants plus tard, la porte d'entrée claquait derrière lui et il repartait dans sa course folle à travers la campagne.

Confortablement installée sur son sofa moelleux, Katy s'efforçait de lire un roman. En fait, elle fixait plutôt des yeux le mince bandage qui recouvrait encore sa main. Les fils avaient été enlevés le matin même et elle n'aurait plus rien à porter dans quelques jours.

Elle aurait aimé pouvoir se concentrer sur les mots imprimés, pour se changer les idées, mais elle était obsédée par

Duncan. Toute cette histoire empoisonnait leur existence à Railspoint comme ici.

Ce soir, ils avaient prévu d'aller danser, pour se divertir un peu après ces pénibles journées d'attente. C'était bien mal parti : elle n'arrivait même pas à réfléchir à sa toilette pour le Park Inn.

Elle aurait voulu maintenant agir, prendre une initiative à l'égard de Duncan. Jamais elle n'avait été du genre à subir l'adversité quand elle savait pouvoir exercer une certaine influence. Il fallait réagir. Pour le bien de Duncan, et de lui seul.

Dans cette difficile situation, il lui arrivait de regretter sa vie de célibataire. Bien sûr, tout avait été plus facile depuis qu'elle avait rencontré Duncan et Charles, mais c'était aussi très bien, avant... avant qu'elle ne soit malade, et mourante. Certes, elle avait trop de travail. Elle pestait contre le manque de temps, de vacances, de sommeil, mais au fond elle était heureuse. Elle voyait les gens quand elle en avait envie, discutait avec eux de ce qu'elle voulait. Robin lui manquait terriblement, par exemple. Elle considéra combien elle avait changé à présent. Depuis qu'elle connaissait Charles, elle était devenue plus vulnérable. Avant, elle s'investissait beaucoup, en tout et partout. A présent, elle était capable de donner aux autres, d'être à la hauteur de ce qu'ils attendaient d'elle. Elle leur apportait l'amour dont ils avaient besoin, mais il subsistait toujours au plus profond d'elle-même une certaine résistance.

Ce qui était désolant dans tout cela, c'était que les changements qui s'opéraient en elle n'avaient aucune chance d'aboutir à une vie heureuse avec ceux qu'elle aimait, et à qui elle savait maintenant donner son amour. Elle n'aurait le temps que de souffrir pour changer, avant que la mort ne l'emporte. Tout le plaisir de ce progrès énorme allait lui échapper, car les fruits de cette évolution ne pourraient être cueillis que dans cinq ou dix ans. Quelle frustration c'était !

La visite de Claudia, au début de la semaine, lui avait fait du bien. Elle était sûre, en tout cas, de pouvoir compter sur son soutien, si elle essayait de parler avec Duncan aujourd'hui.

Finalement, en y réfléchissant plus, Katy renonça à ce projet. Charles n'allait pas tarder, et il était déterminé à faire revenir Duncan le lendemain. Elle avait du mal à contenir son impatience.

Il était temps pour elle de s'habiller. Elle se leva, s'étira lentement et se dirigea vers l'escalier. Au moment où elle éteignait la lumière dans le salon, des coups pressants furent donnés à la porte d'entrée. Katy sursauta un peu, mais alla ouvrir.

C'était Duncan, hors d'haleine, son anorak grand ouvert, un bonnet de travers sur la tête.

— Katy, je t'aime ! s'écria-t-il dans un souffle, trop épuisé pour articuler normalement, et trop impatient pour attendre.

CHAPITRE XX

Katy ouvrit les bras et accueillit la petite bombe essoufflée dans ses bras. Les larmes lui montèrent aux yeux.

— Je t'aime aussi, mon chéri...

Ils s'assirent dans l'escalier, et tous les deux sanglotèrent, souriant à travers les larmes.

— Tu as couru tout le long du chemin depuis Meadowvale ?

Il hocha la tête, le visage toujours enfoui dans la poitrine de Katy.

— Katy, tu vas mourir bientôt ?

Etait-ce cette éventualité qui l'avait fait voler jusqu'à elle, qui l'avait fait céder ? Comment le processus s'était-il déclenché ? Le plus important, c'était le résultat : il était revenu...

— Je ne sais pas quand ça va se produire, mon chat, mais je ne crois pas que ce sera tout de suite.

— Je ne veux pas que tu meures, pleurnicha-t-il en la pressant plus fort entre ses petits bras.

— Moi non plus, je ne veux pas, répondit-elle avec le plus grand calme, en berçant l'enfant.

Elle continuait à ressentir les effets de la crise qu'elle avait traversée. Ses angoisses n'étaient pas résolues et des ombres inquiétantes planaient encore dans son esprit. Cependant, quel que fût son désespoir intime, il ne fallait pas le montrer à Charles et encore moins à son fils. Cela rendrait plus difficile de subir sa perte. Elle devait simplement aider Duncan à accepter.

— Mais la mort n'est pas mauvaise, dit-elle, cherchant à lui insuffler sa foi. C'est seulement l'instant où l'âme quitte le corps et s'installe dans un autre endroit. Nous sommes tous des âmes dans un corps. Toi comme moi, comme nous tous. Il est agréable de savoir que les âmes ne meurent jamais vraiment. L'endroit où elles vont, quand elles quittent le corps, est très agréable, tu sais. Et je suis certaine que nous nous y reverrons.

— Mais comment ça se fait que tu doives partir si vite ? Oui... Pourquoi ?

— Personne ne connaît l'heure de sa mort, mais j'ai la certitude que nous sommes sur cette terre pour une raison spécifique, et quand nous avons accompli cette mission, il est temps pour nous de monter au ciel. Il faut que tu comprennes que je ne tiens pas à mourir maintenant.

— Je sais. C'est comme Brandy.

Katy se tut un instant. Claudia lui avait confié la conversation qu'elle avait eue avec Duncan à propos de sa chienne. Après tout, elle avait atteint son but. Une difficulté au moins avait été surmontée.

— Oui, c'est comme pour Brandy, reprit-elle. Mais pas comme pour ta mère. Je ne te quitterais jamais, si je pouvais rester. Je t'aime tant, mon poussin.

Elle l'embrassa très fort. Duncan n'avait pas cessé de renifler.

— Ce n'est pas juste. Je me fais toujours avoir.

Katy eut soudain envie de rire. Malgré sa cruauté, cette remarque était d'une grande justesse. Il était si drôle dans son malheur, et il exprimait abruptement ce qu'un adulte ne manquerait pas de masquer.

— Je sais que c'est dur à admettre. Nous avons déjà, je crois, parlé de ta maman.

— Elle ne m'aimait pas, fit-il catégorique. Elle n'aimait pas non plus papa.

— C'est vrai, reconnut Katy. Elle ne pouvait pas aimer, sinon peut-être elle-même. Quoique... Mais ça ne signifie pas que tu ne vaux rien, ou que ton père non plus ne vaut rien. Moi, je vous connais beaucoup mieux. Il n'y a pas de personnes plus merveilleuses que vous deux, et peut-être n'ai-je pas beaucoup de temps à vous offrir, mais je ne vous en aimerai que plus pendant le temps que je demeurerai en votre compagnie. Personne ne pourra vous aimer plus que moi.

— Papa... a dit que tu partirais en juin, fit-il.

— Non, tout ça, c'est changé. Je resterai avec vous aussi longtemps que j'en serai capable.

— Ça va être... très... terrible ?

Elle essaya de lui expliquer le mal qui la rongeait, dans des termes moins durs, plus compréhensibles pour un enfant d'à peine dix ans.

— Ça me fait peur, laissa-t-il échapper quand elle eut fini.

— Je sais, bonhomme. Je sais, chuchota-t-elle en l'embrassant très fort.

— Tu auras très mal ?

— J'espère que non, répondit-elle. Les maux de tête font mal, parfois, mais ce n'est pas vraiment insupportable. Tu m'as vue, une fois, pendant une crise.

Il regarda la main bandée de Katy et fut pris d'un gros sanglot.

— Je t'ai fait mal.

Elle lui prit la tête entre les mains et le regarda droit dans les yeux :

— Nous avons à reparler de notre petite bagarre, répliqua-t-elle en essuyant les larmes de Duncan. Moi aussi, je t'ai fait mal et j'en suis désolée. Nous avons eu tort tous les deux, mais toi un peu plus que moi. Il va falloir que tu apprennes à te contrôler quand tu te mets en colère. Tu ne peux plus te conduire ainsi, tout détruire sur ton passage. C'est normal de se mettre en colère, mais il ne faut pas te laisser emporter à ce point.

Il baissa les yeux et remua sombrement la tête.

— J'ai gâché toutes tes belles photos...

Il avait l'air si malheureux qu'elle ne trouva plus le moyen de lui en vouloir. Elle haussa les épaules et lui donna une petite tape dans le dos.

— Viens... Il est temps de téléphoner à ta tante Claudia pour lui dire que tu es ici, sain et sauf, et que tu te sens mieux...

— Non, ce n'est pas vrai, gémit-il quand elle fit un mouvement pour se dresser en s'appuyant à la rambarde. Je ne me sentirai plus jamais bien, si tu vas mourir.

Elle se rassit brusquement :

— Ecoute-moi bien, mon chéri : crois-moi, tu te sentiras mieux. Il suffira d'apprendre à tirer le meilleur parti des situations. C'est ça, grandir, devenir adulte.

— Je ne peux pas, geignit-il, impuissant à se contrôler.

Elle chercha un moyen de l'aider. Elle se contenta de lui caresser le dos.

— Pense à toutes les jolies choses à venir, insista-t-elle, sur le ton le plus enthousiaste qu'elle pût trouver. Bientôt, ce sera Pâques. Nous allons bien nous amuser. Tu m'aideras à peindre les œufs, n'est-ce pas ? Il y aura ensuite le concours, puis tu iras voir ton ami Peter.

— Ça ne m'intéresse plus. Je n'irai pas au concours.

Katy se sentit brusquement découragée. Tous les progrès allaient-ils être annihilés ? Par une soudaine inspiration, elle essaya autre chose :

— Duncan, je ne voulais pas te le dire avant quelque temps, mais je vais avoir besoin de ton aide pendant les prochains mois. Tu veux partager mon secret ? Tu sais, les photos que tu as découpées quand tu étais en colère, c'étaient des clichés de toi et de ton père, que j'avais pris à votre insu depuis des semaines. Je voulais faire un album pour vous, un grand cadeau, pour que vous vous souveniez de moi. Maintenant, je voudrais remplacer ces photos. J'en ai besoin, et toi, tu peux m'y aider. Nous serons deux conspirateurs, pour prendre ton papa en photo sans qu'il s'en aperçoive. Je voudrais que ce soit une surprise pour lui. Tu veux bien faire ça avec moi ?

Il ne s'agissait pas dans son esprit de lui rappeler les destructions qu'il avait opérées. Il était bien assez malheureux comme ça, sans ajouter à son remords. Pourtant, cette idée pouvait contribuer à le distraire, en même temps qu'à l'éduquer. Participer activement à la réparation de ses déprédations serait certainement positif pour lui.

Il renifla d'un air sombre pour signifier son accord.

— Bon...

Providentiellement, Charles arriva à cet instant, ce qui débloqua la situation. Katy n'avait pas l'intention de passer toute sa soirée assise dans l'escalier, où Duncan semblait se trouver très à l'aise.

La porte s'ouvrit et le père de retour au foyer apparut, marquant son étonnement de les trouver là, dans cette position.

— Salut ! fit Katy avec un sourire lumineux. Duncan, il y a ici quelqu'un qui a aussi besoin que tu l'embrasses.

Charles referma la porte et s'agenouilla près d'eux. Un grand sourire d'étonnement se peignit sur son visage.

— Que se passe-t-il ?

Le plaisir de Duncan quand il vit son père fut un éblouissement. Il glissa ses bras autour de la taille de son père, qui posa la main sur sa tête.

— Nous avons beaucoup discuté, Duncan et moi, expliqua Katy. Et j'imagine qu'il a beaucoup de choses à te dire, à toi aussi. Nous allons beaucoup mieux... Infiniment mieux...

Charles souleva le menton de son fils et le regarda bien droit dans les yeux.

— Alors, Katy est pardonnée ?

— H-hum, fit Duncan en hochant la tête.

— Et moi ? Tu sais, je n'ai pas voulu te blesser en te cachant la vérité à propos de Katy. Ni elle non plus, du reste. C'était plutôt pour te protéger, en fait...

Duncan hocha à nouveau la tête, mais rajouta :

— Sauf que vous m'avez exclu...

Charles l'embrassa : que répondre ? Il voulait à toutes forces faire partie du monde des adultes. Quoi de plus naturel, pour un enfant unique ?

— Désolé, mon garçon, nous croyions te protéger, mais on s'est trompé. Les grandes personnes font aussi des erreurs...

Après un court instant de silence, Katy se leva et posa une main affectueuse sur l'épaule de Charles.

— Moi, je vote pour que nous restions à la maison, tous les trois, ce soir...

— Je t'approuve entièrement. Nous avons des tas de choses à nous dire. Qu'en penses-tu, Duncan ?

Duncan se leva à son tour et s'accrocha à la rampe d'escalier comme un chimpanzé.

— Peut-être que tu pourrais venir vivre avec nous tout le temps ? dit-il en s'adressant à Katy, avant de se tourner vers son père. Ça pourrait aller, non, papa ? Il y aurait assez de place à Railspoint, hein ?

Leurs regards se croisèrent et ils sourirent.

— Hé... Pourquoi pas ? Duncan, tu viens d'avoir une très bonne idée. Ce serait parfait. Et, s'il n'y a pas de place, on en trouvera. Les lits sont bien assez grands pour deux.

CHAPITRE XXI

La fin du mois de mars et le début d'avril furent occupés à prendre de nouvelles photos. Avec l'aide de Duncan, il fut facile d'entraîner Charles là où elle voulait. Le temps plus clément, la lumière du printemps enrichissaient naturellement les couleurs, mais bien sûr une partie de la spontanéité était perdue. Au moins en ce qui concernait Duncan. Conscient de la présence de l'appareil, son comportement était parfois bizarre, et cela ressortait sur les clichés. Ce n'était pas dramatique parce que la plupart des photos détruites concernaient Charles. Bien que plusieurs fois sur le point d'être découverts, Katy et Duncan parvinrent à leur but sans trop d'encombre. L'œil critique de Katy était impitoyable : ses négatifs étaient bons, certes, masi pas exceptionnels comme les premiers.

Le développement fut aussi un tour de force de la part de Katy. Ayant élu domicile à Railspoint, il lui était de plus en plus difficile d'aller chez elle sans attirer l'attention de Charles qui voulait toujours l'accompagner.

L'atmosphère restait en outre tendue. Duncan était anxieux, ne lâchant pas Katy d'une semelle, de peur de la voir mourir sans crier gare. Son travail à l'école s'en était ressenti, et Katy avait dû reprendre du service pour le maintenir au niveau. Il n'était pas non plus revenu sur sa décision d'abandonner le concours et renoncer à son voyage à Boston semblait le laisser indifférent.

A la mi-avril, Robin vint enfin voir son amie.

— Katy ! J'ai l'impression que des années se sont écoulées depuis la dernière fois. Ma vie est un enfer, mais j'adore ça. Tu m'as manqué, pourtant. Et je me suis fait bien du souci. Heureusement, tu as Charles ! Ça me tranquillise quand je ne peux pas faire autre chose que de téléphoner. Tu es heureuse, ici ? Je n'aurais jamais cru que tu déménagerais de ta ferme. Tu es sûre que c'est bien ce que tu voulais ?

Katy et Robin ne vivaient plus au même rythme. Railspoint, c'était la campagne. Les choses se faisaient petit à petit. D'autant plus lentement que Katy ne travaillait plus vraiment.

— Ma vie a changé, j'en conviens, répliqua Katy avec une placidité un peu contrainte. Mais la maison n'a pas été complètement fermée. Irène y fait toujours le ménage, et nous y allons souvent. Charles sait combien elle m'est chère. Cela dit, être avec lui est plus important pour moi, et c'est ici, sa maison.

— Oh, je voulais être sûre. Tu me connais !

— Je ne t'ai rien dit au téléphone, mais tu dois savoir que j'ai beaucoup évolué sur bien des points. Tu sais que pendant longtemps j'avais la ferme intention de rester seule pour la fin. Je t'avais dit que je ne voulais pas que tu sois là.

— Une idée parfaitement détestable...

— Charles m'a fait changer d'avis à ce sujet. Tu seras là, si tu y tiens.

— Merci, fit Robin. Ceux que tu laisses derrière toi ont aussi des exigences...

Katy sentit sa poitrine se serrer. Elle aurait dû considérer cela bien avant d'être acculée à céder. Même si elle regrettait que Charles eût à souffrir, elle savait que la seule issue à ce problème aurait été de réécrire l'histoire. Leur amour avait des conséquences, si désagréables fussent-elles. Combien, pourtant, il eût été plus juste de lui éviter cette torture de la voir s'éteindre.

Elle s'était aussi sentie obligée d'aborder la question du futur... après le départ de Katy. C'était un sujet épineux. Si, au tréfond d'elle-même, elle ne voulait pas qu'il aime une autre femme qu'elle, Katy refusait qu'il vive à jamais dans une vénération qui tournerait vite à l'obsession, voire à la folie. Elle avait besoin de savoir qu'il serait capable de s'en sortir après sa mort.

La seule contribution que Charles apporta à cette conversation fut d'affirmer qu'il ne concevait pas d'aimer une femme autant qu'elle, et de désirer une femme plus qu'il ne la désirait. Il devait vivre, c'était entendu, parce qu'il avait des responsabilités. Présentée comme ça, cette affirmation n'était pas entièrement dénuée d'espoir, mais Katy craignait quand même qu'il ne sombre dans la mélancolie.

— Quelle est la teneur du bulletin de santé ? demanda Robin d'un air faussement badin.

Katy regarda ses ongles.

— Il défie toutes les prévisions médicales, mon bulletin de santé. Rien ne se passe. Aucun changement. La tumeur est là, aussi grosse qu'en juin dernier, mais pas plus. Je n'ai que des symptômes légers, et des difficultés mineures. Il devient de plus en plus difficile de croire en ces pronostics de l'an passé. La tumeur est inerte, dans sa capsule. Après tout, peut-être n'y a-t-il pas de tumeur. Peut-être avaient-ils tous tort.

Elle s'arrêta net. Ses espérances dépassaient la raison. Bien sûr, la tumeur était là. Le scanner ne trompait pas.

— On ne sait jamais. Il y a eu des cas...

— Oublions ça pour le moment...

— Dis donc, tu sais que j'ai vu un article sur le centre de conférences de Charles, dans le *Washington Post*.

— Je sais. Nous l'avons vu. Ils ont commencé le terrassement la semaine dernière.

— Il fait le maximum pour cette ville.

— Pour tout le monde. Et pour moi spécialement.

— Tout le monde se demande qui fera la décoration.

— Peut-être te confiera-t-il cette mission, fit remarquer Katy.

— Tu peux lui dire que je suis à sa disposition. Il a mon numéro, et je serai chez moi demain ! s'exclama Robin. Comment va Duncan, à part ça ?

— Pas très bien, grommela Katy. Je désirais tellement lui donner quelque chose pour l'avenir, mais je me demande si je n'ai pas détruit bon nombre de ressorts en lui, en voulant garder ce à quoi je tenais. J'espère toujours que ce que je lui ai dit finira par faire impression, mais on ne dirait pas : il a terriblement régressé.

— N'abandonne pas, Katy. Ces choses-là prennent du

temps. Tu as toujours eu beaucoup d'influence sur moi. Tu en auras sûrement sur Duncan !

C'était vrai, et ce serait encore ainsi après sa disparition.

On était maintenant à une semaine de l'anniversaire du mariage de Claudia. Charles rentra ce jour-là à Railspoint d'un pas décidé. Il était midi et de bonnes odeurs émanaient des cuisines.

— Où étais-tu ? demanda-t-il. J'ai vu ta voiture passer dans le chemin, il y a un quart d'heure. Je croyais que tu devais passer la matinée ici.

— Tu m'épies, maintenant ? répliqua-t-elle en cachant à peine son exaspération. J'étais chez mon second amant, bien entendu.

Elle avait filé dès que Charles avait pris le chemin des écuries et s'était enfermée pendant trois heures dans sa chambre noire.

— Ha-ah ! Petite perverse ! C'est pour ça que tu gardes une garçonnière près d'ici, railla-t-il.

— Tu as tout compris, fit-elle en riant. Pourquoi es-tu de retour si tôt ? Je croyais que tu avais une longue réunion chez Nat...

— Elle s'est achevée plus tôt que prévu, et je suis passé voir Nazrah.

— Ah...

— Si... si tu montais pour prendre quelques vêtements ? Oh, pas grand-chose. Une robe de soirée, une chemise de nuit. Non, la chemise de nuit, c'est inutile. Une brosse à dents, oui. Tu mettrais tout ça dans un sac et tu viendrais au rapport dans mon bureau... disons dans cinq minutes.

— Pourquoi ? Où allons-nous ?

— Ailleurs, répondit-il d'un air vague. Juste pour la nuit. Nous serons de retour demain. Allez, assez de questions superflues. Cours vite. Le chauffeur nous attend, mon sac est déjà dans la voiture et il faut que je règle quelques problèmes avec Lydia.

Il disparut en direction des cuisines d'un air mystérieux. Elle avait déjà remarqué que depuis quelques jours il souriait aux anges et l'observait d'un air particulièrement ravi, sans qu'elle ait pu en obtenir la moindre explication raisonnable.

— Enfin que se passe-t-il ? fit-elle, souriant à moitié.

— Nous partons, c'est tout, déclara-t-il avec un air faussement étonné, bien décidé à ne rien dire de plus.

— Est-ce une si bonne idée de laisser Duncan en plan, dans son état ?

— Je lui en ai déjà parlé, répliqua-t-il sans se démonter. Il sait que nous serons partis lorsqu'il sortira de l'école, et Claudia viendra l'attendre. Tout ira bien.

— Et où allons-nous ? demanda-t-elle alors qu'il la poussait vers l'escalier.

— Tu verras bien quand nous y serons.

— Comment allons-nous là-bas ? En voiture ? Est-ce loin ?

— Trop de questions !

— J'ai bien le droit de poser des questions. Je vis avec toi, non ?

— Alors, tu me fais confiance. Allez, va ramasser quelques affaires.

Elle monta en se retournant plusieurs fois, un sourire toujours interrogateur aux lèvres. Charles resta au pied de l'escalier jusqu'à ce qu'elle ait disparu dans la chambre.

— Charles Cameron, tu es un incurable sentimental !

Le chasseur venait de leur ouvrir la suite numéro 504, au Hilton de La Nouvelle-Orléans, celle qu'ils avaient occupée au moment du carnaval. Elle s'était doutée de la direction qu'ils prenaient lorsque Charles l'avait entraînée dans l'avion de son ami Williams, mais elle n'aurait pas imaginé quand même qu'il pousserait le souci du détail jusqu'à retenir la même chambre. C'était vraiment la touche du maître. Charles referma la porte et posa ses mains sur les hanches de Katy.

— Quand il s'agit de toi, c'est vrai.

Elle passa encore un moment à contempler le fleuve, qui lui paraissait encore plus grand que dans son souvenir. Le salon était identique, en tout cas. Elle commençait même à s'y sentir chez elle. En revanche, comme il avait bien prévu son affaire, la pièce avait été abondamment pourvue de roses de toutes les couleurs, et une table avait été installée sur la terrasse. Surchargée de cristal, d'argenterie, de porcelaine de Limoges et de chandeliers ouvragés, elle était visiblement destinée à un tête-à-tête tout à fait intime.

Katy se jeta dans les bras de Charles et l'embrassa avec fougue.

— Ce n'est pas du tout une improvisation, dis donc !

— Non.

— Pourquoi tout ça ?

— Parce que je t'aime.

Elle plongea son nez dans les bouquets de fleurs, passant d'un endroit à l'autre comme une abeille.

— Ces fleurs sont merveilleuses. Elles sentent bon. C'est miraculeux.

— Je suis heureux que tu les aimes. C'était difficile de juger de l'effet, à distance... Si nous nous changions ? Je vais prendre une douche : je sens encore l'écurie, et nous sommes arrivés plus tard que prévu. Le dîner sera servi à sept heures. Après quoi nous ferons ce que tu voudras. J'aimerais bien retourner sur Bourbon Street.

— Oh, ce serait merveilleux ! Et demain, avant de repartir, nous pourrions faire un saut au musée vaudou : nous n'avons pas pu le voir, l'autre fois.

— Très bien ! Tu pourras leur enseigner quelques-uns de tes trucs qui t'on servi à m'envoûter dès l'instant où j'ai porté un regard sur toi.

Katy jeta un coup d'œil sur la pendule : elle marquait cinq heures et demie. Charles lui tendit la main et l'entraîna vers la chambre.

— Tu es magnifique ! lui chuchota-t-il à l'oreille quand elle apparut sur la terrasse dans sa robe de soie turquoise qui lui laissait une épaule entièrement découverte.

— Mais toi aussi, mon chéri. Cette nouvelle veste est superbe. Quentin travaille vraiment très bien.

— Oh, il a l'habitude : deux générations de Cameron s'habillent chez lui.

— Je dois avouer que tu m'as souvent surprise, mais là, c'est le summum, fit-elle en se tournant vers le fleuve que le crépuscule avait coloré de la même teinte que sa robe.

— Le repas sera monté dans un quart d'heure. J'aimerais pouvoir t'offrir le champagne...

Elle haussa les épaules en souriant.

— Cela n'a pas d'importance, Charles. Le moment n'en sera pas moins beau.

— Ne bouge pas, je reviens, fit-il en repartant vers la chambre.

Elle le regarda disparaître derrière la porte, puis se retourna vers l'extérieur. Charles revint tout de suite, un paquet de forme allongée à la main.

— Chéri ! Mais quand t'arrêteras-tu ?

— Jamais. Tiens, c'est pour toi.

Elle tira le ruban et dégagea une fabuleuse orchidée blanche.

— Je veux que tu portes ça, fit-il d'une voix un peu tendue.

— Oh, mais Charles...

Elle le regarda, quelque peu désemparée par la beauté exceptionnelle du cadeau.

— C'est adorable, reprit-elle. Tu m'aides à la mettre.

Il s'approcha, posa l'orchidée sur un pli de sa robe, à la hauteur de son sein gauche.

Il lui tenait toujours le poignet.

— Elle te plaît ? demanda-t-il avec insistance.

Elle était un peu étonnée par son ton, et par le regard qu'il portait à l'orchidée. Comme s'il voulait lui indiquer quelque chose. Elle n'avait peut-être pas saisi de quoi il s'agissait ? Elle baissa les yeux et soudain aperçut, dans la fleur, coincée entre les circonvolutions étranges, ce qu'elle n'avait pas vu avant.

Avec précaution, elle repoussa les pétales délicats et prit dans ses doigts le diamant que Charles avait caché dedans. Ce n'était pas une simple bague, mais un montage merveilleux sur or, et dont l'élément central faisait bien trois carats.

— Oh, mon Dieu ! Charles !

Il glissa à côté d'elle et la prit dans ses bras, par derrière. Il posa son menton sur l'épaule de son amie et murmura :

— Marions-nous, Katy...

Ce fut comme un tremblement de terre en elle. Elle ne put retenir ses larmes, et, les jambes en coton, elle posa la fleur sur la table pour se lover contre lui.

— Mon amour...

Il sourit et l'embrassa dans le cou :

— Est-ce que ça veut dire oui ?

— C'est le bijou le plus beau que j'ai jamais vu, fit-elle, les yeux embués de larmes.

— Je l'ai fait faire spécialement pour toi.

Quand les bijoutiers avaient annoncé que le travail était terminé, il avait pris tous ses arrangements pour leur court séjour à La Nouvelle-Orléans.

— J'attends toujours ta réponse, dit-il en glissant l'anneau au doigt de Katy.

Elle ne pouvait étouffer l'inquiétude qu'elle ressentait.

— Mais c'est oui, bien sûr. Oh ! Charles, je t'aime tant. Mais ce n'est pas facile. Nous ne pouvons pas.

— Qu'est-ce qu'il y a de si difficile ? Je te pose la question ; tu acceptes et nous allons chercher un prêtre...

— Charles, ça n'a rien à voir avec nous.

— Que me chantes-tu là ? On m'a toujours dit qu'il suffisait d'être deux pour se marier, non ? Où est le problème ?

Elle sentait bien qu'il se crispait. Déjà, son corps tendu indiquait qu'il était sur la défensive. C'était bien normal : sa soirée de rêve, son cadeau, l'atmosphère. Et voilà qu'elle ruinait tout avec une ingratitude incroyable. Elle baissa la tête. Des larmes chaudes voilaient à nouveau sa vue. Sa maladie compliquait tout... depuis le début. Ressentant toute sa frustration dans cet instant, elle lui en voulait presque d'avoir fait cette proposition qu'elle ne pouvait pas accepter.

— Il s'agit de Duncan !

— Quel est encore le problème avec Duncan ? demanda-t-il d'une voix dure.

— Il faut se mettre à sa place : je ne peux pas devenir sa mère... sa belle-mère !

— Tu le peux très bien si je te le demande. Lui, en tout cas, le veut.

— Mais ce qu'il veut et ce qui est bon pour lui sont deux choses différentes, dit-elle d'une voix apaisante.

— Ah non ! tonna Charles en tapant sur la table. On ne va pas recommencer. Tu cherches toujours à mettre un obstacle entre toi et moi. Même si cet obstacle est purement imaginaire. C'est une nouvelle philosophie que tu as mise au point dans les dernières semaines ?

— Charles, je peux te parler calmement ? Je sais ce qu'il a souffert au départ de Véronica. Les gosses qui se moquaient de lui ; lui qui se sentait différent. Nous ne pouvons pas lui donner une autre mère qui va disparaître comme la première. Il ne peut pas endurer les mêmes commentaires deux fois.

— Je me demande parfois si tu fais exprès l'idiote ou si tu l'es vraiment. Fais la différence entre ta mort et l'abandon du foyer par Véronica, s'il te plaît. Fais cette différence parce que Duncan, lui, l'a faite. Et les enfants de tout le comté la feront très bien, crois-moi.

— Qu'en sais-tu ? Ils recommenceront peut-être. Il est si fragile.

— Allons, tu exagères.

Ils furent interrompus par l'arrivée du dîner. Pendant quelques instants, ce fut un ballet de garçons en veste blanche apportant des plateaux d'argent. Bien qu'il n'en laissât rien voir, le maître d'hôtel était un peu surpris de l'atmosphère de ce dîner intime.

Tout le personnel s'éclipsa avec diligence, et la querelle reprit dès que la porte se referma.

— Tu exagères toujours, répéta-t-il d'une voix aiguisée par l'attente.

Katy était un peu inquiète par les dommages que sa réticence avait causés. Il ne semblait pas du tout sur le point de se rallier à son point de vue.

— Oh, mon chéri... Je sais que ta proposition rejetée, tes sentiments blessés...

— Mes sentiments blessés ! s'exclama-t-il. Je fais ma demande en mariage : tu l'acceptes. Mais avant que j'ai le temps de sceller le pacte tu me fourres sous le nez une morale de bazar, et tu renonces aussi vite que tu as accepté. Si pour une fois nous faisions les choses simplement : sans nous poser trente-six mille questions sur ce que pensera Pierre, Paul ou Jean ?

— Il s'agit de ton fils, Charles. Je me fais du souci à son sujet. Et je suis désolée que mes valeurs morales te dérangent.

— Non, elles ne me dérangent pas : elles me mettent K.O. ! Bon, oublie tout ça et n'en parlons plus. Mais, quand même, ça n'a pas l'air de troubler ton code moral de vivre ainsi sous le même toit que moi.

— Je peux toujours m'en aller, si c'est comme ça, menaça-t-elle.

— Comme tu voudras.

— C'est peut-être ce que je ferai.

— Parfait.

Il pivota sur ses talons et avait déjà atteint la porte de la chambre quand il entendit un grand fracas derrière lui. Il se retourna et vit Katy tituber, la main sur la poitrine, essayant en vain de se raccrocher à quelque chose. A ses pieds se trouvait le vase de roses que les garçons avaient posé en retrait sur la table.

Elle prit appui au dossier d'une chaise, mais Charles était déjà là pour la soutenir.

— Kate !

La guidant par les épaules, il l'amena jusqu'au sofa et la fit s'asseoir.

— Charles...

Toute la pièce dansait devant ses yeux, et elle sentait des sueurs froides sur son front.

— Chut... Reste tranquille, mon ange. Garde la tête en avant.

Lentement, il lui massa le cou. Peu à peu, le vertige cessa. Elle resta assise encore quelques minutes, puis se leva, émettant un petit gémissement.

— Quel horrible épilogue pour cette affreuse querelle, fit-elle, souriant d'un air las.

— Katy... Je suis désolé pour tout ça... Oublions cette conversation, veux-tu ?

Elle passa les bras autour de son cou.

— Moi aussi, je suis désolée pour ce que je t'ai dit. Tu ne peux pas croire que je serais partie, hein ?

— Je veux que tu restes !

— Je sais. Je ne voulais pas démolir cette magnifique soirée, mais tu ne vois pas ce que je veux dire à propos de Duncan ?

— Non, je ne vois pas du tout les choses comme ça. Le problème est dépassé. Les gosses comprennent très bien la disparition d'un être cher... C'est quelque chose qu'on peut avouer sans honte, qui est reconnu. Les enfants aussi peuvent avoir de la compassion. C'était impossible dans le cas de Véronica : toute la ville était au courant, à l'époque. Que veux-tu ? Les gens, quand ils n'ont rien d'autre à se dire, ils parlent des Cameron et ça les occupe...

— C'est qu'il doit faire face à tant de problèmes que je ne veux pas en rajouter inutilement en prenant une décision inconsidérée, par pur égoïsme...

Charles soupira profondément avant de basculer la tête en arrière sur le dossier du sofa.

— D'accord, Katy. Peu importe.

Il se leva et alla ramasser la bague qui était tombée dans une assiette au cours de la querelle. Il revint s'asseoir à côté de Katy et posa le bijou dans la paume de sa main.

— Garde-la. Et porte-la tout de même, fit-il d'une voix éteinte. Elle n'appartiendra jamais qu'à toi.

Mais ce symbole brûlait la main de Katy. Toute sa signification était dans cette soirée ratée. La bague était un symbole de mariage dès l'instant où il avait fait sa demande, et elle ne pouvait vouloir dire qu'une chose. Pour elle, cette bague lui rappellerait toujours la destruction de ce qui aurait pu être le plus beau moment de sa vie.

Charles la regarda avec attention, un léger sourire au coin des lèvres.

— Tu ne peux pas la porter, n'est-ce pas, Katy ? Pas tant que ça ne traduira pas ce que c'est supposé représenter. Tu as raison, ce n'est pas une chose à faire, au fond.

Ces mots la touchèrent. Elle se pencha vers lui et laissa tomber sa tête sur son épaule. Quelle était la chose à faire, dans cette histoire ?

CHAPITRE XXII

Paul et Claudia étaient assis ensemble sur leur canapé, devant la cheminée. Depuis quelques semaines, Paul avait retrouvé sa pipe et n'achetait plus de cigarettes. Il souffla une bouffée de fumée, et regarda avec satisfaction les volutes s'effilocher dans l'espace.

— J'ai presque envie de ne pas aller à cette soirée, vendredi soir. Charles fait ça pour toi, j'en suis sûr. Il ne s'est pas pris soudain d'affection pour moi. Et puis quelque chose me dit que tout ça est une idée de Katy.

Claudia ne leva pas le nez de son ouvrage d'aiguilles.

— Tu as peut-être raison, admit-elle. Mais pourquoi renoncer à y aller ? Si c'est une idée de Katy, tu ne feras que la blesser. Et Charles aura encore plus de certitudes sur ton ingratitude. Tout le monde en sera bien avancé.

Derrière cette remarque amère, Claudia cachait l'espoir que Charles reviendrait sur sa position... éventuellement avec l'aide de Katy. Paul, en plus, était invité d'honneur, et l'effet aurait été catastrophique s'il se décommandait au dernier moment.

— Oh, j'irai, la rassura-t-il. Tout le monde y va. Bill, Pearson... Ils en parlaient, l'autre jour.

Il sourit tout seul en se souvenant du dîner qu'il avait eu au club, quelques jours auparavant. C'était si bien de se sentir enfin réintégré dans le cercle des vieux copains. Le projet d'Elkins avait aussi porté ses fruits dans ce domaine. Cela n'avait guère d'importance. Seule l'opération devait l'occuper. Cela le rendait un peu nerveux, du reste : avait-il pensé à tout ? Bill et Pearson avaient adopté les idées préliminaires, et il n'y avait plus grand-chose à faire avant que les rapports des ingénieurs ne soient rendus. Il ne restait plus qu'à attendre.

— Tu es bien calme, fit Claudia.

Il sortit de sa rêverie et sourit :

— Oh, je réfléchissais. De toute façon, comme cette soirée est une idée de Katy, j'irai au moins pour cette raison.

Claudia contempla son mari : c'était un autre homme depuis qu'il avait obtenu le soutien de ses anciens amis. Il se sentait très concerné par la maladie de Katy, et en parlait très souvent, malgré le fait qu'il ne la connaissait pas très bien. C'était assez nouveau chez lui, qui pendant longtemps avait été incapable de penser aux problèmes des autres.

— Je suis ravie d'avoir pu l'aider. Tu te souviens du jour où elle a téléphoné pour dire que Duncan était chez elle ? Quel soulagement ! Enfin, plus ou moins... Charles m'a dit que Duncan a du mal à accepter la situation, maintenant qu'il sait.

— Hum... Tu vois, Claudia, cet enfant me manque, fit-il après s'être rapproché de sa femme pour lui passer le bras sur les épaules. Pourquoi ne prendrais-tu pas contact avec une de ces agences d'adoption dont tu tiens la liste en permanence dans tes papiers ?

Claudia laissa tomber ses aiguilles à tricoter et leva les yeux :

— Tu es sérieux ? Tu veux dire que... tu envisages d'adopter un enfant ?

— Parfaitement sérieux.

Elle se jeta dans ses bras et l'embrassa très fort.

— Paul ? Pourquoi ne voulais-tu pas, avant ?

Il souriait encore de la réaction exubérante de sa femme. Avant de répondre, il étendit les jambes et appuya les talons sur le coin de la table, devant eux.

Pendant longtemps, il avait refusé toute idée d'avoir des enfants qui ne seraient pas de son propre sang. Comme il ne pouvait en avoir, l'affaire était classée. Aujourd'hui, c'était à ses yeux une attitude immature, mais il n'était pas encore prêt à le reconnaître, même devant sa femme.

Surtout que la stérilité venait d'elle et que les médecins n'avaient pas été capables de corriger ce déséquilibre physiologique. Ses idées passées n'auraient fait que blesser Claudia, et il lui avait déjà causé assez de douleur.

— On change... En tout cas, ce serait bien d'avoir un ou deux enfants ici. On va voir ce qu'on peut faire.

Claudia l'embrassa sur la joue et goûta pendant un instant un bonheur intense. Pourvu que tout marche bien !

Katy et Charles revinrent de La Nouvelle-Orléans le jeudi. A midi, le lendemain, elle était à l'hôpital pour prendre son service. Tout son esprit était accaparé par les conséquences de ce voyage éclair, qui aurait dû être, dans l'optique de Charles, une apothéose. Avec une remarquable efficacité, elle avait réussi à détruire son bonheur.

Se faisait-elle trop de soucis au sujet de Duncan ? Le doute la minait. Elle aurait cru que Charles se laisserait facilement persuader, qu'il comprendrait que ce mariage aurait été une erreur. Mais là elle avait eu tort : il n'en avait plus du tout parlé, et Katy savait très bien qu'il n'y ferait plus aucune allusion, mais sa fierté avait reçu un choc qui ne serait pas effacé avant longtemps. Avant qu'il ne soit trop tard... Il restait très contraint avec elle. Pas distant, mais moins spontané.

— Toi, t'as pas l'esprit endormi, c'matin ! fit une voix familière derrière elle.

Elle se retourna et reconnut son amie Grace.

— Non. J'ai des tas de choses qui me trottent dans la tête, c'est vrai.

— Ça se voit. C'est pour ça qu'on t'a pas vue, ces derniers temps ? demanda Grace.

Elle avait en effet souvent décommandé ses gardes pour travailler sur son album. Quelque chose lui disait de finir cette tâche le plus vite possible. Il y avait toujours cette incertitude sur le temps qui lui restait vraiment. Elle vivait avec depuis un an ou presque, mais de temps en temps elle était sujette à des vagues d'inquiétude qui créaient une certaine frénésie en elle. En outre, la qualité des nouvelles photos était décevante ; aussi s'attachait-elle de toutes ses forces à les améliorer, sans que les résultats fussent bien probants.

Katy et Grace traversèrent le bureau de Nancy en silence. Une fois dans le couloir, Grace lui posa la main sur l'épaule :

— J'crois pas t'avoir jamais vue aussi bas que ça !

Katy hésita un peu, mais finit par dire avec un petit sourire de gêne :

— Charles m'a demandée en mariage.

— Oh ? C'est pas une blague ? s'écria Grace. Sauf que c'est pas vraiment la surprise du siècle ! Il n'a d'yeux que pour toi, ce gars-là !

Grace avait rencontré Charles chez Katy, peu après que l'affaire du porte-stylos eut été réglée. Elle était restée sans voix quand on lui avait raconté la façon dont son renvoi avait été cassé, et quand elle avait appris que c'était sous la pression d'un membre éminent du conseil d'administration de l'hôpital. Heureusement, avec ses manières simples, elle avait choisi d'en rire. Aucune explication n'était venue de Mme Thatcher, et toute l'affaire avait été purement et simplement enterrée. Katy était sûre qu'Evelyn Thatcher la soupçonnait : la directrice était devenue très froide avec elle. Jamais, en tout cas, l'objet volé n'avait été retrouvé.

— Et c'est pour ça que tu as cette mine d'enterrement ? J'aurais plutôt pensé que tu serais en train de danser sur les toits de l'immeuble. Tu l'aimes ou quoi ?

Elles approchaient de la voiture de Katy. Elle avait pris l'habitude de ramener Grace, à l'insu de Charles. De cette manière, elles pouvaient se parler plus longuement.

— Je ne sais pas si nous devons nous marier. Je le voudrais de tout mon cœur mais je ne sais pas si d'être la seconde mère de Duncan ne va pas lui faire beaucoup de mal, par la suite, après ma disparition.

Grace avait peu à peu été mise au courant de la situation sans espoir dans laquelle se trouvait son amie.

— Bah ! J'ai l'sentiment, d'après ce que tu m'as dit sur le môme, qu'il te considère déjà comme sa mère, affirma Grace avec une désinvolture pleine de bon sens.

Elle semblait trouver ces états d'âme parfaitement incongrus. Katy la regarda, interdite. Elle venait à l'instant de se souvenir de ce que lui avait dit Duncan lorsqu'il s'était inscrit au concours, quand il avait écrit son nom à elle à l'emplacement prévu pour celui de sa mère.

— Pour moi, ton mariage avec son père ne fera absolument aucune différence à ses yeux. J'veux dire qu'il ne sera pas plus malheureux d'avoir perdu une mère officielle qu'une mère comme qui dirait... spirituelle, continua Grace en s'amusant avec des mots savants qu'elle prononçait avec hésitation. C'que vous faites entre vous, ça n'a pas la moindre influence sur le gosse. Et puis pour le reste, ses problèmes actuels, c'est une question de temps. Les gamins, ils ont beaucoup de ressource, tu sais. Je vois pour mon David : il en a vu des vertes et des pas mûres, avec moi. Sont pas en porcelaine, tu sais...

Katy ouvrit sa porte sans un mot. Plus tard, devant chez Grace, son sourire était revenu. Elle embrassa son amie sur les deux joues :

— Tu es un amour, Grace ! Si tu as besoin de quoi que ce soit un jour, tu n'as qu'à faire signe.

Son coup d'accélérateur dénotait déjà que l'optimisme était de retour dans son esprit quand elle repartit pour Railspoint.

CHAPITRE XXIII

— Il faudra que tu me dises comment tu t'y prends pour réussir si bien tes soirées, Charles ! s'exclama Bill en tapant dans le dos du maître de maison. C'est Lydia, ton arme secrète ? Je vais la soudoyer pour qu'elle vienne chez moi.

Charles partit d'un grand rire franc, que les nombreuses coupes de champagne avaient rendu quelque peu sonore. Les réjouissances avaient commencé depuis une heure. Deux douzaines de personnes étaient rassemblées dans le salon et la salle à manger des Cameron et bavardaient gaiement, le verre à la main, tandis que le personnel passait proposer des amuse-gueule.

Une grande table drapée de blanc croulait sous les victuailles et les boissons. Cette soirée de gourmets se terminerait par un gâteau à quinze bougies en l'honneur de Paul et Claudia.

— Je suis content que ça te plaise, conclut Charles. Mais ne compte pas trop sur l'argent : mon personnel est incorruptible... C'est comme le F.B.I.

— Le pire, c'est que ça ne m'étonnerait pas.

Nathan Peterson se joignit à eux.

— Je voulais te dire que c'est un plaisir de pouvoir enfin faire la connaissance de Katy. Elle est absolument merveilleuse.

— Sans aucun doute... C'est mon arme secrète, ajouta-t-il en se tournant vers Bill qui se mit à rire.

— Où est-elle ? demanda Nat.

— Je ne sais pas...

Elle s'était excusée auprès de Bill, quelques minutes auparavant, murmurant quelques vagues excuses avant de disparaître. Ce départ avait pris un tour mystérieux, à la réflexion. Charles se demanda si elle avait été prise par un brusque mal de tête, ou si elle avait senti venir un vertige. Il ne le pensait pas, pourtant : depuis qu'elle était rentrée de l'hôpital, elle s'était montrée particulièrement enjouée. Son effervescence, sa gaieté l'avaient plutôt étonné. Ce soir, elle s'était montrée plus Katy que jamais. Tout ce qu'il adorait en elle était là.

Charles, en revanche, n'était pas particulièrement en train : cette soirée, à l'origine, devait se terminer par l'annonce de leurs fiançailles officielles... au cas où ils n'auraient pas trouvé de prêtre pour les marier à La Nouvelle-Orléans. Le souvenir de son fiasco lui donnait encore des crampes d'estomac.

— Elle m'a dit qu'elle voulait parler à quelqu'un, fit-il en renonçant à la repérer du regard.

— Oui, tu as une certaine tendance à la garder pour toi, le taquina Nat Peterson.

— Il y a quelques raisons à ça, répondit Charles d'un air absent, cherchant l'inspiration dans son verre pour divulguer ce que Katy et lui étaient convenus d'annoncer à leurs amis les plus proches. Je ne vous avais pas mis dans le secret des dieux parce que, jusqu'à récemment, Katy ne devait pas rester ici au-delà du mois de juin. Tout cela a changé, heureusement. Pourtant notre vie commune sera limitée. Katy est très malade. Les médecins la tiennent pour condamnée. Elle a une tumeur cérébrale.

Les sourires s'étaient figés, et pendant une fraction de seconde Bill et Nat considérèrent Charles avec stupeur.

— Je suis sincèrement désolé, Charles, fit Nat en lui posant la main sur l'épaule.

Charles lui adressa un sourire triste. Son regard, auparavant si lumineux, s'était éteint.

— Ce n'est pas vraiment un secret, mais je préférerais que vous n'en parliez pas avant quelques jours. Il est normal que les gens sachent, et Katy est d'accord avec moi sur ce point, mais ce n'est pas la peine de casser l'ambiance. Je ne veux pas que Katy y pense ce soir.

— Bien sûr, firent les deux hommes en même temps.

Nat fut accaparé par sa femme, Louise, à cet instant, et il adressa un petit regard de compassion à Charles, avant de disparaître au sein d'un autre groupe.

Quand ils se retrouvèrent seuls, Bill, qui était un homme plus réservé, malgré son air jovial, posa la main sur le coude de Charles et lui dit à voix basse :

— Je ne sais pas comment te dire le choc que ça me fait, Charles. Vous avez l'air si bien ensemble. Vous pensez vous marier ?

— Je... Je ne sais pas. Nous en avons parlé, mais rien n'a été vraiment décidé, répondit Charles en dansant d'un pied sur l'autre pour masquer sa gêne. Mais dis-moi, pour changer de sujet, depuis quand fais-tu dans la philanthropie ? Tu cherchais du déficit pour ta déclaration fiscale, pour te payer les services de mon beau-frère ?

Bill reprit volontiers son personnage d'homme d'affaires :

— Qu'en sais-tu ? fit-il avec un petit sourire complaisant. Si tout se présente bien, c'est une excellente opération.

— Je pense bien que vous ne vous êtes pas fourrés dans une affaire comme ça sans raison, mais tu ne crois pas que tu prends des risques énormes pour ton capital et pour les profits éventuels, en confiant ça à Paul ?

Bill haussa les épaules :

— Je ne suis pas du genre à me faire plumer, Charles. Pearson et Frank non plus. Nous sommes encore au niveau de l'option, et on en sortira si les rapports techniques apparaissent comme pourris. Mais jusqu'ici Paul fait du bon travail, et je suis prêt à lui donner une nouvelle chance.

Charles ne cacha pas son scepticisme. Un peu plus tard, il se rendit au bar pour se resservir un whisky, avant de partir à la recherche de Katy. Il venait d'envoyer le barman chercher du bourbon, quand il s'aperçut que son beau-frère s'était approché et se versait un verre de Perrier.

— Heureux de voir que tu ne carbures plus à l'alcool.

Paul sourit, légèrement narquois. Il portait sa tenue favorite en ce moment : blazer bleu, chemise Oxford, cravate club... L'image même de l'honorabilité... Il fit glisser deux cubes de glace dans son eau.

— Il était temps, non ?

— Plus que temps, laissa tomber Charles avec froideur. Je croyais à Noël que tu étais sur le point de déménager ton usine. Tu te souviens de notre conversation ?

Paul s'était tendu dès qu'il avait reconnu Charles près du bar. Il ne lui avait qu'à peine parlé à leur arrivée, laissant ce soin à sa femme. Visiblement l'objet d'une agression en règle de la part de son beau-frère, Paul fit face, et regarda Charles droit dans les yeux :

— Je m'en souviens parfaitement, fit-il, avant d'ajouter avec une politesse un peu sèche : et j'espère que tu m'excuseras pour la scène regrettable qui s'est produite par ma faute.

Charles leva légèrement le sourcil, comme il l'aurait fait si son fils s'était montré insolent.

— C'est plutôt auprès de Claudia qu'il faudrait t'excuser. C'est elle qui a été la plus choquée.

— C'est déjà fait.

— Alors, cette usine ? insista Charles. Ça fait des mois, et je n'ai pas l'impression que Sherbourne Manufacturing prévoie même de bouger.

Paul ne put soutenir le regard de Charles et se mit à contempler son verre.

— Ça se fera, murmura-t-il en buvant une grande gorgée.

— Que diable attends-tu ? rétorqua Charles avec un peu de mépris dans la voix. Fais une chose intelligente : quitte cet endroit sordide.

Charles hocha la tête et sortit. Paul l'observa sans broncher, la lèvre inférieure prise d'un léger tremblement. Il se tourna lentement de l'autre côté et esquissa une retraite silencieuse vers le grand salon. Soudain, comme pris d'une illumination, il se lança à la poursuite de Charles. Ils traversèrent le petit salon l'un derrière l'autre. Finalement, Paul le rattrapa lorsqu'ils passèrent dans le hall. Ayant entendu des pas dans son dos, Charles se retourna, l'air sévère.

Le hall était vide, et personne ne pouvait les entendre. Paul s'arrêta bien en face de son beau-frère. Ses yeux lançaient des éclairs, et sa respiration était audible.

— Je voulais quand même te remercier pour cette merveilleuse soirée, fit-il, le sourire sarcastique. Je sais bien que tu as fait ça pour Claudia, et que c'est Katy qui l'a suggéré, mais merci quand même. J'apprécie... Et puis je voulais te dire que je suis ravi d'avoir pu t'aider pour Duncan, même si tu n'as pas été capable de dire le moindre mot à ce propos, sauf à Claudia. J'ai essayé de te rendre service, et je le referai. Mais, en ce qui concerne mon usine, Charles, je te prierai de t'occuper de tes affaires, ajouta-t-il avec une violence contenue, son index imprimant une pression répétée sur l'épaule de son interlocuteur. J'en ai marre de tes insultes voilées, distillées au fil des ans. Tu n'es pas le Grand Manitou, Charles Cameron : tu es un type parmi d'autres. Je déménagerai, c'est sûr, mais quand je le voudrai et quand je serai prêt. Mon fric est mobilisé dans une affaire, et je ne peux pas envisager un déplacement important — si tu me l'avais demandé, tu le saurais. Alors arrête de faire semblant de t'intéresser à l'usine Sherbourne. Tout ce que tu voudrais, c'est te débarrasser de ce bâtiment dans Main Street, mais la ville ne t'appartient pas sous prétexte que tu te paies un foutu centre de conférences à la mode avec le concours des grands architectes de Washington. Tu veux faire croire que c'est pour le bien de Lafayette ? Tu ne trompes personne, Charles. Moi, je ferai mon travail comme je l'entends, et tu peux la fermer sur ce sujet. Tu m'as toujours pris pour un pauvre type, ajouta-t-il, après avoir fait un mouvement de volte-face, mais regarde-toi bien dans un miroir. Tu verras qu'il y aurait bien quelques améliorations à apporter. Tu es certainement l'enculé le plus condescendant de cette terre !

Cette fois, Paul partit pour de bon, encore tout tremblant de colère, et traversa le petit salon au pas de chasseur. Interdit, Charles le regarda s'éloigner, la bouche entrouverte, les yeux légèrement écarquillés, et le teint un peu pâle...

CHAPITRE XXIV

A l'étage, Katy se tenait devant sa coiffeuse, contemplant tour à tour sa robe bleue qui pressait légèrement ses seins, mettant en valeur un triple rang de perles posé sur sa peau blanche veloutée, et la bague de Charles, qu'elle tenait dans sa main ouverte. Elle brossa en arrière ses cheveux qui avaient maintenant repoussé, pour couvrir sa nuque, puis passa l'anneau à son doigt.

Tout était prêt pour la petite scène qu'elle se proposait de jouer en bas. Comment allait-elle procéder ? D'une manière non déguisée, presque brutale ? Ou en se promenant à son bras jusqu'à ce qu'il finisse, au milieu d'une conversation, par s'apercevoir que son doigt scintillait d'une manière inhabituelle ? Elle se doutait qu'il lui faudrait beaucoup de patience, et son sourire se dessina quand elle imagina quelle serait sa réaction quand il verrait la bague, et qu'il comprendrait sa signification.

Elle s'admira encore un peu dans le miroir, lissant les plis de sa robe, puis elle sortit de la chambre, un peu nerveuse malgré tout. Du haut de l'escalier, elle considéra le petit Duncan qui s'était assis sur une chaise et parcourait d'un œil sombre et indifférent ce déploiement de luxe qu'offraient les salons de Railspoint.

Bien qu'impatiente de rejoindre Charles, elle s'arrêta près de Duncan et s'agenouilla pour lui parler :

— Pourquoi ne viens-tu pas te joindre à nous ? Tu t'ennuies ?

— Ouaip, fit-il d'un air morose.

— Si tu avais voulu passer la nuit chez Jay, comme nous te l'avons proposé, tu te serais certainement plus amusé qu'avec toutes ces grandes personnes rasantes. Tu as mangé, je crois ? Reste encore un peu, et tu auras du gâteau. Il est très bon : j'en ai grignoté un morceau en douce !

Il esquissa un petit sourire. Pour lui, il n'était pas question de partir, même une nuit, chez un copain de classe : il avait trop peur qu'elle soit partie à son retour.

— Tu es montée parce que tu ne te sentais pas bien ? Tu voulais t'allonger ?

— Non, mon chéri, je me sens en pleine forme ! s'exclama-t-elle en montrant sa main. Ton père m'a offert cette bague lorsque nous sommes partis en voyage. C'est une bague de fiançailles. Nous allons nous marier...

Duncan bondit dans ses bras et l'embrassa.

— Mais papa m'a dit que ça ne se ferait pas ! Que tu ne voulais pas !

Katy le considéra avec étonnement. Charles lui avait tout dit ? Voilà pourquoi il n'avait pas fait d'histoires lorsqu'ils étaient partis si brusquement. Tout au long des préparatifs, ils avaient conspiré dans leur coin, comme elle avait conspiré avec Duncan pour prendre des photos de son père. Duncan n'avait rien dit à leur retour, mais il avait immédiatement eu connaissance de l'échec.

— Je ne sais pas ce que ton père t'a dit, mais moi je vais l'épouser !

Duncan sourit, et encore une fois l'embrassa sur les joues en se retenant à ses épaules nues.

— Maintenant, tu seras vraiment ma maman, chuchota-t-il dans son oreille.

Tout émue, Katy marmonna d'une voix cassée :

— Oui...

— Je pourrai t'appeler maman ? demanda-t-il avec une moue naïve.

— Oui. Appelle-moi maman si tu en as envie, Duncan. Car tu es comme mon propre fils, fit-elle en retenant ses larmes. Et puis pourquoi ne participerais-tu pas au concours, après tout ? Tu sais que tu le peux. Nous nous en sommes assurés. Je serais si contente, si tu essayais, insista-t-elle.

La vérité, en fait, était que Charles avait maintenu sa

participation, sans le lui dire. Cela ne sembla pas déclencher de manifestation d'enthousiasme chez l'enfant, aussi Katy fit-elle machine arrière.

— Je serai toujours fière de toi, mon garçon, concours ou pas. Viens avec moi. Nous allons te trouver un morceau de gâteau, pour fêter un grand événement.

Charles se tenait juste à l'entrée du petit salon quand elle arriva, tenant Duncan par la main. Il semblait transformé en statue. Elle posa sa main sur son épaule.

— Tu as vu un fantôme ? fit-elle en riant, la bague bien en évidence. Que se passe-t-il ?

Comment pouvait-il ne pas la remarquer ? Cela sautait littéralement aux yeux.

— Où étais-tu ? demanda-t-il sans répondre à la question de Katy. Je commençais à me faire du souci.

— Là-haut. Je me pomponnais, fit-elle avec un sourire allumeur.

— Qu'est-ce que tu as, ce soir ?

Son sourire à lui était plutôt triste. Elle éclata d'un rire cristallin.

— Je te l'ai dit : j'adore les soirées ! Viens, j'ai soif. Toi, tu te fais trop de soucis ; ça donne des cheveux blancs.

Elle le prit par le bras et l'entraîna vers le bar. Du salon, on entendait des conversations qui s'animaient de plus en plus. Charles décapsula une bouteille de Perrier, tandis que Katy passait de l'autre côté de la table. Elle pourrait ainsi tendre le bras pour atteindre le seau à glace, et faire le même geste quand il lui tendrait son verre.

— Je me charge de la glace, dit-elle d'une voix sonore.

Les deux cubes tombèrent bruyamment dans son verre. Tout ce manège provoqua chez elle une hilarité grandissante et elle éclata de rire au moment où il versait l'eau gazeuse sur les glaçons.

— Mais enfin, Katy ! Qu'est-ce qui se passe ?

— Rien, je voulais de la glace.

Et elle rit encore plus fort...

— Je vais t'en donner, de la glace.

Il la fixa droit dans les yeux avec perplexité. Au moment où il voulut prendre un troisième cube, il trouva de nouveau la main de Katy plongée dans le seau, sous la sienne. Il la prit par le poignet avec un peu d'exaspération.

— Tu veux bien me laisser faire ?

Claudia arriva sur ces entrefaites à côté de Katy, et Charles déplaça son attention vers elle :

— Si tu es venue remplir ton verre, il faudra que tu attendes que j'aie pu extraire Katy du seau à glace, dit-il. Je n'arrive pas à comprendre ce qu'elle trouve de désopilant à ça, mais tu vas peut-être pouvoir m'aider.

Il n'avait rien vu. Katy n'arrivait pas à le croire. Elle essayait de se retenir de rire. Découragée, elle sortit sa main de l'eau glacée et accepta le verre de Perrier qu'il lui tendit.

— Tu me sers un gin-tonic, grand frère ?

Pendant que Charles la servait, Claudia se tourna vers Katy :

— Duncan est invisible, ce soir. Il va descendre ou il a décidé de rester caché ?

— Oh, je crois qu'on arrivera à l'attirer avec un morceau de gâteau, répondit Katy d'un air distrait.

— Oh là là ! s'écria soudain Claudia en portant la main à sa bouche. Katy ! Charles ! C'est...

Elle avait l'œil vrillé sur le doigt de Katy. Avec précaution, elle prit la main de Katy et admira la bague. Katy n'avait pas quitté des yeux le visage de Charles et son expression avait cessé d'être espiègle. Elle attendait sa réaction avec quelque peu d'inquiétude.

Il était sur le point de verser le gin dans le verre de Claudia, et l'exclamation de celle-ci lui avait fait lever la tête. Son regard se porta sur la main de Katy, que tenait délicatement sa sœur. Son teint se décolora légèrement et il resta comme hébété, les yeux fixés sur les scintillements bleuâtres. Enfin, il croisa le regard de Katy, l'air de ne pas comprendre.

— Oui, c'est une bague de fiançailles, répondit-elle à Claudia sans quitter Charles des yeux.

Charles se rendit compte qu'il tenait encore la bouteille de gin, quand Bill, se faufilant derrière lui, la lui prit des mains.

— Tu as besoin d'un coup de main ? fit le grand type.

— Euh... oui, fit Charles, avant de faire le tour de la table. Tiens, Claudia, Bill te préparera ton gin-tonic. Vous nous excusez un instant ?

Il prit Katy par le bras et l'entraîna dehors. L'air était encore frais, en cette saison, mais ce n'était pas désagréable. Ils descendirent ensemble jusqu'au jardin, sans qu'un mot ne fût prononcé. La lune était suffisamment claire pour pouvoir se voir. Dès qu'ils furent à l'abri de la première haie, il la prit par les épaules :

— Que se passe-t-il ?

— J'aimerais me marier avec toi, si tu le veux encore.

Elle sentit son sourire se dessiner.

— Là n'est pas la question : que devient Duncan, dans ta décision ?

— Grace m'a ouvert les yeux, ce matin, à l'hôpital, répondit-elle. Elle m'a fait remarquer que Duncan me considérait déjà comme sa mère. Que je t'épouse ou pas ne changera rien à son chagrin, plus tard.

Charles souriait maintenant à pleines dents.

— Les autres enfants n'auront pas la réaction que tu crains, j'en suis certain. Ils savent bien, pour l'avoir vécu parfois dans leur famille, que la mort est une fatalité.

— Je ne sais pas. J'espère, mais même les commentaires qu'ils pourraient faire ne changeront pas ce fait : notre mariage ne le protégera pas contre ses sentiments. La question est simplement de savoir ce que nous voulons...

— Moi, je te veux toujours, tu le sais bien. Je voudrais que tu sois ma femme.

Il pencha la tête et l'embrassa. Katy fut la première à rompre le charme et à vouloir reprendre la conversation.

— Il faut que nous résolvions d'autres problèmes, dit-elle, dans l'intention de réparer l'affront qu'elle lui avait fait le soir de sa demande en mariage. Une chose m'ennuie : tu as toujours trouvé que certaines de mes prises de position sont trop strictes, et que c'est la source de difficultés entre nous. Je l'ai toujours nié, mais à présent j'ai changé d'avis. Ce que tu m'as dit l'autre soir m'a fait prendre conscience de mes défauts. Mon comportement ne m'est jamais apparu aussi clairement. En d'autres termes, je pense effectivement que j'ai passé plus de temps dans ma vie à faire ce qu'il fallait que je fasse plutôt que ce que je voulais. C'est une chose terrible à constater. En tout cas, tu es assez fort pour me montrer la vie sous un jour nouveau. Si j'avais vu ça avant, peut-être que tout ce qui s'est passé ne serait pas arrivé. Enfin, aucune autre femme n'a reçu de plus belle demande en mariage que moi. J'en avais rêvé, et je l'ai eue. J'ai rêvé de toi et je t'ai. Tu es la personne la plus extraordinaire qui existe sur cette terre... à mes yeux !

— J'avais bien besoin que tu parles de moi comme tu l'as fait, murmura-t-il en la serrant contre sa poitrine.

— Je voulais réparer, dans la mesure du possible, le mal que je t'ai infligé l'autre soir.

— Tu as réussi, dit-il en lui caressant les cheveux. Cela m'est égal, si ton rigorisme se manifeste parfois, même violemment. Ne le perds pas entièrement dans la bataille. C'est tout ce que je te demande. A vivre à deux, on écorne fatalement l'identité de l'autre. En tout cas, c'est bien cette forte personnalité qui te rend si attirante. Et puis, qui d'autre pourrait nous diriger mieux que toi ?

Ils rirent de bon cœur pour sceller leur réconciliation et s'embrassèrent avec plus de passion encore.

— Il faut se marier très vite, décida Charles dans un élan d'enthousiasme. Dans deux semaines au plus tard. Oui, deux semaines peuvent suffire pour organiser une cérémonie de mariage digne de ce nom.

— Chéri, il est inutile d'en faire une grande...

Elle s'arrêta d'elle-même dans sa phrase.

— Je croyais que tu devais éliminer ce vilain défaut ? Ce mariage sera un événement, Katy Barrows ! Tout Lafayette sera convié ! Tu auras une robe blanche et une église pour toi toute seule !

— Et où iras-tu, toi ?

— Deux semaines. Le 8 mai. Ça te va, pour te marier ?

— Merveilleux !

— Alors, c'est entendu. Viens, le gâteau doit être en place.

Ils furent un peu éblouis par la lumière quand ils entrèrent dans le salon. Leur disparition n'était pas passée inaperçue, mais Charles n'était pas du genre à se laisser décontenancer. Il se précipita vers le bar, et demanda un bourbon-Perrier.

Quand il fut servi, il tendit son verre à Katy et s'arma d'une cuillère pour frapper sur le bord d'une bouteille afin d'attirer l'attention de tous.

— Je voudrais porter un toast, annonça-t-il en levant son verre en direction de Katy. Un toast à ma... sœur Claudia, et... à Paul, son mari, pour leur quinzième anniversaire de mariage.

Paul se trouvait près de la cheminée, et Charles ne cessa de le regarder en portant son verre à ses lèvres. Il attendit que les congratulations soient faites.

— ... Et un autre, à ma ravissante fiancée, reprit Charles,

en levant à nouveau son verre, au milieu des murmures d'étonnement et d'approbation. Katy et moi sommes très pressés, aussi nous vous priverons d'invitations sur bristol. Vous êtes tous ici officiellement conviés à notre mariage, le 8 mai.

CHAPITRE XXV

Le mariage fut célébré à l'église épiscopale de Lafayette, un édifice néo-gothique d'une grande majesté. La robe de Katy, préparée dans un temps record à Washington, avait donné beaucoup de peine à la couturière. Nathan Peterson fut le témoin de Charles. Robin et Claudia assistèrent Katy. Joël Masters fut celui qui la conduisit à l'autel, Duncan celui qui apporta les alliances sur un petit coussin et resta à côté de Katy quand Charles releva la voilette de sa femme pour l'embrasser.

La réception, qui se tint à Railspoint, fut spectaculaire. Un vélum avait été tendu dans le jardin pour accueillir les amis, les associés de Charles, les collègues de Katy, ses confrères d'autrefois, tous ceux qui avaient partagé de près ou de loin leur vie pendant ces derniers mois.

Des dizaines de photos furent faites de tout le monde pendant la fête qui comporta même un spectacle de cirque, cadeau surprise de Charles à son fils et à Katy, et une cavalcade, préparée par la mariée et le régisseur en l'honneur du maître de Railspoint. Quand la nuit tomba, on tira un feu d'artifice, qui rivalisa, cette année-là, avec celui du 4 juillet.

Il n'y eut qu'une fausse note, quand Katy fut prise d'un brusque mais bref vertige, au moment où ils découpaient le gâteau officiel. Charles fut à ses côtés en une fraction de seconde et la soutint jusqu'à ce que ça passe, mais elle n'eut même pas à s'asseoir.

Le lendemain, certains des convives se retrouvèrent à Elkins par un après-midi ensoleillé, pour discuter de leurs affaires. L'ambiance n'était plus à la fête. Ils se trouvaient sur le site, avec tous les plans dressés par les ingénieurs. Paul était en mauvaise posture et ne parvenait pas à faire face. Les trois commanditaires le considéraient avec sévérité. Bill Loomis était furieux :

— Pourquoi as-tu attendu quatre jours pour nous montrer ça ? demanda-t-il en agitant les liasses de papiers.

— Je... je voulais y réfléchir, répondit Paul en passant la main dans ses cheveux.

— Il y réfléchissait ! répéta Bill en se tournant vers ses associés. Mais on ne fait pas que réfléchir, quand on se retrouve avec des trucs pareils. On prévient immédiatement ses partenaires. Tu t'es imaginé que les problèmes se résoudraient d'eux-mêmes en les laissant se couvrir de poussière ?

— Non, je...

Paul essayait de cacher le tremblement qui s'emparait de lui. Il crevait de froid... la peur. La vérité était plus lamentable encore : il n'avait pas su quoi faire quand il avait reçu les documents. Les géologues avaient établi que le terrain présentait des difficultés pour toute construction d'importance. En sous-sol se trouvaient des formations rocheuses en saillie, qu'il faudrait détruire avant de couler les fondations. Tout ça rendait le projet plus complexe, et les coûts se multipliaient au-delà de tout ce que Paul avait imaginé. Paul se trouvait dans l'incapacité physique de prendre une décision, par inhibition, mais aussi par manque d'expérience dans ce domaine. Et puis sa hantise de retomber à zéro le paralysait.

— Ecoute, Paul, tu nous as entraînés ici pour discuter avec les experts de ce qu'ils ont déjà expliqué sur le papier, et qui nous a été caché jusqu'à aujourd'hui. C'était inutile, mais à la rigueur je veux bien passer là-dessus. Mais ce qui n'est pas admissible, c'est que tu sois incapable de nous dire à combien s'élèvera le surcoût de l'affaire. L'option expire demain. Nous sommes supposés acheter et signer les papiers, à moins de laisser tout tomber. Je présume que tu n'as pas demandé aux entrepreneurs à combien ils évaluaient les travaux supplémentaires ?

— Non, je n'ai pas réussi à les joindre. Mais je le ferai.

Bill baissa les épaules : le pauvre type se décomposait sous ses yeux, pensa-t-il avec dégoût.

— Et la date limite ? J'aurais mieux fait de me pendre, plutôt que de me lancer dans ton histoire, grogna-t-il. Tu n'auras pas le temps d'obtenir des réponses sérieuses d'ici demain, jamais en faisant venir Murcheson et son équipe. Mais en cinq jours c'était possible.

Paul essaya de sortir de sa torpeur :

— Je sais que j'ai fait un faux pas, mais je propose que nous continuions malgré tout, même si nous n'avons pas tous les détails sur l'heure. Je les aurai. Et les profits dépasseront largement le coût total de cette opération, c'est certain. C'est décidé : Amtech vient s'installer ici ; ils l'ont annoncé publiquement.

— Ouais, bien sûr, c'est facile pour toi, Paul : tu ne peux plus faire machine arrière, puisque tu es dedans jusqu'au cou, mais nous, nous voulons des chiffres, avant de plonger.

Paul ne perdrait pas seulement son argent, si tout était abandonné, mais il perdrait certainement aussi Claudia. Claudia et l'argent de celle-ci. Beaucoup en une seule journée...

— Je vous en prie, ne vous retirez pas, implora-t-il, à court d'arguments. J'arrangerai tout ça. Il y aura toujours du profit.

Bill le regarda sévèrement :

— J'étais disposé à jouer le jeu avec toi tant que tu avais l'air capable de te débrouiller avec compétence, mais je dois reconnaître que je suis un incurable optimiste. Tu ne sais pas suffisamment de trucs dans ce métier, et tu te casses la gueule dès que ça devient costaud. Mon erreur, c'est d'être sentimental. Non, ne compte pas sur moi, Paul. Franchement, je ne suis plus si sûr de vouloir investir dans ce projet, même au vu des devis supplémentaires.

Il commençait déjà à regagner sa voiture, quand Pearson lui emboîta le pas.

— Je te suis, Bill. Je n'ai pas confiance non plus, mais ça me semble dommage de jeter l'éponge avant d'obtenir une réévaluation complète du projet. J'aimerais bien entendre ce que Charles aurait à dire là-dessus. C'est une autorité dans ce domaine. J'ai plus confiance en lui qu'en n'importe quel entrepreneur. Ça constituerait une dernière chance, s'il pouvait venir jeter un coup d'œil cet après-midi. Il nous donnerait son opinion.

— Sûr. Il va être ravi de venir nous tenir la main, le lendemain de ses noces, fit remarquer Frank avec un petit ricanement.

— Ils ne partent pas en voyage de noces, répondit Pearson avant de se tourner vers Bill. Alors, qu'en penses-tu ? Tu accepterais de l'écouter, et de réserver ta décision jusque-là ?

Bill haussa les épaules.

— Si Charles a envie de venir à Elkins pour nous donner son avis, je l'écouterai, ne serait-ce que par politesse et en reconnaissance pour son déplacement.

Pearson s'adressa à Frank, qui fit un signe d'assentiment à peine perceptible et plutôt résigné.

— Okay, dans ce cas, Paul, téléphone à Charles. S'il vient voir, nous reconsidérerons notre décision, selon ce qu'il dira, bien sûr.

Paul les dévisagea tour à tour sans bouger. Téléphoner à Charles. Le prier de venir le sortir de l'ornière. Après ce qu'il lui avait balancé à la figure quinze jours auparavant. Charles Cameron avait toutes les chances pour lui : c'était un homme d'affaires que rien n'arrêtait, et en plus il arrivait à se venger sans même avoir à lever le petit doigt. Paul baissa la tête. Contre un homme pareil, il était désarmé. Paul avait eu sa vengeance pendant quelques minutes, quand il lui avait assené son fait, mais Charles pourrait faire des gorges chaudes sur son beau-frère pendant de longues années, après le 9 mai. Il lui avait à peine adressé la parole, la veille, sinon pour le féliciter officiellement, et Charles ne lui avait confié aucun rôle, à la différence de Claudia.

— Pourquoi n'irais-tu pas l'appeler, Pearson, fit Paul, la gorge serrée. Il t'écoutera certainement plus.

— Ecoute, Paul, ce projet, c'est le tien. Si tu veux le sauver, tu appelles Charles. C'est une perche qu'on te tend. Nous, on va tâcher de passer le temps à Oakvale Inn.

Il fit signe aux ingénieurs qui attendaient à l'écart, et tout le groupe sauf Paul se mit en marche vers les voitures.

— Tu viens ? fit Bill par-dessus son épaule.

A Railspoint, Charles et Katy venaient de reconduire les derniers invités, qui étaient restés pour la nuit, notamment toutes les tantes et les cousines, abondamment pourvues d'enfants.

Robin aussi était prête à partir et cherchait ses clés de voiture, qu'elle finit par trouver au fond de son sac.

— Je suis si désordonnée ! ronchonna-t-elle en souriant à ses amis. C'était merveilleux, Charles. Vous êtes merveilleux, tous les deux. Et toi, Katy, tu es ravissante... Chaque jour qui passe te voit plus belle. Je suis si heureuse pour toi.

— Certainement pas plus que moi.

— Ah, voilà que je pleure encore. Tu m'obliges à me maquiller toutes les cinq minutes. Hier, c'était horrible, fit Robin, les yeux mouillés de larmes. Bon, je file. Mon avion part dans quatre heures, et je dois passer chez moi faire mes bagages. Je passe la nuit à New York chez mes parents, et demain je m'envole pour Hong Kong. J'espère de tout mon cœur que ce sera mon dernier voyage. Okay, salut, les enfants : je vous appelle dès que je rentre. Probablement à la fin de la semaine...

Après le départ de Robin, il y eut celui de Duncan. Il avait bien voulu accepter de faire un court séjour chez ses cousins, dans le Maryland. Claudia devait le conduire là-bas et y passerait la nuit.

— Tu seras sage, avec ta tante, hein ? Range ta chambre convenablement et fais ton lit tous les matins, lui rappela Katy avant le départ.

— Okay, dit-il avant de l'embrasser. Je t'aime... maman.

Tous les deux sourirent, et Katy le poussa dans la voiture, à la portière de laquelle il ne cessa de gesticuler jusqu'à ce qu'ils aient disparu derrière les arbres.

Claudia avait l'air soucieuse, un peu réservée. Son mari, depuis quelques jours, avait repris sa mine des mauvais jours, sans qu'elle pût comprendre pourquoi. Chaque fois qu'elle l'avait interrogé, il s'était dérobé. La veille, il s'était bien comporté, ne buvant que quelques coupes de champagne, mais on ne l'avait guère entendu. Au fond, ce petit voyage qu'elle avait accepté de faire devait un peu la reposer : à trop rester avec Paul, elle finissait par devenir anxieuse à son tour.

Quand ils sentirent le calme revenir sur la grande maison enfin vide, Katy laissa échapper un soupir de soulagement.

— Enfin seuls !

C'était d'autant plus vrai que tout le personnel avait reçu quatre jours de congé en remerciement du gros travail qu'ils avaient fourni depuis quinze jours pour que tout fût en place.

— C'est une forme d'invitation, madame Cameron ?

— Madame Cameron... murmura-t-elle en se laissant embrasser dans le cou.

— Tu sais ce que nous allons faire ? dit Charles avec un soudain sérieux. Nous partirons en Europe pour l'été, tous les trois. Ce sera pour remplacer ce voyage de noces. De toute façon, je voulais t'y emmener. J'ai déjà laissé passer trop de temps.

Elle hésita un instant. Elle avait du mal encore à contrôler ses impulsions, mais elle avait compris la leçon : elle sourit.

— Ce serait une idée formidable. Mais que feras-tu pour Railspoint ? Et le centre ? Les travaux ont déjà commencé.

Il ne semblait pas en être affecté outre mesure.

— Horace s'occupera des chevaux. Ben et Nat ne demandent qu'à fourrer leur nez dans mes affaires, et puis ils ont le téléphone, en Europe, tu sais. Et il y a même des médecins...

— Non, Charles ! Ne parlons pas de ça : nous y penserons plus tard.

Profitant de la présence de Joël Masters, ils étaient allés voir tous les trois Ted Philbin pour une nouvelle visite, qui était prévue pour la semaine d'après. Ils y étaient allés ensemble juste après le petit déjeuner.

Il n'y avait aucun changement, et Masters avait même découvert que la tumeur commençait à diminuer.

— Ne t'emballe pas, Charles chéri.

— Non, mais ça nous donne quand même plus de temps, et d'ici là d'autres découvertes seront faites et...

— Charles, n'y pense pas trop. Les chances sont faibles, inexistantes même. Personne ne m'a fait plus de promesses aujourd'hui qu'avant. Tu le sais bien. Cette tumeur n'a pas grossi, et ils semblent sûrs qu'elle ne va pas se mettre à grossir soudainement, mais ça ne veut pas dire qu'elle ne va jamais se développer, ou que d'autres complications n'interviendront pas. Elle est toujours là.

— Hum... Oui. Ce serait peut-être mieux de prendre une infirmière avec nous en Europe. Au cas où... Nous appellerons le service pour arranger ça. Mais maintenant ? Tu te demandes ce que nous allons faire de notre toute nouvelle intimité ? Eh bien, tu vas le savoir... en haut, conclut-il en montrant l'escalier du doigt.

— Charles...

Elle s'agrippa à sa chemise tandis qu'il la soulevait comme une plume. Traversant le hall, il décrocha le téléphone et s'engagea dans l'escalier, Katy toujours reposant sur son épaule.

Quand il la remit par terre, sur le seuil de leur chambre, elle s'écarta de lui, l'air outragé.

— C'est comme ça que tu me portes à la chambre nuptiale ? Je ne suis pas un sac de patates !

— Oh, tu n'as pas aimé ? s'étonna-t-il en la poussant progressivement vers le lit. En tout cas, c'est une chance que tu sois si légère.

— Et que tu aies toujours la forme. Tiens, je voulais te dire : je donne une petite fête pour ton anniversaire.

— Vraiment ? répondit-il en se moulant plus étroitement contre elle.

— Normal... pour tes quarante ans ! dit-elle sur un ton léger, mais elle s'assombrit tout d'un coup. J'aurais aimé savoir à quoi tu ressembleras avec des cheveux blancs, murmura-t-elle. Quand tu auras soixante ans et que tu râleras parce que Duncan ne s'occupera pas comme tu l'entends de l'élevage.

— Non, Katy...

Il baissa la tête, mais elle la prit dans ses mains.

— Il y a un au-delà, j'en suis certaine. Je te retrouverai là-bas, sois-en sûr. Et ce sera pour toujours...

— Mais je ne peux pas vivre sans toi, gémit-il, avec une angoisse furieuse que Katy ne lui connaissait pas.

— Charles, il ne faut pas que tu parles comme ça. Tu as un petit garçon à élever, qui attend beaucoup de toi. Pour moi comme pour toi, il faut que tu l'élèves convenablement. Qu'il soit fier de nous deux.

Elle essuya quelques larmes qui coulaient sur ses joues.

— Oh, Katy. Ne me laisse pas.

— Non, Charles, je ne veux pas commencer comme ça. Nous n'avons pas beaucoup de temps. Nous ne pouvons pas le gaspiller en étant malheureux, insista-t-elle avec autorité en l'entraînant vers le lit. Il ne faut pas que tu pleures sur mon sort, surtout pas maintenant. Je suis encore avec toi.

— Kate...

— Chut ! Reste tranquille, ne bouge pas.

Elle commença à le déshabiller lentement en le fixant droit dans les yeux. Une fois nu, elle le guida jusqu'au lit et l'installa confortablement avant d'enlever à son tour son chemisier et son pantalon. Avec une agilité de chat, elle laissa tomber ses sous-vêtements sur la descente de lit et se glissa sous les draps, jusqu'à ce qu'elle sente sa chaleur contre sa peau.

— Viens, chuchota Charles dans son oreille.

— Non. Aujourd'hui, c'est moi qui dirige les opérations, annonça-t-elle en repoussant ses mains. Tu vas voir un peu !

Paul recommença le numéro encore une fois, l'épaule coincée entre la vitre et la porte. Il faisait une chaleur dans cette cabine ! Il jeta un coup d'œil furtif vers la salle où l'attendaient les autres. Occupé ! Toujours occupé ! Il s'épongea le front de la main. La tension commençait à monter à la table. Il était six heures et demie, et c'était la deuxième fois qu'il revenait sans réponse. Ils n'allaient pas attendre plus longtemps, et il était même probablement trop tard. Charles aurait besoin d'au moins deux heures pour venir jusqu'ici, et le soir commençait à tomber. Il n'y avait plus rien à faire, même si Charles acceptait de venir. Il ne pourrait même pas voir le terrain. Il envisagea de convaincre Bill et les deux autres de rester pour la nuit dans l'auberge. Ce n'était pas complètement idiot : ils devraient revenir à Elkins pour signer les papiers... s'ils les signaient. Le rendez-vous était fixé à trois heures de l'après-midi. Avec un peu de chance, il aurait peut-être Charles tôt le matin.

Il raccrocha d'un geste rageur. Visiblement, Charles avait décroché son appareil. Combien de temps cela durerait-il ?

Il sortit de la cabine et reprit sa respiration. D'un pas lourd, il retourna à la table de ses associés.

CHAPITRE XXVI

Le lendemain matin, Charles se leva dès huit heures et demie. Il descendit faire du café dans sa robe de chambre bordeaux. En sifflotant, il prépara le plateau et reprit le chemin de la chambre. Au passage, il remit le combiné du téléphone en place. Claudia et Duncan ne manqueraient pas d'appeler pour annoncer que tout allait bien.

— Bonjour, fit-il en entrant à la forme qui remuait encore faiblement entre les draps.

Il posa le plateau et tira les rideaux d'un coup sec. Katy se protégea les yeux de la lumière et remonta la couverture sur elle.

— Quelle énergie... Quelle heure est-il ?

— L'heure de faire des choses constructives, madame Cameron. Je ne vous ai pas épousée pour que vous dormiez tout le temps. Pourquoi souris-tu ?

— Ah bon ? Il faut justifier ses sourires, à présent ? Je souriais simplement parce que tu me plais.

Il grimaça comme un gamin et servit le café dans les petites tasses délicates qu'il avait spécialement sorties pour elle.

— Je t'aime, Charles. Tu es beaucoup moins sérieux que les gens l'imaginent.

— Heureusement. Je t'aime aussi. Tiens, j'ai trouvé un cadeau, pour toi.

Il venait de sortir une boîte d'un tiroir de sa commode à linge.

— Mais, Charles, tu...

— C'est un cadeau de mariage.

— Tu m'en as déjà donné un ! protesta-t-elle.

— Il y a une loi qui empêche de faire deux cadeaux de mariage à sa femme ? Non ? Alors...

Le jour du mariage, ils avaient échangé des petits cadeaux choisis ensemble, quelque peu officiels. Mais ce matin il s'agissait d'un présent tout à fait particulier : une émeraude bordée de diamants et montée en bague. Les rayons de soleil diffusaient des reflets éblouissants dans toute la pièce, par les facettes de la pierre.

— Il ne faut pas que tu me couvres de bijoux, Charles.

— Il ne faut pas ! Il ne faut pas ! s'exclama-t-il en riant. Tu n'as pas à discuter, ma chérie : je veux te couvrir de bijoux, et rien ne m'en empêchera. Surtout pas toi. Ah, mais ! D'abord je t'ai offert ça parce que ça va avec tes yeux.

Elle hocha la tête et passa l'émeraude à son doigt. Ce n'était pas n'importe quelle babiole.

— J'ai quelque chose pour toi, aussi, murmura-t-elle.

Elle ne s'était pas encore décidée quant à la date qu'elle choisirait pour lui offrir son album, mais tout était terminé. Les photos étaient inserrées, et il ne restait plus qu'à écrire une dédicace sur la page de garde. Elle trouverait bien un moyen de s'échapper de Railspoint, dans la journée, et d'aller tout chercher à la ferme.

Si elle lui offrait l'album à la lueur des chandeliers, au dîner, l'effet serait garanti. Oui, c'était parfait : elle ferait comme ça.

— Quoi donc ?

— Tu verras, sourit-elle en tripotant sa moustache. Ce soir...

— Une surprise ?

— Une surprise.

Il était en train de porter sa tasse de café à sa bouche quand le téléphone sonna. C'était probablement Claudia.

— Charles, c'est Paul, fit celui-ci d'une voix étranglée. Il faut que je te parle.

A neuf heures du matin ? Charles fronça les sourcils.

— De quoi s'agit-il ?

Katy leva la tête, tandis qu'il posait sa main sur le genou de la jeune femme, écoutant son beau-frère dans ses laborieuses explications.

— Tout de suite ? Non, pas question, Paul. Désolé.

Il raccrocha en haussant les épaules.

— Que voulait-il ? demanda Katy avec curiosité.

— Me faire courir jusqu'à Elkins ce matin, pour lui donner des conseils sur son projet, répondit Charles d'une voix irritée.

Il avala d'un trait le reste de son café et posa sa tasse sur le plateau.

— Ça ne va pas ?

Charles lui expliqua brièvement ce que Paul lui avait annoncé.

— ... Ils sont installés dans un hôtel, où il les a persuadés de rester en attendant ma réponse. Je savais bien qu'il allait tout flanquer par terre.

Katy contempla son mari en silence :

— Il n'a encore rien flanqué par terre, répliqua-t-elle finalement, sinon qu'il a attendu trop longtemps pour demander l'opinion des entrepreneurs. Le reste n'est pas de sa faute.

— Je ne sais pas ce qu'il attend de moi. Tout ce que je peux faire, c'est leur dire honnêtement ce que je pense de leur petit meccano. Mais je ne vais pas me taper tout ce chemin aujourd'hui pour qu'il puisse garder son soutien.

— Je crois que c'est ce qu'il veut : ton évaluation objective. C'est ce qu'il a dit. Ces gars respectent énormément ton opinion. Tu ne crois pas qu'il doit s'agir d'une affaire de première catégorie pour qu'il soit parvenu à garder les trois mousquetaires de l'investissement dans cette auberge, malgré leurs réserves ? Tu ne connais même pas tous les détails..

— Tu veux que j'aille jouer les d'Artagnan dans ce bled ? Paul trouve que je suis un enculé condescendant, alors... Je ne vais pas me fouler pour le sortir de son caca.

— Tu ne m'avais pas dit ça.

— Oui, il m'a balancé ça le soir de leur anniversaire. Et tu voudrais que j'aille me faire suer là-bas ?

Katy détourna le regard. Devait-elle lui dire des choses pareilles ? Comment lui dire ce qu'il devait faire ? Elle le regarda, l'air troublé :

— Je veux que tu fasses... ce que tu as envie de faire, répondit-elle. Mais ce n'est pas une broutille pour Paul. Il s'y est investi personnellement et financièrement. Je crois qu'il a essayé très fort de changer, et que c'est en ce moment que ça se joue. S'il te téléphone, c'est qu'il n'a pas d'autre choix. Peut-être cela serait-il bien pour toi d'aller l'aider. Tu te sentirais mieux. C'est tout.

— Je me sens très bien là où je suis, répondit-il avec humeur. Et zut et flûte ! C'est bien la dernière chose que j'avais l'intention de faire aujourd'hui.

— Alors, n'y va pas.

Il s'était mis à faire les cent pas. Lorsqu'elle laissa tomber cette phrase, il se tourna vers le lit :

— Pour que ta désapprobation silencieuse me poursuive tout le long de la journée ? Tu es fatigante, parfois, avec tes airs de redresseuse de torts.

— Je ne veux pas être une redresseuse de torts, Charles. Je ne t'ai jamais caché ma position sur tes relations avec Paul. Je ne répéterai pas tout ce que j'ai dit. Si tu y vas, c'est seulement parce que tu veux y aller, et non parce que j'ai dit une chose ou une autre.

— Tu te sens l'envie d'aller à Elkins ? demanda-t-il avec un petit sourire enjôleur.

— En fait, par vraiment, répondit-elle. Je te laisserai y aller seul. Moi, j'ai des trucs à régler ici.

— Quoi ? fit-il en fronçant les sourcils.

— Taratata ! Tu sauras ça ce soir, sourit-elle. Tu ferais bien d'appeler Paul avant qu'ils ne mettent tous les voiles. Ils doivent commencer à en avoir marre de ce coin charmant. Il t'a donné le numéro ? Tu veux que je le fasse ?

— Tu t'y connais pour envoyer les gens courir sur les routes, toi... Non, il ne m'a rien laissé. Téléphone aux renseignements, fit-il l'air résigné.

Quand il eut Paul à l'appareil, tout le monde était sur le point de se séparer. Charles annonça simplement qu'il venait jeter un coup d'œil.

— Je n'aime pas du tout l'idée de te laisser seule toute la journée, fit-il en raccrochant. Je n'aime pas non plus l'idée de t'abandonner le deuxième jour de nos noces !

— Ne t'en fais pas, chéri : tu ne m'aurais pas vue de toute façon ! J'ai plein de choses à faire et je dois passer à la ferme. Tu comprendras tout ça plus tard, quand tu reviendras. J'ai préparé quelque chose de très spécial pour toi. Irène sera là, du reste... C'est son jour. Okay ? Et puis, tu ne pars pas sur la lune. Elkins est à cent cinquante kilomètres d'ici.

Il tira le drap et embrassa l'un de ses seins avant de se décider enfin.

CHAPITRE XXVII

Katy ne s'éternisa pas dans la chambre ensoleillée de Railspoint. Après avoir pris un petit déjeuner léger, elle se mit en route à pied pour sa ferme. En chemin, elle décida de passer par la colline où elle allait si souvent autrefois. Cela faisait longtemps qu'elle n'avait pas admiré ce paysage. Quel chemin parcouru en huit mois ! Tout s'était passé plutôt différemment de ce qu'elle avait imaginé !

Après un moment de contemplation, elle se décida à descendre de l'autre côté du versant. Irène n'était pas encore arrivée. Elle monta dans sa chambre pour prendre un cachet contre les maux de tête, puis s'enferma dans la chambre noire.

Elle n'était pas mécontente de la façon dont elle avait travaillé ces photos. Elles n'auraient pas soutenu la comparaison avec les premières, mais une fois dans l'album l'effet était assez réussi. Les huit-sur-dix rendaient remarquablement dans l'album doré sur tranche.

Il lui fallut près d'une heure pour tout mettre en place, et quand le travail fut fini elle se trouvait de fort méchante humeur. La douleur ne s'était pas atténuée, au contraire. A bout de forces, elle se tint la tête d'une main pour écrire sa dédicace. Une fois signé, elle referma le livre et se leva. Elle rangerait plus tard. Avant de quitter la pièce, elle prit au passage une photo encadrée qu'elle avait préparée pour Charles : c'était une belle vue de la façade de Railspoint. Elle l'avait fait encadrer en ville.

Devant l'escalier, pourtant, elle renonça à la monter maintenant. Plus tard... Elle regrettait à présent de n'être pas venue en voiture. Chaque marche provoquait une douleur intense dans sa tête, et elle avait envie de se donner des coups sur les tempes quand elle arriva en haut. En poussant la porte, elle eut un choc qui faillit lui faire perdre l'équilibre : elle ne voyait plus rien...

Très vite, la lumière revint, c'était comme si on avait fait passer un drap noir devant ses yeux pendant quelques secondes. Elle se raccrocha à la poignée de la porte, mais plus rien ne se passa. Elle posa son album sur la table de la cuisine, s'assit sur une chaise et se prit la tête à deux mains. Elle grimaça de douleur. Brusquement, le voile noir revint, plusieurs fois de suite, restant plus longtemps à chaque fois.

Accrochée au rebord de la table, Katy attendit que la vue lui soit rendue. Il n'y avait pas de raison de paniquer, mais c'était assez incompréhensible. La veille, le scanner avait montré un état stationnaire et le Dr Philbin avait eu l'air satisfait. Il fallait qu'elle l'appelle très vite.

Elle se dirigeait vers le téléphone quand elle entendit la clé dans la serrure. C'était Irène...

— Tiens, quelle bonne surprise ! Bonjour, fit celle-ci en apercevant Katy. Je ne pensais pas vous trouver ici. Votre voiture n'est pas là ?

— Irène... J'ai... j'ai... un problème.

La voix de Katy était blanche. Elle se soutenait à la chaise qu'elle venait de quitter. Irène remarqua la pâleur de la jeune femme et accourut.

— Il faut appeler le médecin, dit-elle après avoir aidé Katy à s'installer sur le sofa.

Elle composa le numéro et porta le téléphone au chevet de la malade. Philbin était chez lui et ordonna à Katy de se rendre immédiatement à l'hôpital. Il s'y précipitait de son côté. Irène prit son sac et se dirigea vers la porte :

— Je vais chercher ma voiture. Restez tranquille en attendant. N'allez par courir partout dans la maison, hein !

— Ne vous en faites pas, Irène, fit Katy d'une voix tremblotante.

— La tumeur saigne, madame Cameron. De façon infinitésimale. Cela arrive, parfois...

Ted Philbin était soucieux : il considéra encore une fois sa patiente, couchée sur la table d'examen, une main posée sur son front. Elle n'avait plus eu ce voile noir devant ses yeux depuis son départ de chez elle, et la douleur s'était apaisée, mais avec l'aide d'un médicament plus fort que Philbin lui avait donné.

— Le saignement semble s'être arrêté. C'est lui qui était à l'origine de ce que vous avez ressenti devant les yeux. C'est peut-être ce que va faire cette tumeur dorénavant. Vous avez été un cas particulier depuis le début. Il se peut qu'elle saigne comme ça, ou plus fort, dans n'importe quelles circonstances, ajouta-t-il en jouant avec son stylo. C'est une complication très sérieuse... Il faudrait vous faire admettre à l'hôpital immédiatement...

— Non !

Katy s'était redressée. Elle tremblait comme une feuille. Elle ne se sentait absolument pas prête. Le déclin était venu si vite. La tumeur avait réussi à la surprendre, malgré la connaissance qu'elle avait de sa présence depuis un an... Dans cette course avec la mort, Katy avait perdu : la croyant derrière elle, et à bonne distance, elle avait relâché son attention et le mal avait resurgi. Tout se passait comme si, pendant un an, elle avait répété une scène finale, sans croire un instant qu'elle aurait vraiment à la jouer. Maintenant qu'on lui demandait de se lancer, alors qu'elle avait tant de projets, elle s'insurgeait contre son sort. Elle se mit à pleurer sans pouvoir se calmer. Bien sûr, elle savait que ce jour viendrait. Mais pas comme ça ! Charles, il fallait qu'elle appelle Charles.

— Vous connaissez ma position, docteur. Je n'en ai pas changé : je n'irai pas à l'hôpital. Je sais quelles sont mes chances et je veux être chez moi. Pouvez-vous appeler le service d'infirmières pour moi : qu'ils m'envoient quelqu'un à Railspoint tout de suite. Je rentre chez moi.

Il s'éclaircit la voix et se permit d'insister encore une fois :

— Katy, je connais parfaitement votre position, mais en tant que médecin je préférerais vraiment que...

— C'est comme ça que ça se passera ! s'exclama-t-elle, au bord de la crise nerveuse. Voulez-vous faire ça pour moi ?

Il haussa les épaules et finalement acquiesça, à contrecœur.

— Je vais appeler une ambulance pour vous ramener...

— Non, je n'en ai pas besoin. Irène m'attend en bas.

— Okay, mon assistante vous aidera à vous installer. Où est votre mari ?

— Près de Richmond.

Ses photos ! Elles étaient toujours sur la table de la cuisine, chez elle. Il fallait qu'elle les prenne.

— Il faut que vous le préveniez... Je peux le faire si vous voulez, proposa le Dr Philbin.

— Non, je le ferai dès mon arrivée à Railspoint.

— Comme vous voudrez. Couchez-vous dès que vous serez là-bas, ordonna-t-il. Et reposez-vous. Prenez une autre dose de vos anticonvulsifs, et surtout ne faites plus rien. Il y aura une infirmière avec vous dès votre arrivée. Moi-même, je passerai plus tard pour tout mettre en place.

— Il faut que nous passions avant à la ferme : j'ai laissé un album de photos que je veux donner à Charles. Il est sur la table de la cuisine, annonça-t-elle à Irène, une fois installée dans sa voiture.

— J'irai le chercher plus tard, Katy. Nous devrions aller directement à Railspoint...

— Le détour n'est pas long, insista Katy, retenant son envie d'exploser de colère et de dépit. Je dois le lui donner ce soir, car je ne sais pas quand je pourrai retourner à la ferme.

Y retournerait-elle seulement ? Et si cela se produisait, aurait-elle assez de conscience pour reconnaître les lieux, ou même voir où elle serait ?

Irène ne put refuser cette prière désespérée. Elle l'accompagna donc jusqu'à l'endroit où elle avait laissé l'album. Quand elles arrivèrent à Railspoint, il n'y avait encore personne.

— Je vais rester jusqu'à l'arrivée des infirmières et du Dr Philbin, décréta Irène en guidant Katy dans l'escalier. Vous savez exactement où se trouve Charles ?

— Il a laissé le numéro du motel où Paul a passé la nuit. C'est sur notre table de chevet, dans la chambre.

Katy se sentait plus calme, plus sécurisée, maintenant qu'elle avait les photos entre ses mains. Philbin avait dit qu'il n'y aurait peut-être pas de nouvelles complications avant longtemps. Personne ne pouvait dire comment la tumeur allait évoluer. Son mal au crâne avait diminué et sa vue était normale. L'espoir... toujours l'espoir.

— Je voudrais vous remercier pour votre aide, aujourd'hui, Irène, fit-elle en se tournant vers la femme qui la soutenait toujours par le bras. Vous et Royce avez été si bons pour moi.

— Hé, c'est bien naturel, dites donc ! Je suis simplement contente d'avoir été là au moment où vous en aviez besoin. Nous devrions laisser la porte ouverte, au cas où quelqu'un arriverait pendant que nous sommes en haut.

Elles étaient entrées dans la chambre. Irène conduisit Katy sur le lit.

— On entend très bien le carillon, fit remarquer Katy.

— Oh, juste au cas où... Vous voulez que j'appelle Charles, pendant que vous vous reposez ?

— Non, Irène : je préférerais le faire moi-même. Il sera moins affolé. En plus, je ne suis pas sûre de pouvoir le joindre tout de suite : il m'a dit qu'ils iraient probablement sur le site. Je laisserai un message à la réception.

La douleur aiguë qu'elle ressentit à ce moment lui coupa le souffle, et elle eut l'impression d'étouffer tant c'était fort. L'obscurité se fit brusquement. Il n'y avait plus d'espoir. Plus rien à quoi se raccrocher. Charles, Robin, Duncan... Elle ne les reverrait plus jamais. Elle hurla le nom de Charles. Et puis ce fut le néant.

Elle n'entendit pas le cri d'Irène quand elle glissa sur le sol, au pied du lit, et que son épaule heurta le cadre de bois. L'album de photos tomba à ses pieds. En sanglotant, Irène s'agenouilla derrière elle et la prit dans ses bras pour la bercer doucement.

CHAPITRE XXVIII

— ... Vous avez quelques problèmes, c'est sûr, mais rien qui ne puisse être résolu. Il vous faudra compter quinze à vingt pour cent en plus dans les coûts. C'est beaucoup, mais votre affaire rapportera infiniment plus.

Charles était adossé à sa voiture, rangée sur le chemin de terre qui conduisait aux terrains convoités. Bill, Pearson et Frank formaient un cercle autour de lui et Paul se tenait légèrement en retrait.

— Bon, ça reste une entreprise viable, fit Bill en plongeant ses mains dans ses poches. Mais ça ne change rien au fait que je ne veux pas mettre un sou de plus dans le sac. En fait, je serai plus clair encore : je ne peux pas me permettre d'allonger ma part supplémentaire. J'ai d'autres investissements dans lesquels je suis bien engagé, et je ne vais pas les sacrifier.

— Ouais... Ça fait beaucoup d'argent, au total, marmonna Pearson.

— Tu penses que tes estimations sont justes ?

— Honnêtement, oui, répliqua Charles à qui la question s'adressait. Je ne vous apprendrai pas qu'il y a toujours des coûts supplémentaires sur lesquels personne n'avait compté. Vous savez ça... Je ne peux pas vous en dire plus : il est certain que construire ici présente des problèmes particuliers.

— Il y a un autre point qui reste inchangé, reprit Bill. Je ne crois pas que Paul soit capable de se débrouiller seul.

Les regards se tournèrent vers l'intéressé, qui baissa la tête et fixa le bout de ses souliers.

Appeler Charles au secours n'avait rien été à côté de la suite, quand il avait épluché les rapports, discutant avec autorité, réduisant au silence ses interlocuteurs. Charles, sans la moindre difficulté, s'était installé dans les pantoufles de Paul et avait joué son rôle... mieux que lui, et sans même la plus petite préparation.

— Je peux vous donner ma parole que je ferai tout ce qui est en mon pouvoir pour...

— Moi, ça ne me suffit pas, trancha abruptement Bill Loomis, avant de s'adresser à ses associés. Désolé pour vous, les gars. Je vous ai dit que j'écouterais Charles, et je l'ai fait, mais ma décision reste la même. Je me retire. Vous pouvez rester, bien sûr : ce n'est pas mon affaire. Ce n'est plus mon affaire, plus exactement.

— Non, si tu te retires, pour moi ça ferait trop d'argent en plus.

Charles hocha la tête en voyant le groupe se séparer.

— Attendez, fit-il avant que Paul ne puisse placer un mot. Je prends les frais supplémentaires en charge...

Bill s'arrêta dans son élan et considéra son ami d'un œil dubitatif :

— Tu es sérieux ?

— Non, j'adore les blagues de mauvais goût, répliqua Charles avec un petit sourire. Bill, je t'ai dit que cette affaire est juteuse. Elle m'intéresse.

A la vérité, Charles avait été stupéfait de ce que Paul avait entrepris, et encore plus de son idée originale. Il regrettait aussi d'avoir manifesté un tel mépris pour une affaire aussi remarquable à long terme. Jamais il n'avait envisagé de s'intégrer dans un projet comme celui-ci, surtout hors du comté de Lafayette, mais quelque chose lui disait qu'il pouvait bien faire une entorse à sa règle.

— Vous maintenez votre investissement au niveau initial, et moi, je prends le reste. Nous pourrons mettre tout ça par écrit, plus tard, chez Nat...

— Et Paul ? Tu envisages de le laisser aux commandes, ou tu prends l'affaire en main ?

— Je ne prends rien en main : c'est même plutôt l'inverse, actuellement. Katy et moi passerons l'été en Europe.

— Alors...

— Mais je lui donnerai un coup de main, continua Charles avec conviction. Nous travaillerons ensemble sur les détails avant mon départ, et je resterai en rapport avec lui en permanence, même là-bas.

— Heu... Dans ce cas, je veux bien rester avec vous... Si cela te convient, Paul ? intervint Bill. Nous ferions bien de nous presser, les gars. Il est une heure et demie : nous avons juste le temps de prendre les voitures au motel et d'aller voir les notaires à Richmond.

Charles les raccompagna à l'auberge. Bill resta dans la voiture le dernier et posa la main sur l'épaule de Charles :

— Je n'y comprends plus rien, vieux : tu es bien la dernière personne à laquelle j'aurais pensé pour tendre la perche à Paul...

— Les temps changent, répondit Charles avec un petit sourire amusé. Tu devrais le savoir : la dernière fois que nous en avons parlé, tu faisais la charité pour lui.

Bill leva les yeux au ciel.

— Okay. Allez, va, nous n'avons pas besoin de ta signature pour aujourd'hui, saint Vincent de Paul.

— Nat nous concoctera un petit contrat cette semaine. Il adore ça.

Ils se retrouvèrent tous dehors. Paul s'était rapproché de Charles et quand Bill lui demanda s'il venait, il annonça qu'il les rejoindrait sur place. Quand il fut seul avec Charles, il commença à se balancer d'un pied sur l'autre, mal à l'aise.

— Je te dois beaucoup de remerciements, Charles. Tu m'as sauvé la mise. Je ne comprends pas très bien pourquoi tu as fait ça, sinon que je suspecte Katy de t'avoir mis au volant.

— C'est vrai que c'est une fille charitable, Paul, mais elle a surtout beaucoup de jugeote. Et puis... il est peut-être temps pour moi de changer d'attitude.

— Je voulais aussi m'excuser pour la soirée d'anniversaire, fit Paul en baissant le ton.

— Bah, tu avais probablement raison et c'est moi qui devrais m'excuser d'avoir pris des airs supérieurs pendant des années. Il m'est arrivé d'être injuste... pas qu'avec toi, du reste.

— Et moi, je t'ai un peu trop admiré pendant ce temps. Ce n'était pas bon : je n'arrivais pas à m'affirmer.

— Oui, quelqu'un m'a dit ça, récemment.

— Si on prenait un verre ? proposa Paul. Ah, non, c'est vrai, il faut que j'aille signer les papiers.

— Oui, appelle-moi dans un jour ou deux. Nous avons encore des points à examiner dans le projet.

Ils se serrèrent amicalement la main pour la première fois depuis des années, et Paul traversa le parking en direction de sa voiture, mais avant de monter il se ravisa et revint vers Charles :

— Je voulais aussi te dire que je... j'ai très mal vécu d'avoir ainsi gaspillé l'argent de ta sœur, pendant toutes ces années. J'espère pouvoir la rétablir dans ses biens grâce à cette affaire.

Charles le regarda s'éloigner. Pas de doute, Katy avait raison : il essayait de changer, depuis quelque temps. Il s'apprêta à prendre sa voiture, mais décida que ce serait mieux de donner un petit coup de téléphone à Railspoint pour annoncer qu'il était sur le chemin du retour.

Quand il entra dans le hall, le gardien lui fit signe :

— Un message pour vous, Monsieur Cameron. Vous devez appeler chez vous de toute urgence. Vous pouvez vous servir de ce téléphone.

Charles composa frénétiquement le numéro.

— Charles à l'appareil...

C'était la voix d'Irène.

— Charles, j'essaie de vous appeler depuis une heure. Rentrez vite. Katy a eu une attaque. La tumeur s'est mise à saigner ce matin. Le Dr Philbin est ici, avec elle. C'est très grave...

Charles n'en entendit pas plus. A la vitesse d'une fusée, il sortit de l'hôtel, laissant le combiné sur le comptoir. Paul venait de démarrer, et quand il aperçut Charles jaillir du bâtiment comme un fou il s'arrêta et baissa la vitre :

— Qu'est-ce que... ?

— Katy ! cria Charles en sautant dans sa voiture.

Le retour fut une véritable torture. Il roula pendant les cent cinquante kilomètres à toute allure, ignorant la limitation de vitesse. Tout le long du chemin, il n'arrêta pas de se reprocher son voyage. Quand il arriva enfin, Ted Philbin et

Irène Lincoln se trouvaient sur le perron. Ils descendirent tout de suite à sa rencontre.

— Je suis heureux que vous arriviez enfin, Charles, dit Philbin en lui prenant le bras.

— Comment va-t-elle ?

Il était trop tard ! Elle était partie !

— Elle a un peu récupéré... plus que je ne le pensais. Je suis arrivé juste après l'attaque. Elle a repris conscience il y a quelques instants, mais son côté gauche est paralysé. Elle ne voit plus rien, mais elle peut parler un petit peu, bien qu'il soit difficile de la comprendre. En partie à cause des médicaments que je lui ai donnés contre la douleur et les convulsions. Il est impossible de savoir combien de temps elle va se maintenir. Elle peut avoir une nouvelle attaque à n'importe quel moment. Franchement, c'est prévisible et j'aimerais la transférer à l'hôpital, où...

— Non... fit Charles d'une voix autoritaire. Elle ne veut pas de ça...

Philbin inclina la tête :

— Je sais, mais...

— N'insistez pas : elle reste.

Il était inutile de discuter avec le nabab de Lafayette quand il parlait sur ce ton. Tout le monde ici le savait et Philbin le comprit très bien. Charles esquissa le mouvement de rentrer dans la maison, mais Irène le rattrapa par le bras :

— Mme Sherbourne a appelé, il y a environ une heure. Duncan voulait dire bonjour. Je l'ai mise au courant et elle ramène votre fils.

Charles hocha la tête et entra dans la maison.

CHAPITRE XXIX

Quand il entra dans la chambre, la vue de Katy, allongée sur leur grand lit à baldaquin, lui brisa le cœur. Elle avait les yeux fermés, le visage de cire. On lui avait passé une chemise de nuit bleu ciel. Près de la fenêtre, une infirmière veillait, assise sur une chaise. Elle avait tiré les rideaux, pour atténuer la lumière... cette lumière que Katy ne voyait plus.

— Monsieur Cameron ? demanda-t-elle en se levant.

— Oui, dit-il sans quitter sa femme des yeux. Elle est encore consciente ?

— Oui, mais elle s'est endormie.

— Pouvez-vous nous laisser, je vous prie ?

Quand il entendit la porte claquer discrètement, il installa une chaise près de la tête du lit et se pencha sur Katy.

— Kate ? Tu m'entends ! chuchota-t-il dans son oreille.

Elle remua imperceptiblement. Alors, il baisa ses lèvres et caressa ses cheveux.

— Je suis avec toi, ma chérie.

— Char...

Ses yeux s'ouvrirent brusquement. Elle ne pouvait pas le voir, mais elle l'entendait et le sentait. Il vit son sourire.

— Tu es magnifique, mon amour... fit-il en reposant sa joue contre la sienne.

— ... Okay... C'est... Okay... Char... bredouilla-t-elle avec peine.

Il redoubla de caresses pour elle.

— Je suis ici, avec toi. Tu n'es pas seule.

— ... t'aime...

Il serra les mâchoires et pressa la main de Katy dans la sienne.

— Je t'aime aussi, Katy Cameron... fit-il.

Elle dégagea sa main et tâtonna sur le côté du lit.

— Qu'y a-t-il, Kate ?

Il y avait une sorte de désespoir dans les gestes de Katy qui désarma Charles.

— ... tos... bum...

— Chérie... Je ne comprends...

— Elle veut son album de photos...

Surpris, Charles tourna la tête. C'était Irène, qui venait d'entrer discrètement. Elle s'approcha de la table de chevet.

— C'est ça... fit-elle en sortant le livre d'un tiroir.

Charles prit dans ses mains le lourd album relié.

— Katy, je donne l'album à Charles, dit Irène à voix haute. Elle l'avait préparé pour vous. Elle voulait absolument que vous l'ayez aujourd'hui...

Il considéra l'ouvrage, mais Irène posa sa main sur son épaule :

— Je suis montée pour vous dire que le Dr Philbin est parti. Il a un patient à voir à l'hôpital ; il reviendra ensuite. L'infirmière est dans le hall. Ah... et Mme Sherbourne est arrivée. Je vais m'en aller, à moins que vous pensiez avoir besoin de moi...

— Non, je vous en prie, Irène, rentrez chez vous, et merci pour tout.

Il baissa les yeux sur l'album et le caressa longuement :

— C'est ce que tu voulais faire aujourd'hui, hein ? dit-il. Non, ne te fatigue pas. Ne parle pas.

Il ouvrit la couverture, et lut la dédicace.

A Charles.

C'est le plus beau cadeau que j'aie pu te trouver : ce que tu étais pendant le trop court moment que nous avons vécu ensemble.

A mon amour éternel.

Kate.

Il referma le livre : il savait trop bien ce qu'il trouverait dedans et il avait peur de s'effondrer. Prenant son courage à deux mains, il le feuilleta, et quel ne fut pas son étonnement. Comment avait-elle pu prendre toutes ces photos sans qu'il s'en aperçoive ? Tout, dans cet album, était exceptionnel. Les expressions de Duncan, la lumière, la clarté.

La porte s'ouvrit quand il le referma pour la seconde fois, et Claudia apparut, tenant Duncan par la main.

Ce dernier se précipita dans les bras de son père et se mit à sangloter. Claudia s'approcha doucement :

— Je suis revenue aussi vite que possible. Elle est toujours consciente ?

— Oui.

Claudia s'installa de l'autre côté du lit et prit la main de Katy.

— Katy... j'ai ramené Duncan : il est ici.

Charles desserra son étreinte et fit asseoir son fils sur le lit.

— Tu peux lui parler, mon garçon. Elle entend encore très bien.

Katy déplaça son bras pour le toucher. Elle parvint à lui caresser légèrement le dos.

— Katy ! pleura l'enfant en s'accrochant à son bras.

— Pleure... pas... t'aime...

— Je t'aime, maman.

Charles se leva et fit signe à sa sœur qu'il fallait s'arrêter là.

— Duncan, c'est très difficile pour elle de parler, dit Charles. Va avec ta tante ranger tes affaires. Tu reviendras plus tard. Je reste avec elle.

Duncan descendit du lit, et, remarquant l'album posé à côté :

— Ce sont les photos de Katy, celles qu'elle a prises en secret.

— Je sais.

— Sauf que ce ne sont pas les vraies. Ce sont d'autres photos, qu'on a prises ensemble. Les premières, je les ai coupées...

L'enfant se jeta contre son père en pleurant encore plus fort, et Charles se remémora les événements de cette journée dramatique, quand Katy s'était mise en colère et l'avait frappé. Il comprit alors pourquoi elle avait réagi si vivement, et tout ce qu'elle avait dû entreprendre pour constituer cet album.

Mais il voulait se retrouver seul avec elle, maintenant. Il caressa les cheveux soyeux de son fils et le rassura :

— Ce qui est fait est fait, mon chéri. Va donc dans ta chambre pour le moment. Je vous appellerai...

Duncan se pencha sur Katy et l'embrassa :

— Au revoir, maman...

L'enfant sortit, la tête baissée... Avant de quitter la pièce, Claudia s'approcha de son frère et l'embrassa sur la joue.

— Ça ira ?

— Oui, ne t'en fais pas pour moi. Assure-toi que Duncan va bien. Surveille-le de près, veux-tu ? Dis à l'infirmière que je l'appellerai si j'ai besoin d'elle. Je veux rester seul avec Katy.

— Je m'occupe de tout. Je ferai revenir Lydia, et le personnel aussi.

Quand la porte se referma, Charles se dirigea vers les fenêtres et ouvrit les rideaux. Il voulait de la lumière, de la clarté ! Katy adorait ça... Il contempla la vue des prés, autour de la propriété. C'était le printemps, et l'herbe disparaissait sous les fleurs.

Il s'installa sur le lit, à côté de Katy, la prenant dans ses bras avec précaution.

— Char...

Katy avait souri légèrement du côté qu'elle pouvait encore contrôler, et elle glissa la main sur la poitrine de son mari.

— Inutile de parler, je veux que tu m'écoutes, seulement...

Il y avait des centaines de choses qu'il voulait lui dire. Elle était terriblement pâle. Ses yeux verts étaient magnifiques, mais sans cet éclat qui les caractérisait avant. Bien qu'encore persuadé qu'un miracle pouvait se produire, qu'elle pouvait peut-être recouvrer la vue, il savait, d'une certaine façon, qu'il n'en serait rien, et que la mort n'était plus très loin.

— Ces photos, Kate : elles sont merveilleuses. J'ai compris aussi tout ce que tu as enduré et souffert pour obtenir ce résultat. Tu es la femme la plus incroyable que... A propos de Paul, fit-il, comme si le temps manquait, je vais l'aider. Je vais participer à leur opération, pour couvrir les dépenses supplémentaires. Je pourrai superviser son travail et lui donner des conseils. Je me suis excusé auprès de lui pour la façon dont je me suis conduit, pendant tout ce temps. Tu avais raison : il essaie de changer, et je l'aiderai à cela, aussi...

— ... t'aime...

— Chut... N'essaie pas de parler : c'est trop dur pour toi, en ce moment, répliqua-t-il en la prenant encore plus fort dans ses bras. Pour ce qui est de Duncan, et de moi, ne t'en fais pas : nous nous en sortirons. C'est promis. Je t'ai aimée de tout mon cœur et de toute mon âme, et je t'aimerai toujours.

Il posa ses lèvres sur celles de Katy. Elle ne pouvait pas les bouger, mais sa main répondit pour elle.

— Repose-toi, maintenant, je reste ici, avec toi, murmura-t-il en reposant la tête sur l'oreiller voisin de celui de Katy.

Avec elle, il ferma les yeux et riva son attention sur la chaleur, la vie, qui coulaient encore dans les veines de sa femme. Pour qu'à jamais lui reste cette incomparable sensation...

Katy mourut une heure plus tard. Charles sentit le choc la frapper, mais il n'appela personne, ni ne cria. Il se contenta de la tenir plus doucement, plus amoureusement. La violence de cette disparition le frappa, lui, de plein fouet. Il avait cru être prêt, mais il n'en était rien. Il fut comme terrassé par la douleur et explosa littéralement de chagrin. Longtemps après qu'elle eut rendu son dernier souffle, il pleura dans ses bras, et caressa ce visage sans vie mais toujours beau.

EPILOGUE

— La seconde place va à Donna Lambert, et la troisième à Duncan Cameron.

Tout le monde applaudit les trois enfants victorieux, qui étaient montés sur l'estrade de la salle. Après un petit discours, chacun se leva et les amis se rassemblèrent en petits groupes. Duncan, dans son costume bleu, repassé le matin même pas Lydia, rejoignit son père et Claudia. Ce fut Paul qui le félicita le premier, en lui tendant une petite boîte, qui contenait une montre. Un vrai cadeau de grande personne...

— Bravo, mon garçon, lança Charles en l'attrapant pardessous les épaules.

— Tu as vu que Jeremy ne s'est même pas classé, sourit Claudia, en rajustant sa cravate légèrement déplacée.

— Je n'ai pas gagné quand même, fit Duncan.

— Tu as été formidable, Duncan. Moi, je n'ai pas vu de différence avec la première. Et puis, c'est bien connu : les filles sont des bûcheuses.

— Katy aurait été fière de moi, continua Duncan. Elle l'a dit...

— Tu parles qu'elle aurait été fière de toi, s'exclama Charles en lui serrant la main plus fort. Elle était fière de toi rien que lorsque tu as décidé de participer.

— Tu crois qu'elle peut nous voir ? demanda l'enfant en levant la tête d'un air dubitatif.

— Je crois bien ! Sûr qu'elle sait tout ça.

A l'entrée de l'auditorium, ils rencontrèrent Bill Loomis, qui se pencha d'abord sur le jeune roi de la fête :

— Démonstration de première, fiston, fit le grand bonhomme qui était venu avec sa femme pour soutenir leur petit-fils. Comment ça va, Charles ? Ton centre de conférences avance à pas de géants, dis donc. Je ne savais pas qu'ils en étaient déjà aux fondations : j'y suis passé ce matin par hasard. Je voulais aussi te dire que c'est une très bonne idée de l'avoir appelé « Centre Barrows ». Personne ne te l'a peut-être dit, mais moi, je trouve ça très bien.

Charles hocha la tête mais ne dit rien. Six semaines s'étaient écoulées depuis l'enterrement de Katy, et le grand panneau avait été monté peu de temps après sur les lieux du chantier.

Paul et Claudia se joignirent à eux, après avoir échangé quelques mots avec des amis, et Paul sortit une lettre de sa poche pour Bill.

— Tu jetteras un coup d'œil là-dessus. C'est le devis définitif, avec toutes les dépenses supplémentaires. Murcheson et nous l'avons mis au point, l'autre jour...

Bill fourra le papier dans sa poche. Il était stupéfait des changements qui s'étaient opérés chez Paul. Evidemment, se savoir soutenu par Charles devait l'avoir aidé, mais cette confiance en soi semblait beaucoup plus authentique que ça.

— Je me demande où tu trouves le temps de mener toutes ces opérations à bien, Charles, fit remarquer Bill. Deux projets, Railspoint, et la présidence du conseil d'administration de l'hôpital.

Charles sourit :

— Oh, c'est une question d'organisation.

— Faut croire... Allez, il faut que je file : ma femme m'appelle. Mes félicitations, encore une fois !

— Nous allons rentrer, nous aussi, fit Charles en s'adressant à Claudia et Paul.

— Tu es sûr de ne pas vouloir dîner avec nous pour ton anniversaire ? demanda Claudia.

— Non, Duncan et moi avons décidé de rester à la maison, répondit Charles en serrant la main de son fils.

— Tu es sûr ?

— Tout à fait sûr, merci.

Claudia se faisait beaucoup de souci pour son frère. Il semblait supporter l'absence de Katy, mais elle savait aussi combien il se confiait peu. C'était un homme très réservé en public, à présent. Il l'avait toujours été, mais ça ne s'était pas amélioré. Il n'avait rien dit depuis la mort de Katy qui pût laisser voir son immense chagrin. Il n'avait pas pleuré à l'enterrement.

Paul et Claudia s'arrêtaient fréquemment à Railspoint, pour s'assurer qu'ils allaient bien tous les deux, et Lydia leur tenait lieu d'agent de renseignement. Chaque fois, ils avaient trouvé Charles en train de travailler : dans son bureau avec ses papiers ; avec des clients, aux écuries ; à cheval, dans la campagne. Il semblait être devenu beaucoup plus contemplatif, aussi. Une fois, même, elle l'avait aperçu, perché sur Nazrah, tout en haut d'une colline qui surplombait ses terres, mais cachait aussi la ferme de Katy.

Quelle ironie : au moment où la vie souriait à la sœur, elle tournait le dos au frère.

— Je t'appellerai demain, fit Charles en s'adressant à Paul.

A Railspoint, Charles accompagna son fils jusqu'au pied de l'escalier :

— Monte, je te rejoins. Il faut que je regarde quelque chose dans mon bureau, avant de me changer. Tu veux monter à cheval, cet après-midi ? Je demanderai à Horace de préparer Lancer, ton poney.

— Okay... Papa ?

— Oui ?

— J'aurais bien aimé gagner, aujourd'hui, juste pour avoir mon nom dans le journal, et tout l'article sur moi. Et sur ma maman, Katy.

Charles posa la main sur la tête de Duncan et se baissa en face de lui :

— Tout le monde sait que Katy était ta maman, gros bêta. Tu n'as pas à te faire de bile pour ça... Le journal l'a déjà dit, quand il a annoncé son décès. Tu te souviens bien ? Tu me l'as fait remarquer.

Ils se parlaient souvent comme ça : ce nouveau coup du sort, à la différence du départ de Véronica, les avait rapprochés.

— Mon autre maman ne m'a jamais aidé à grandir, mais moi, je vais le faire, répondit Duncan, morose.

— Certainement. Et puis Katy t'a montré comment, hein ?

Oui, Katy avait enseigné à Duncan comment grandir, mais aussi comment persévérer, vivre. Duncan n'était pas heureux. Il pleurait encore la nuit, et déambulait tristement dans la campagne comme une âme en peine, mais il y avait de la force dans ce garçon. Une force qui jamais auparavant ne l'avait habité. De lui-même, une semaine après l'enterrement de Katy, il avait demandé à son père de participer malgré tout au concours.

Ils devaient partir pour Boston dans deux jours.

— Tu sais que Katy serait heureuse de savoir combien elle t'a aidé...

Charles s'enferma dans son bureau dès que son fils s'engagea dans l'escalier. Il n'avait pas de coup de téléphone à donner, ni de travail urgent à accomplir. Il voulait juste être seul, seul avec le portrait de Katy.

Derek Singleton l'avait livré trois semaines plus tôt, et depuis Charles passait des heures à la contempler. C'était comme si elle avait été là. Singleton avait retrouvé son sourire, ses attitudes, la couleur de sa chair.

Il n'avait pas surmonté sa perte. La douleur passerait avec le temps, il le savait, mais la perte, le manque, resterait pour toujours.

L'enterrement avait été aussi magnifique, dans la dignité et la majesté, que le mariage, cinq jours avant. Tous les instants avaient été poignants, et surtout l'arrivée de Robin, revenue d'urgence de Hong Kong, le lendemain même de son vol d'aller. Mais Charles n'avait pas flanché : son chagrin ne fut offert aux yeux de personne, excepté ceux de Katy, dans l'intimité de son bureau.

Robin devait se charger de la décoration du centre de conférences. C'était son idée personnelle, et Katy n'avait jamais essayé de l'influencer. Jamais elle ne lui avait même parlé des capacités de Robin.

Il avait hérité de la ferme, et les barrières blanches avaient été repoussées plus loin. C'était symbolique : à présent, Katy était en lui, comme sa ferme était entrée dans le domaine de Railspoint. Deux passions avaient été incorporées l'une dans l'autre...

La ferme resterait intacte. Il s'y rendait du reste encore

souvent, au cours de ses promenades à cheval, pour en écouter ce silence qui pour lui seul évoquait l'amour. Il entendait encore ses pas, son rire, sa voix...

C'était parfaitement contraire à ce qu'elle avait voulu : il le savait. Un jour, peut-être, il retrouverait ses forces, mais aujourd'hui le temps était à la vénération... Il n'y pouvait rien.

Dans son cercueil, Katy avait été revêtue de sa robe de mariée, mais ses bijoux, comme elle l'avait demandé, avaient été mis en sûreté pour le jour où Duncan se fiancerait à son tour.

Au cours d'une de ses visites à la ferme, Charles avait trouvé la photo de Railspoint que Katy avait fait encadrer, mais qu'elle n'avait pu monter avec elle, le jour de sa mort. Elle se trouvait toujours au pied de l'escalier, dans la cave. Il devina ce qui s'était passé, et put ainsi recréer les derniers instants de sa femme, lorsqu'elle avait achevé son travail dans son laboratoire : tout était encore en place, quand il y entra. La douleur ne lui avait pas laissé le loisir de ranger.

Le carillon de la porte tinta, et Charles ne put s'empêcher de froncer les sourcils. Il n'attendait personne, et ne voulait pas être dérangé.

Il entendit les pas martiaux de Lydia et les murmures d'une conversation. On frappa ensuite à sa porte. Charles se tamponna les yeux et alla ouvrir, se composant un visage impassible.

— Oui...

C'était Lydia, et Sam Allen, le fleuriste de la ville. Il tenait à la main une boîte enrubannée.

— Excusez-moi, monsieur Cameron, je voudrais vous parler. Je suis passé plusieurs fois pour vous remettre ceci, mais vous n'étiez pas là.

— Oui, je suis assez occupé, fit Charles d'une voix neutre. Vous auriez dû donner ça à Lydia...

— Heu... non. C'est un peu spécial. Je peux vous en parler en privé ?

— Bien sûr... fit Charles en croisant le regard de sa gouvernante.

Lydia disparut et Charles laissa Sam Allen entrer dans son bureau.

— Votre femme est venue chez moi il y a quelques mois et a fait quelques arrangements avec moi. Elle voulait que cela soit livré pour votre anniversaire, si elle disparaissait avant ce jour. Vous recevrez la même chose à chaque anniversaire et à chaque Noël de sa part. Duncan, de même, recevra une rose rouge en ces mêmes occasions. Voilà.

Remarquant que Charles clignait des yeux et que son visage se murait, Sam Allen hocha tristement la tête et se retira

De nouveau seul, Charles regarda la boîte pendant un long moment sans oser l'ouvrir. Il ne put s'empêcher de sangloter quand il dégagea le couvercle.

C'était une orchidée blanche. A travers ses larmes, il aperçut la petite carte, qu'elle avait fait glisser entre les pétales, et la lut :

Bon anniversaire, Charles, mon amour,
Tu es pour moi le plus exceptionnel des hommes.
Je t'aimerai, pour toujours.
Kate, qui t'adore...

Il se jeta lourdement dans un fauteuil et laissa tomber la carte sur le tapis. Lentement ses yeux se levèrent en direction du portrait, et leurs regards se croisèrent...

— Merci, ma chérie...

Achevé d'imprimer
le 26.8.85
par Printer Industria
Gráfica S.A.
Provenza, 388 08025 Barcelona
Sant Vicenç dels Horts 1985
Depósito Legal B. 23771-1985
Pour le compte de
France Loisirs
123, Boulevard de Grenelle
Paris

Numéro d'éditeur : 10843
Dépôt légal : sétembre 1985
Imprimé en Espagne